CHET WILLIAMSON

Mord in Cormyr

Buch

Ghars ist ein verschlafenes Dorf am Rande des Großen Sumpfes. Von so einem Ort hat der Magier Benelaius immer geträumt: ein stilles Plätzchen, an dem er sich in Ruhe seinen magischen Studien und seinen Katzen widmen kann. Doch mit Benelaius' Ruhe ist es schnell vorbei, als ein nächtlicher Geist die Dorfbewohner zu Tode erschreckt – und dann taucht eine Leiche auf. Alles deutet darauf hin, daß der Geist der Mörder ist. Um ihn einzufangen, wird die Hilfe des Magiers benötigt. So ist der wohlbeleibte Benelaius mit seinem Diener Jasper urplötzlich in eine Mördersuche verstrickt …

Nach R. A. Salvatores »Vergessenen Welten«, der »Saga vom Dunkelelf« und dem »Lied von Deneir« startet mit diesem Buch die neue Reihe der Fantasy-Krimis aus den »Vergessenen Welten« und der »Welt der Drachenlanze« – kriminalistische Fantasy voller Spannung und Magie, gefüllt mit den Geheimnissen der »Forgotten Realms« und der »Dragonlance«.

Autor

Chet Williamson hat sich bisher vor allem im Genre der Grusel- und Horrorgeschichten mit Titeln wie »Ash Wednesday« oder »Reign« einen Namen gemacht. Außerdem veröffentlichte er zahlreiche Short Stories im *New Yorker*, im *Playboy*, in *Esquire* und in anderen Magazinen und Anthologien. Mehrere seiner Romane und Kurzgeschichten wurden für den World Fantasy Award, den Edgar und den Bram Stoker Award nominiert.

In Kürze werden im Goldmann Verlag weitere Fantasy-Krimis aus den »Vergessenen Welten« und der »Welt der Drachenlanze« erscheinen.

FANTASY

Chet Williamson

MORD IN CORMYR

Fantasy-Krimi

Aus dem Amerikanischen
von Imke Brodersen

GOLDMANN

Die amerikanische Originalausgabe erschien 1997
unter dem Titel »Forgotten Realms®/Murder in Cormyr«
bei TSR, Inc., 1801 Lind Ave SW, Renton, WA 98055, USA

Umwelthinweis:
Alle bedruckten Materialien dieses Taschenbuches
sind chlorfrei und umweltschonend.
Das Papier enthält Recycling-Anteile.

Der Goldmann Verlag
ist ein Unternehmen der Verlagsgruppe Bertelsmann

Deutsche Erstveröffentlichung 1/98

U. S., CANADA,
ASIA, PACIFIC &
LATIN AMERICA
Wizards of the Coast, Inc.
P.O.Box 707
Renton, WA 98057-0707
+ 1-206-624-0933

EUROPEAN HEADQUARTERS
Wizards of the Coast,
Belgium
P.B. 34
2300 Turnhout
Belgium
+ 32-14-44-30-44

Visit our website at http://www.tsrinc.com

Published in the Federal Republic of Germany by
Wilhelm Goldmann Verlag, München
Deutschsprachige Rechte beim
Wilhelm Goldmann Verlag, München
Umschlaggestaltung: Design Team München
Umschlagillustration: TSR/Larry Elmore
Satz: DTP Service Apel, Hannover
Druck: Elsnerdruck, Berlin
Verlagsnummer: 24796
Redaktion: Guido Michl
V. B. · Herstellung: Heidrun Nawrot
Printed in Germany
ISBN 3-442-24796-9

1 3 5 7 9 10 8 6 4 2

Für Paul und
Louise McCandless,
in Liebe

1

Ich weiß nicht, was in jenem Herbst in Ghars das Erschreckendste war – die Dürre, die umherstreifenden Spione der Zhentarim und des Eisenthrons, der Geist oder der bevorstehende Besuch des Großen Rats der Kaufmannsgilde von Cormyr.

Im Rückblick waren es wohl die Morde.

Nicht, daß jene anderen Vorkommnisse einen ruhig gelassen hätten. Die Höfe um Ghars hatten seit Wochen keinen Regen gesehen. Die meisten Brunnen waren versiegt, die Feldfrüchte verdorrten, und die Gutsbesitzer der ganzen Gegend betrachteten ihre Rechnungsbücher voller Verdruß und Sorge, was als nächstes kommen mochte.

Das verbliebene Wasser wurde in eine öffentliche Zisterne geleitet, einen riesigen Holzbehälter unter der gestrengen Aufsicht von Khlerat, dem kurzsichtigen Alten, der in Ghars inoffiziell Herr über die Gemeindearbeit war. Und da Ghars ein Marktflecken mit bäuerlichem Umland ist, schien ein langer Trockenheitszauber als Gast ungefähr so willkommen wie ein dreckiger Spion der Zhentarim auf einem Treffen der Kriegszauberer von Cormyr.

Apropos dreckige Zhentarimspione: Die Elitetruppe der Purpurdrachen, die in Ghars stationiert war, hatte nicht zum ersten Mal zwei von ihnen entlarvt. Zweifellos hatten sie eine Invasion in Cormyr, den Sturz von König Azoun oder zumindest einen Mord an einem namhaften Adligen vorbereitet. So sind sie eben.

Die Drachen erwischten auch einen Spion des Geheimbunds Eisenthron, einer Gruppe, die ich für viel harmloser hielt. Ich meine, also wirklich – ein geheimer *Kaufmannsbund?* Ei, wie gefährlich ... Aber immerhin hatte ihn Azoun für ein Jahr aus dem Königreich verbannt, wofür er gute Gründe gehabt haben mußte.

In der zweiten Eleintwoche wünschte ich, er hätte die Kaufmannsgilde von Cormyr gleich mitsamt ihren üblen Gegenspielern vom Eisenthron verbannt. Jedes zweite Wort aus dem Mund unserer Händler und Bauern galt der großen Ehre, die es für das kleine Ghars bedeutete, in ein paar Tagen die hohen Tiere der Gilde beherbergen zu dürfen.

Die schweigsame Art meines Herrn war höchst angenehm, wenn ich vom Einkaufen in der Stadt zurückkam, wo der Gemüsehändler, der Fleischer und der Tuchhändler sich stundenlang über die sehnsüchtig erwartete Ankunft des Gilderats auslassen konnten. Was daran so großartig sein sollte, wußte ich nicht, denn wenn diese Abgesandten den Kaufleuten glichen, die ich sonst so kannte, würden sie ein strenges Gesicht aufsetzen, fest auf ihren Geldbörsen sitzen und nüchtern wie Richter sein.

Und fahl wie Geister erscheinen, jedenfalls die meisten, was uns zu dem Thema bringt, das die meisten Ansässigen beschäftigte. *Fastreds* Geist, um genau zu sein. Und um den rechten Geist der Sache herauszustellen – ein völlig beabsichtigtes Wortspiel –, möchte ich einen weitaus begabteren Autoren als mich zitieren, nämlich den großen Historiker Carcroft den Langen, welcher in seiner *Anthropologischen und Folkloristischen Geschichte des besiedelten Landes* (Band III) ausführt:

Und in jenen Tagen, da lebte im Lande zwischen Sembia und Cormyr im Weiten Sumpffe ein Räuber und Häuptling mit

Namen FASTRED. Mit seinem Volke lebte er im Sumpff, ohne Angst vor den Monstren und Bestien, die gleichfalls hierinnen hausten, als da sind die echsengleichen Menschen, die Goblynne und Trolle und Grelle.

Er und seine Bande aus Halsabschneidern und Mördern übermannten die Karawanen, welche den Mantikorweg entlangzogen, beraubten sie um Gold, Silber und Edelsteine. Mit seiner großen Streitaxt hieb er jene entzwei, die sich ihm und seinen Räubern nicht unterwerfen wollten.

Obschon er verfolgt wurde, selbst durch kleine Armeen, kannte er den Weiten Sumpff doch so gut, daß er stets seine Verfolger abschüttelte, denn er fand festes Land, wo andere nur Schlamm sahen, in dem die Hufe ihrer Rösser einsanken, und sie bald ersaufen würden.

Viele Jahre war Fastred der König des Weiten Sumpffes, geschützt durch Treibsand und Schlamm, bis ihn doch endlich der Tod fand, aus dessen grimmen Klauen es kein Entrinnen gibt. Den halben Schatz vermachte er seinen Kriegern, auf daß sie ihn unter sich teilten, die andere Hälfte jedoch, unvorstellbare Reichtümer, gab man ihm mit ins Grab, eine Insel von Fels inmitten des Sumpffes.

Allenthalben wird erzählt, wie sein leuchtender Geist, noch immer in Rüstung und mit der riesigen Axt, diesen Schatz bewacht und einen jeden bedroht, der ihm naht, ob nun versehentlich oder gezielt. Einmütig berichten die Siedler des Landes, von allen Schrecken des Weiten Sumpffes sei Fastreds Geist das Entsetzlichste.

Soviel dazu. Etwas altertümlich das Ganze, und für die Rechtschreibung würde ich nicht die Hand ins Feuer legen, aber Carcroft faßte es ziemlich sauber zusammen. Ein versteckter Schatz im Sumpf und ein glühender Geist mit Axt, der ihn beschützt. Aber halt – ich glaube, ich habe es gerade noch sauberer zusammengebracht, und das auch noch mit besserer Rechtschreibung.

Weshalb dieser Geist allerdings »das Entsetzlichste« sein sollte, hätte ich nicht zu sagen vermocht. Soweit ich wußte, hatte er bisher noch niemanden mit seiner großen Axt entzweigeschlagen, und der Weite Sumpf beherbergt auch so schon zahllose echte Gefahren. Neben den Echsenmenschen, Goblins, Trollen und Grellen, die der alte Carcroft erwähnt, gibt es dort auch Drachen, Miesels, Hydren, Betrachter und womöglich noch den einen oder anderen Steuereintreiber, so daß ein schlichter, axtschwingender Geist nicht allzu gefährlich erscheinen dürfte.

Aber die Reaktion in Ghars belehrte einen doch eines Besseren, nachdem ein paar Leute ihn nach Einbruch der Nacht am Rande des Weiten Sumpfes gesehen hatten, wie er mit grün leuchtendem, hagerem Gesicht und glänzender Rüstung an seinem breiten Körper axtschwingend auf sie zugekommen war wie der unausweichliche Tod, der uns alle erwartet, der Tod, der ihn vor Jahrhunderten ereilt hatte.

Und der Tod, der ihn wieder ereilte, diesmal mit dem grausamen Gesicht des Mordes.

2

Aber ich greife mir selbst vor, wozu ich allerdings grundsätzlich neige. Mein Meister Benelaius hat es mir nicht einmal gesagt, sondern tausendmal: »Jasper, bring Ordnung in deinen Kopf und in deine Gedanken, sonst wirst du ein schlimmes Ende finden.« Und da er mir gestattet hat, sein Wirken in dieser speziellen Geschichte für die Nachwelt festzuhalten, sollte ich nicht wie ein wildgewordener Bock herumspringen, sondern der Reihenfolge nach erzählen.

Also, von Anfang an.

Mein Großvater kam in einem kleinen Blockhaus zur Welt ...

Zu weit zurückgegriffen? Aber man muß schon von meinem Großvater wissen, um zu verstehen, wie ich in Benelaius' Dienst gelangte. Opa Hurthkin war nämlich ein Halbling, einer jener kleinen Leute, deren größte Befriedigung darin besteht, Menschen auszunutzen. Er nutzte den Menschen Guirath Monddock aus, indem er mit seiner Tochter durchbrannte und sie heiratete, sie, die so klein war, daß sie selbst schon fast als Halbling durchgehen konnte.

Aus dieser Verbindung ging meine Mutter hervor, die zwar zierlich war, doch vom Wesen her mehr Mensch als Halbling. Mein Vater war ein Mensch, so daß ich nur ein Viertelhalbling bin. Und bevor man mich jetzt als Achtling einstuft, möchte ich betonen, daß ich diesen alten Scherz schon von unzähligen Trunkenbolden in unendlich vielen Schenken gehört habe. Nicht schon wieder.

Mein Anteil Halblingblut brachte mich auf die Idee, in das Haus des Zauberers Benelaius einzusteigen, und dieser armselige Versuch brachte mich ...

Ach, da haben wir es wieder. Eine schnurgerade Erzählung, ohne abzuschweifen, darum geht es doch.

Gemeinsam mit ein paar anderen Jungen aus der Stadt machte ich mir Gedanken über den alten Mann, der seit kurzem in der Nähe von Ghars lebte. Eigentlich war er mehr als nur ein alter Mann. Ich hatte gehört, er sei einer der Kriegszauberer von Cormyr, der aus irgendeinem Grund beschlossen hatte, sich bei diesem unvorstellbar verschlafenen kleinen Nest zur Ruhe zu setzen. Ich selbst enthielt mich jeder Meinung. Meine Kenntnis der herrschenden Klasse von Cormyr beschränkte sich auf König Azoun, Sarp Rotbart und Tobald, den Bürgermeister von Ghars, dessen Tun sich meiner Ansicht nach darauf beschränkte, mit Babys und hübschen Mädchen zu scherzen und gelegentlich bei einer Geschäftseröffnung ein Band durchzuschneiden.

Ich hatte nur eine grobe Vorstellung von dem, was das Kollegium der Kriegszauberer machte. Ich dachte sie mir als altväterliche Greise, die im Falle eines Krieges zwischen Cormyr und seinen Nachbarn magische Gewitter über den Köpfen der Feinde entfachen würden. Und diesen zurückgezogenen Einsiedler stellte ich mir noch älter als alt vor, ein verschrobenes Unikum, das seine Magie verloren hatte und nur noch darauf hoffen konnte, sich einmal die Woche auf dem Donnerbalken zu entleeren.

Als meine Kumpels also von ihrer Angst vor diesem neuen Nachbarn sprachen, rümpfte ich prompt die Nase. »Sich vor einem wunderlichen alten Kauz fürchten!« sagte ich. »Was seid ihr nur für ein Haufen Angsthasen!«

»Angsthasen sind wir also?« gab Cedric Buckenwing zurück. »Ich wette, du bist ganz wild darauf, diesen Zauberer mal kennenzulernen, was? Du bist doch so mutig, Jasper, oder?«

Ich war nicht so mutig, aber so dumm. Ich hatte keinen, der es mir hätte verbieten können, denn ich schien alt genug. Meine Mutter war in jenem Frühjahr gestorben (mein Alter dagegen war bereits von einem Wagen überfahren worden, als ich sieben zählte), und ich arbeitete als Tellerwäscher in der *Weizenähre* und schlief in der Speisekammer. Ich glaube, ich war auch ungefähr so helle wie ein durchschnittlicher Tellerwäscher, denn ich versuchte nicht, mich aus der ganzen Sache herauszuwinden, sondern verstrickte mich immer tiefer in sie.

»Einfach an die Tür klopfen und ihm einen guten Tag

wünschen?« fragte ich. »Warum sollte ich das tun? Das bringt nichts. Aber heimlich in sein Haus einzudringen«, ich nickte weise, »das ist eine *echte* Herausforderung.«

Ich war nämlich stolz auf mein Halblingblut, und obwohl ich nicht mehr auf dem Kerbholz hatte als die meisten jungen Männer meines Alters, versuchte ich Freunden weiszumachen, ich wäre die Geißel von Cormyr, und würde aufgrund meiner Halblingfähigkeiten Herrenhäusern und Kaufmannsvillen gleichermaßen meinen Besuch abstatten. Warum sie dies hätten glauben sollen, wo ich doch so bettelarm wie jeder andere Küchenjunge war, weiß ich nicht. Vielleicht machten sie sich nur über mich lustig. Aber dieses Mal wollte Cedric mich auf die Probe stellen.

»Also gut«, meinte er schleppend. Sein Atem stank nach billigem Bier. »Gehen wir doch zum Haus von diesem alten Kerl, dann kannst du uns ein für allemal beweisen, was für ein toller Einbrecher du bist.«

Und ob ihr's glaubt oder nicht, ich war einverstanden. Ich hatte mir das wildromantische Diebesleben schon so lange ausgemalt, daß mir dies nun als schicksalhafte Chance erschien.

Wir warteten bis zum Abend, bevor wir, immer zwei auf einem Pferd, zum Rand des Weiten Sumpfes hinausritten, wo der Zauberer sich sein Haus hatte bauen lassen. Für mich stellte die Wahl dieses Ortes einen weiteren Beweis für seine Wirrköpfigkeit dar, denn die Gefahren des Weiten Sumpfes waren nur allzu gegenwärtig. Ich machte mir mehr Gedanken um das, was in der Finsternis rund um das Haus lauern mochte, als um das Gebäude selbst.

Doch wir brachten den Ritt unversehrt hinter uns und ließen die Pferde eine gute Viertelmeile vor dem Haus stehen. Den Rest des Weges sollte ich zu Fuß zurücklegen, einbrechen, etwas als Beweis mitnehmen und zu meinen

Freunden zurückkehren, die mich, wären sie wahre Freunde gewesen, wohl gar nicht erst etwas so Idiotisches hätten unternehmen lassen.

3

Ein kränklich schiefer Mond schickte sein mattes Licht durch den dichten Nebel, der wie eine schimmelige Decke über der Erde lag. Ich konnte kaum meine eigenen Füße erkennen, als ich auf die Stelle zuschlich, an der ich das Haus vermutete.

Trotz der Dürre gab der Boden hier am Sumpf unter den Füßen nach, so daß meine abgetragenen Schuhe bei jedem Schritt unvermeidlich ein leises, saugendes Geräusch verursachten. Obwohl bereits Spätsommer war, herrschte drükkende Schwüle, und ich stellte mir den Weiten Sumpf als einen riesigen Friedhof voller toter Wesen vor, langsam verwesend in der Hitze.

Mit solcherart erfreulichen Gedanken im Kopf war ich beinahe froh, die Umrisse des Gebäudes zu erkennen, in das ich einbrechen sollte. In Wahrheit ähnelte es mehr einem großen Bauernhaus als einer Hütte, aber das schrieb ich dem Wirken der Nacht und meiner Phantasie zu. Kein Licht drang aus den Fenstern des zweistöckigen Gebäudes, und ich begab mich an die Rückseite des Hauses, die unglücklicherweise direkt zum Sumpf hin lag.

Einige Minuten hielt ich inne und blickte in Richtung des Weiten Sumpfes in die Finsternis. Da ich nichts sah und nur die Geräusche der nächtlichen Insekten vernahm, wandte ich meine Aufmerksamkeit wieder der Hütte zu. Eine Hintertür, die vermutlich in die Küche führte, war verschlossen.

Aber ein Fenster stand ein Stückchen offen. Die Öffnung war nicht so groß, daß ein erwachsener Mann hindurchgepaßt hätte, aber für einen mageren jungen Kerl mit Halblingblut stellte sie kein Problem dar.

Im Handumdrehen befand ich mich in einem kleinen Raum, in dem ich vage zahlreiche Körbe voller Äpfel und Regale mit Eingemachtem erkennen konnte. Wieder lauschte ich auf Alarmrufe, hörte aber nichts. Ich überlegte, ob ich ein Glas nehmen und wieder durch das Fenster schlüpfen sollte, doch ich war sicher, daß Cedric mich dann verspotten würde. Er würde behaupten, ich wäre nur in ein Nebengebäude eingestiegen. Außerdem machte mich meine Anwesenheit an einem Ort, wo ich ganz gewiß nicht hingehörte, kühner, und mein Herz klopfte vor ängstlicher, aufgeregter Freude wie verrückt. Ich mußte weiter vordringen. Ich war ein Schurke, ein Dieb, ein Einbrecher ...

Ein Idiot.

Hinter dem offenen Durchgang lag eine kleine Küche, in der ich mich weitertastete, bis meine Fingerspitzen das Holz einer Tür streiften. Vorsichtig stieß ich sie auf und trat in einen weiteren Raum ein.

Hier brauchte ich mich nicht um Licht zu sorgen. Die Kohlen eines fast erloschenen Feuers erhellten den großen Raum mit einem schwachen roten Schein, und obwohl das Fehlen von Insektenzirpen verriet, daß kein Fenster geöffnet war, herrschte eine angenehme Temperatur, als ob man der klebrigen Wärme befohlen hätte, draußen zu bleiben.

In dem schwachen Licht konnte ich zahlreiche Gegenstände erkennen, die wie große, dicke Polstermöbel aussahen. Auf ihnen und auf dem Boden am Feuer lagen Dutzende von Dingerchen, die runden oder ovalen Kissen glichen. An vielen von ihnen schienen sich Knöpfe aus Metall oder Glas zu befinden, die den Schein der roten Glut reflektierten.

Aha, dachte ich, ein alter Mann, der es gern gemütlich hat – Kissen von einer Wand zur anderen, damit er seinen müden Körper hinlegen kann, wo immer es ihm gerade beliebt.

Ein solches Kissen müßte das ideale Mitbringsel sein. Es waren so viele, daß es wahrscheinlich nicht einmal auffallen würde, wenn eines fehlte, also auch kein Anlaß für Nachforschungen. Und doch stellte ein Kissen einen so persönlichen Hausgegenstand dar, daß es meinen Freunden als Beweis genügen dürfte. Ich wählte eines, das besonders weich wirkte und am Rand des Feuerscheins lag. Sein Fehlen würde niemand bemerken, ich bückte mich und griff zu. Meine Finger senkten sich in seine seidige Weichheit.

Der Schrei, der darauf folgte, war noch lauter als mein eigener. Das Kissen in meiner Hand wand sich nach allen Seiten. Ihm wuchsen Klauen und Zähne, die über das weiche Fleisch meiner Handfläche, Finger und des Handgelenks herfielen.

Entsetzt schüttelte ich das Wesen ab, und es fiel auf den Teppich, wo es einen letzten blutrünstigen Schlag nach meinem Knöchel führte und sich dann zurückzog, ohne mich aus den Augen zu lassen, mit hochgewölbtem Rücken und gesträubtem Fell entlang der Wirbelsäule. Sein Fauchen wurde nun von einem tiefen, kehligen Grollen übertönt, das den Raum genauso erfüllte wie das, was ich fälschlich für Kissen gehalten hatte.

Jedes einzelne war eine Katze, eine Katze, die zusammengerollt geruht und aus einem oder zwei geöffneten glasartigen Augen diesen Eindringling beobachtet hatte, der dumm genug gewesen war, das Haus ihres Meisters zu betreten. Dutzende kuscheliger Katzen, die jetzt alle zugleich die Körper aufrichteten und mit glitzernden Augen und Zähnen Hunderte von rasiermesserscharfen Klauen ausfuhren, um den Fremden in ihrer Mitte in Stücke zu reißen.

Ich konnte mich nicht bewegen und brachte – nach meinem ersten Entsetzensschrei, als die Katze in meinen Händen zum Leben erwacht war – keinen Ton mehr heraus. Wäre die Tür in der gegenüberliegenden Wand nicht aufgegangen, würden diese Katzen und ich wohl heute noch dort stehen und gemeinsam alt werden.

Aber die Tür öffnete sich, und ein blendender Lichtstrahl fiel durch sie auf die Katzen und mich. Im Zentrum des Lichts aber stand der Zauberer, sein runder Körper warf einen langen Schatten auf den Boden und auf mindestens ein Dutzend fauchender Katzen. Er kam in Begleitung weiterer dieser Tiere. Eines hockte auf seiner Schulter, und eines ruhte in seinen Armen und war zu glücklich darüber, gestreichelt zu werden, als daß es von mir Notiz genommen hätte.

Der Zauberer jedoch nahm Notiz. Mit überaus wohlklingender, angenehmer Stimme lachte er und sagte: »Oh, ich sehe, wir haben Besuch, meine Freunde ... ein Willkommenskomitee womöglich?«

Seine pelzigen Katzenfreunde hörten auf zu fauchen. Ich glaubte sogar, bei seinem Erscheinen einige schnurren gehört zu haben, obwohl ich im nun helleren Licht wahrnahm, daß die Katzen ihre Klauen noch immer drohend ausgefahren hatten.

Der Zauberer fuhr fort. »Wie du siehst, o Fremder, bin ich unbewaffnet. Doch«, er wies mit seiner Streichelhand auf die Katzen, »ich habe an die hundert, die mir aufs Wort folgen. Wenn du mir schwörst, daß du weder kämpfen noch fliehen wirst, werde ich ihr Mißtrauen besänftigen.«

Ich brauchte mehrere Anläufe, um die Worte herauszubringen: »Ich ... ich schwöre es.«

»Das ist sehr nett von dir«, meinte der Zauberer. Dann sah er die Katzen an, sah sie einfach nur an, nicht besonders streng oder fordernd, und plötzlich gehörte ich zur Familie. Das Grollen brach augenblicklich ab, und ich verlor beinahe das Gleichgewicht, weil sich Unmengen pelziger Rücken an meine Knöchel schmiegten, deren einer noch blutete.

»Sie scheinen gute Menschenkenner zu sein«, sagte der Zauberer, der immer noch die Katze in seinem Arm liebkoste, »trotz ihres Hangs zum Wachehalten. Wenn sie erst einmal sicher sind, daß ich nicht in Gefahr bin, behandeln sie den Eindringling fair. Wärst du wirklich ein schlechter Mensch, der mich vernichten wollte, so würden sie immer noch auf der Hut sein und dich jede Sekunde beobachten. Obwohl du also widerrechtlich hier eingedrungen bist, sehen sie dich als ehrlichen Kerl an. Ziemlich paradox. Ehrlich, aber schlecht beraten vielleicht?«

Ich zuckte mit den Schultern. Ich wußte nichts darauf zu sagen. Da stand ich nun, auf frischer Tat dabei ertappt, das Haus eines ehemaligen Kriegszauberers auszurauben. Ich fand meine eigene Dummheit – und mein Pech – geradezu erschütternd.

»Leg ein paar Scheite Holz aufs Feuer, Fremder«, forderte mich der Zauberer auf, während er sich auf einen Sessel setzte, der breit genug für seine schwere Gestalt war. Sofort versuchten einige Katzen, es sich auf seinem Schoß bequem zu machen, worüber er wieder lachte. Er ließ so viele wie möglich zu und wies den Rest freundlich auf den Boden zurück.

»Auf dem Kamin steht eine Teekanne. In der Küche ist Tee. Hol ihn, stell Wasser aufs Feuer, und wir trinken ein Täßchen zusammen.«

Er warnte mich nicht davor davonzulaufen, aber das brauchte er auch nicht. Ein Dutzend seiner Katzen begleitete mich, und ich hatte das Gefühl, daß die anderen beim geringsten Fluchtversuch meinerseits folgen würden. Im Kerzenschein fand ich den Tee, kehrte zu dem Zauberer zurück, und schon bald saß ich ihm gegenüber und schlürfte eine ausgezeichnete Tasse Tee, wenn ich so sagen darf.

Benelaius nahm einen Schluck und nickte anerkennend. »Und nun erzähl mir, was dich dazu gebracht hat, mein Haus zu betreten.«

Lügen war zwecklos, denn ich spürte, daß er jede Lüge schnell durchschauen würde. »Eine Mutprobe«, antwortete ich betreten. »Ich sollte nur einbrechen, etwas mitnehmen und wieder verschwinden. Aber ich habe aus Versehen eine Katze hochgehoben.«

»Wäre ich nicht gerade hereingekommen«, sagte der Zauberer, »dann hätten sie dir vielleicht etwas angetan. Etwas sehr Schlimmes. Einbruch ist ein Verbrechen, weißt du?«

»Ich weiß.«

»Von Rechts wegen sollte ich dich den Behörden übergeben. Du kämst zweifellos eine Weile ins Gefängnis. Und dann würde man dich freilassen – verhärtet, noch dümmer als du es jetzt schon bist, und du würdest wahrscheinlich ein echter Dieb werden, der von einem Gefängnis ins nächste wandert, bis eines deiner Opfer dich schließlich von diesem Elend erlöst. *Oder ...*«

Er legte den Kopf schief. »Du könntest dich bessern, natürlich mit meiner Hilfe. Du bringst eine ordentliche Tasse Tee zustande. Wo arbeitest du?«

»In der Spülküche eines Wirtshauses in Ghars.«

»Spülküche«, wiederholte er nachdenklich, wobei er mit der einen Hand eine Katze, mit der anderen seinen langen grauen Bart streichelte. Tasse und Untertasse wackelten auf seinem dicken Bauch. »Dann wäre ein Leben als Dienstbote für einen Herrn wie mich ein Aufstieg für dich. Ich brauche jemanden, der für mich Besorgungen in der Stadt macht, das

Haus sauberhält, den Haushalt führt . . . und sich um die Katzen kümmert. Ich habe noch gezögert, wegen der Kosten, aber . . .«

Er faßte mich einen Moment ins Auge. Sein durchdringender Blick strafte seinen leutseligen Ton Lügen. Es kam mir vor, als würde er direkt in meinen Kopf starren, alle meine Gedanken prüfen. Schließlich sprach er weiter.

»Wie heißt du?«

»Jasper«, sagte ich.

»Also gut, Jasper, mein Name ist Benelaius und dies mein Vorschlag: Ich lasse dir die Wahl. Entweder, ich übergebe dich der Truppe der Purpurdrachen und erzähle ihnen, daß ich dich beim Einbruch in meinem Haus erwischt habe – wie wir beide wissen, die reine Wahrheit – oder du willigst ein, für einen Zeitraum von, sagen wir mal, einem Jahr mein ergebener Diener zu sein. Du tust alles, was ich dir auftrage – irgendwohin gehen, einkaufen, saubermachen, tragen, kochen –, und bekommst dafür ein Zimmer, dein Essen und eine Ausbildung.«

»Eine . . . Ausbildung? Ihr meint, ich müßte Stunden nehmen?«

»Ja. Unterricht. Von mir, anstelle eines Lohns.«

»Also«, stellte ich fest, »habe ich die Wahl zwischen Gefängnis und Sklaverei.«

Er runzelte die Stirn. »Das Königreich Cormyr gestattet keine Sklaverei, wie du sehr wohl weißt.«

»Nun, wie wollt Ihr es sonst nennen, wenn ich ein Jahr umsonst für Euch arbeite?« Ich war kühner, als es mir zustand, aber da eine Strafaktion durch die Katzen nicht angedroht war, wurde ich etwas mutiger.

Benelaius runzelte noch tiefer die Stirn. »Dann vielleicht ein ganz *geringer* Lohn, damit du lernst, mit eigenem Geld umzugehen. Wieviel verdienst du im Wirtshaus?«

»Fünf Silberfalken im Monat«, log ich. Ich bekam nur zwei.

»Du lügst«, konstatierte Benelaius ungerührt. »Du bekommst höchstens zwei, ich zahle dir einen. Mein Unterricht wird ein Vielfaches dessen wert sein, und wenn du dein Wissen später nicht in bare Münze umsetzen kannst, wird das allein an dir liegen – vorausgesetzt, du willst am Ende der vereinbarten Dienstzeit tatsächlich noch gehen.«

»Oh, das will ich ganz sicher, *wenn* ich mich überhaupt dafür entscheide.« Ich wurde ziemlich übermütig, nachdem Katzenzähne nicht mehr zur Debatte standen.

»Falls nicht, der Gefängnisfraß von Cormyr soll ja sehr lecker sein. All die frischen Käfer und das schimmelige Brot, das du essen darfst – wenn die Älteren es dir nicht gleich abnehmen. Und ehrlich gesagt, achtzehn Stunden Arbeit im Steinbruch pro Tag würden wenigstens ein paar Muskeln an diesem dürren Körper wachsen lassen . . .«

Ich seufzte und sah mich unter den Katzen um, in deren Gesellschaft ich das nächste Jahr verbringen würde. »Wann soll ich anfangen?«

4

Es ging gleich am nächsten Tag los. Nachdem ich die von Benelaius aufgesetzten Papiere unterzeichnet hatte, kehrte ich in die *Weizenähre* zurück, um Lukas Löffelschwund Bescheid zu sagen und meine Siebensachen abzuholen. Löffelschwund, der Besitzer der *Weizenähre*, bekam einen mittleren Tobsuchtsanfall, als ich ihm meine Entscheidung mitteilte, und schrie pausenlos auf mich ein, während ich meine wenigen Habseligkeiten zusammenpackte.

Aber ich entkam ohne Blutvergießen – abgesehen von Löffelschwunds wundem Hals – und wurde dann im Haus des Zauberers aufgenommen. Das war ein ziemlich ansehnliches Gebäude, wenn man mal von seiner Lage am Sumpf absah, wo Monster aller Art und sogar Geister durch das trügerische Gelände zogen.

Eine kleine Eingangshalle führte zum Wohnraum, in dem Benelaius' Katzen mich gefangen hatten. Bei Tageslicht wirkte er sehr hübsch mit den zwei hohen, breiten Fenstern nach vorn und einem weiteren zur Seite hinaus. Dahinter lag die Küche, und von der Stube ging ein geräumiges Studierzimmer ab, das einen Ausgang auf einen Hinterhof hatte, den Benelaius seine »Piazza« nannte. Rustikale Holzsessel standen für den bereit, der den Wunsch verspürte, Platz zu nehmen und auf den Sumpf hinauszublicken.

Meiner war es ganz gewiß nicht. Der Weite Sumpf ließ mir Schauer über den Rücken laufen, obwohl Benelaius mir erzählt hatte, daß er einen Schutzzauber um sein Grundstück gelegt hätte. Als ich ihn fragte, warum ich denn dann so leicht hatte eindringen können, meinte er, es wäre Energieverschwendung, einen Abwehrzauber für magere Dienstboten zu wirken. Und hatte ihm der Verzicht darauf nicht erst einen solchen eingebracht?

Ich mußte zustimmen. Doch die Arbeit für Benelaius war gar nicht so schlecht. Ich schlief in einem der drei Schlafzimmer im Obergeschoß. Das große war natürlich für Benelaius, das zweitgrößte für eventuelle Gäste (erstaunlich viele sogar), das dritte für mich bestimmt. Es war das kleinste, aber etwas ganz anderes als mein Strohsack in der Vorratskammer der *Weizenähre.* Ein vierter Raum oben wurde als kleine Bibliothek genutzt. Er steckte so voller Bücher, daß ich befürchtete, der Boden werde einbrechen. Die Decke darunter bog sich jedenfalls bereits bedenklich durch.

Die Arbeit wurde mir nicht langweilig. Ich kochte, putzte, machte Besorgungen, kaufte Gemüse und was sonst im Haus gebraucht wurde, leerte Nachttöpfe und versorgte die Katzen. Letzteres erforderte weniger Zeit, als man hätte meinen können.

Die Vorstellung, knapp hundert Katzen hinterherputzen zu müssen, hatte mich anfänglich erschauern lassen. Aber die Katzen hatten größte Achtung vor meinem Wohlergehen und trollten sich in den Sumpf, wenn ein Bedürfnis sie überkam. Deshalb war unser Haus nie mit dem Gestank anderer katzenreicher Haushalte gestraft. Im Gegenteil, die Tiere verhielten sich mir gegenüber höflich, ja, geradezu liebevoll, da ich nun kein Fremder mehr war, und ich genoß ihre Gesellschaft nach dem Füttern und Milchausteilen.

Benelaius hielt Wort. Jeden Vormittag, sobald ich den Abwasch vom Frühstück erledigt und die Betten gelüftet hatte, unterrichtete er mich mindestens eine Stunde. Er war angenehm überrascht, als er feststellte, daß ich bereits lesen konnte (meine Mutter hatte es mir beigebracht), und er deckte viele Themen ab, nie jedoch die Zauberkunst.

Eines Abends, als wir am Feuer zusammensaßen und gemütlich in unserem Katzenmeer ertranken, fragte ich ihn nach dem Grund.

»Es ist besser, nichts von diesen Dingen zu wissen«, sagte er. »Das Studium der Zauberkunst hat mich zwar zu dem gemacht, was ich bin, es führte jedoch auch zu meinem Absturz.«

»Wie?« fragte ich. »Ich dachte, du hättest dich aus dem Kollegium der Kriegszauberer zurückgezogen. Hat man dich in Wahrheit hinausgeworfen?«

Er brachte genug Energie auf, mir einen finsteren Blick zuzuwerfen. »Nein, ich bin aus eigenem Antrieb gegangen. Ich hatte genug von der Magie. Dem Vorfall, den ich meine, lag allein meine persönliche ... Unzufriedenheit mit der Magie zugrunde.«

»Unzufrieden? Aber ich dachte immer, es wäre *toll*, ein Zauberer zu sein. Man muß nur einen Wink tun, ein paar magische Worte hersagen, und, schwupp, schon hat man alles, was man will!«

Falls ihr die Naivität dieser letzten Worte nicht bemerkt haben solltet, Benelaius jedenfalls fiel sie auf. »Das glaubst du also, ja?« Er machte »Ts-ts« und schüttelte sein graues Haupt. »Selbst der kleinste Spruch, Jasper, erfordert großes Wissen, größere Vorbereitung und noch größere Energie. Die Kraft der Magie laugt dich aus, sie zehrt an dir und berauscht dich, bis man große magische Leistungen vollbringt, um die einfachsten Dinge zu tun, Aufgaben, die nur einen Fingerhut voll Kraft erfordern würden, wenn man den eigenen Körper einsetzte. Ich habe gesehen, wie andere so weit kamen, und ich merkte, daß es ebenfalls mit mir geschah.

Ich beschloß, meinen Verstand lieber anderen Dingen zuzuwenden – stehenzubleiben und an Rosen zu riechen, meinetwegen. Und als ich das tat, fand ich in der natürlichen Welt und ihren Gesetzen einen bezaubernden Kontrast zum Übernatürlichen. Nach einigen Monaten entschied ich mich dafür, der Magie zu entsagen, sofern ihr Gebrauch nicht unumgänglich wäre, und so zu leben wie andere – das natürliche Leben. Ich wollte all diese Dinge erforschen und darüber schreiben, bis mein Wissen darüber einen ebensolchen Umfang erreicht hätte wie das über die Zauberei.

Ich erzählte den anderen Kriegszauberern von meinem Entschluß, ihre edle Gesellschaft zu verlassen. Einige hielten mich für verrückt. Aber andere wie Vangerdahast, der Ehrenvorsitzende des Kollegiums der Kriegszauberer und persönliche Hofmagier von König Azoun, erachteten es als weise, daß ich meinen Wünschen folgte. Also suchte ich nach einem ruhigen Plätzchen weitab von Suzail, wo die Kriegszauberer zusammenkommen, und da bin ich.«

Ich begriff immer noch nicht. »Aber wird es nicht langweilig? Ich meine, ich habe immer gedacht, Ghars sei der ödeste Ort von Cormyr, und wenn man mal Kriegszauberer war und Schlachten ausgetragen hat und so, wie kann man es dann hier aushalten?«

Er rieb Grimalkin die Ohren, bis die Katze schnurrte. Allmählich konnte ich die Tiere auseinanderhalten.

»Nicht alle Kriegszauberer ziehen in die Schlacht. Ich habe vor allem Forschungen darüber angestellt, wie Sprüche noch durchschlagender wirken, und häufig Heilzauber gesprochen, wenn verwundete Krieger von der Front zurückgebracht wurden. Ich persönlich verabscheue Gewalt ...«

Das stimmte wirklich. Er aß selten Fleisch, eigentlich nur, um einen Gast nicht zu beleidigen, der Verpflegung und Getränke mitgebracht hatte. Gäste hatten wir reichlich, zumeist Zauberer, die ihren alten Freund besuchen wollten. Einmal kam sogar Vangerdahast überraschend vorbei. Ich machte mich so klein wie möglich vor lauter Angst, der strenge und mächtige alte Mann könnte mich in eine Schnekke verwandeln, wenn ich auch nur einen Tropfen Tee in seine Untertasse verschüttete.

Hinterher vertraute Benelaius mir an, daß Vangerdahast ehemaligen Zauberern oft Überraschungsbesuche abstattete. Besonders Kriegszauberern, nur um ihnen zu verstehen zu geben, daß er sie noch immer im Auge hatte, sollten sie beabsichtigen, ihre Zauberkräfte zu bösen Zwecken zu nutzen. Aber als der Hofmagier sich dann von Benelaius verabschiedete, hörte ich ihn zu meinem Herrn sagen: »Ich weiß, daß ich auf dich nicht aufpassen muß, alter Freund. Aber wenn ich dich nicht auch einmal mit einem Besuch heimsuchte, würden alle anderen Zauberer glauben, du seiest mein Liebling. Außerdem habe ich dich wirklich vermißt.«

Daher mußte ich annehmen, daß mein Meister bei Vangerdahast einen Stein im Brett hatte, worüber ich froh war. Es ist nicht schön, wenn der mächtigste Magier des Reiches einen schief ansieht – oder wenn er einen überhaupt ansieht.

Aber trotz der Zaubererbesuche und meinen täglichen Pflichten blieb mir immer noch viel Zeit für mich selbst. Da ich greifbar sein mußte, vertrieb ich mir die Langeweile auf die einzig mögliche Weise, ich las die Unmengen von Büchern aus der Bibliothek im Obergeschoß, denn die Bände in Benelaius' Studierzimmer waren tabu. Nicht daß dies nun verbotene Werke über Nekromantie und Chiromantie und sonstige Mantien gewesen wären. Die meisten waren furchtbar komplizierte Bände über Naturwissenschaften, mir verboten, weil jede Veränderung der scheinbar zufälligen Aneinanderreihung meinen Meister in seinen Forschungen, wie behauptet, um Tage oder gar Wochen zurückwerfen würde.

Na klar, dachte ich, aber ich ließ sie in Ruhe und staubte sie nur vorsichtig außenherum ab. Ich hatte reichlich anderen Lesestoff.

Denn lesen tat ich, Informatives wie Unterhaltsames. Benelaius hatte allerdings keine billigen Liebesgeschichten in seinen Regalen stehen. Statt dessen beschäftigte ich meinen Geist mit den literarischen Meisterstücken von Faerun: Kastors *Archetymbal*, die *Verfahren* von Magus Feuerstab, Kirkabeys *Mediation und Meditation* und Chelm Vandors *Jahreszeiten im Kernland.* Neben diesen anerkannten Klassikern gab es noch anderes, Bücher über Philosophie, epische Gedichte, Reiseberichte, und ich fraß sie alle, manche lieber als andere.

Doch das Buch, in dem ich am liebsten schmökerte, war

das, welches mein Herr am meisten verachtete. Es war nach einem Besuch von einem »senilen« Magier zurückgeblieben, wie Benelaius behauptete. »Warum sollte er sonst solchen Schund lesen?«

Ich fand den Schund hinreißend. Es war ein dünnes, in billigen Filz gebundenes Buch mit dem Titel *Die Abenteuer des Camber Fosrick,* verfaßt von Lodevin Parkar. Es enthielt ein halbes Dutzend aufregender Geschichten mit dem großen »beratenden Denker« Camber Fosrick, der jedes Rätsel lösen und durch seine brillante, deduktive Beweisführung helles Licht in die dunkelsten Winkel eines Verbrechens lenken konnte. Die Geschichten von Raub, Schmuggel und sogar Mord faszinierten mich, und ich las sie wieder und wieder, ebenso hingerissen von der Figur des Camber Fosrick wie von den verwickelten Fällen, die er erfolgreich löste.

»Von solchem Quatsch sterben deine grauen Zellen ab«, stellte Benelaius fest, wann immer er mich mit dem Buch sah.

»Im Gegenteil«, erwiderte ich, »das ist sehr guter Lesestoff, Meister. Deduktive Beweisführung, Logik, die Nutzung unzusammenhängender Hinweise, um zu einer begründeten Schlußfolgerung zu gelangen – genau dasselbe wie in Trelaphins *Gedankengängen.*«

»Diebstahl, Plünderung und Gemetzel!« polterte Benelaius, so gut ein Mann, der praktisch breiter als lang ist, poltern konnte. Kurz gesagt, dies war ein literarisches Thema, das wir nicht mit denselben Augen betrachteten.

Aber ich tat, was er sagte, und las und lernte weiter, und nachdem ich den größten Teil des Jahres hinter mir hatte, begann ich mich um so mehr nach meiner Freiheit zu sehnen. Mit dem Wissen, das ich aus seinen Stunden und Büchern erlangt hatte, konnte ich mir in der Welt bestimmt eine großartige Stellung verschaffen, vielleicht als Schreiber, denn meine Schrift und meine Ausdrucksweise hatten sich unter seiner Anleitung unendlich verbessert. Daher konnte ich es kaum erwarten, bis das Jahr vorüber war und meine Dienstzeit ein Ende hatte.

Benelaius spielte hin und wieder auf meine Zukunftspläne an, mit dem Gedanken im Hinterkopf, ich würde vielleicht – gegen einen geringfügig höheren Lohn – gern bei ihm bleiben. Doch meine zusammengepreßten Lippen und das angedeutete Lächeln machten ihm jedesmal unmißverständlich klar, daß ich nicht länger sein Dienstbote sein wollte, ganz gleich, wie sehr er sich inzwischen auch auf mich verließ. Es gab noch andere in Frage kommende Küchenjungen in der Gegend, und ich war sicher, es würde ihm gelingen, einen von ihnen in seine Dienste zu locken. Mich zog es in die große Welt von Faerun, wo ich all die Dinge zu sehen wünschte, von denen ich nur gelesen hatte, und mein Schicksal suchen wollte.

5

Diesen Eleint wurde mein Herz trotz der Dürre, des Geistes und der Geheimagenten im Land immer leichter. Denn in nur vier Tagen würde ich frei sein. Noch aber war meine Zeit nicht um, und ich hatte beschlossen, Benelaius bis zum Ende treu zu dienen. Zum einen hatte er mich immer fair behandelt, und zum anderen wollte ich mir keinen Patzer erlauben, damit er nicht wegen irgendeiner Nebenklausel in unserem Vertrag auf einer rechtmäßigen Verlängerung meiner Dienstzeit bestehen konnte. Ich tat einfach, was mir aufgetragen wurde, diente ihm gut und wartete auf meine Verabschiedung.

Als dann Benelaius mir zwei Goldlöwen gab und mir

befahl, eine Kiste Gewürzwein aus Ghars zu holen, machte ich mich sofort auf den Weg, obwohl mir der Gedanke an eine Rückkehr bei Dunkelheit nicht behagte.

»Es tut mir leid, daß ich dich jetzt noch losschicken muß«, sagte er, »aber ich habe gerade erst gemerkt, daß ich Lindavar überhaupt keinen Alkohol anbieten kann, wenn er morgen kommt, und damals in Suzail ist er immer ganz versessen auf Gewürzwein gewesen.« Er steckte mir noch einen halben Falken zu. »Du kannst dir selbst auch etwas kaufen, aber trink nicht so viel, du solltest rechtzeitig vor Einbruch der Dunkelheit zurück sein, ja?«

Ich wußte, daß er es nicht ernst meinte. Ich machte mir wenig aus Alkohol, obwohl das vielleicht anders gewesen wäre, wenn ich ihn besser gekannt hätte. Mit einem Silberfalken im Monat wird man kein Trinker. Ein Bettelmann vielleicht, aber kein Trinker.

Mein Meister hatte zwei Pferde in seinem kleinen Stall. Jenkus ließ sich satteln und reiten und legte ein ordentliches Tempo vor, aber der riesige zickige Stubbins warf jeden Reiter ab. Er war nur im Gespann zu verwenden. Benelaius brauchte die beiden Pferde, damit sie – bei den wenigen Gelegenheiten, zu denen er sein Haus verließ – die Kutsche zogen. Ich glaube, er hätte jedem Reitpferd schlicht das Kreuz gebrochen.

Während Jenkus nach Ghars trottete, fragte ich mich, was Benelaius wohl noch von Lindavars Gewohnheiten vergessen hatte. Der junge Magier war noch nie bei Benelaius zu Besuch gewesen, obwohl sie einander häufig schrieben. Es verging kaum eine Woche, in der die beiden keine Briefe ausgetauscht hätten, und aus der Dicke der Umschläge, die ich zwischen der Poststelle in Ghars und dem Haus hin und her trug, schloß ich, daß die Briefe ziemlich lang sein mußten.

Lindavar war Benelaius' handverlesener Nachfolger im Kollegium der Kriegszauberer. Mein Meister hatte mir anvertraut, daß dieser ehemalige Schüler von ihm »Probleme beruflicher Art« hatte, und das war der Grund für seinen Besuch. Ich gebe zu, daß mir Lindavars Anliegen nicht naheging. Ich sah seinen Besuch in erster Linie als Unannehmlichkeit, obwohl diese Extraaufgabe mir helfen würde, mein ungeduldiges Verlangen nach Freiheit zu bezwingen.

Aber als ich so westwärts nach Ghars ritt, und der Weite Sumpf zu meiner Linken allmählich in die Ferne rückte, dachte ich weder an Lindavar noch an meine Freiheit, sondern an Fastreds Geist, und betete, daß ich ihm bei meiner Rückkehr am Abend nicht über den Weg laufen würde. Eine ganze Anzahl Leute rund um Ghars hatten ihn gesehen, er schien im nordwestlichen Bereich des Sumpfes sein Unwesen zu treiben. Wenn die Geschichten der Wahrheit entsprachen, war er von der Straße aus, welche die Höfe im Norden und Westen des Sumpfes miteinander und mit Ghars verband, immer wieder leicht auszumachen.

Bauern, die spät vom Markt zurückkehrten, hatten ihn erblickt, genau wie müde Trunkenbolde nach Verlassen der *Sumpfratte*, einer Schenke, die erst kürzlich eröffnet worden war, um den Durst jener Bauern zu stillen, die nicht wegen eines Bieres und ein wenig Gesellschaft den ganzen Weg bis nach Ghars reiten wollten. Unglücklicherweise hatte das Geschäft in der *Sumpfratte* seit dem Auftauchen von Fastreds Gespenst argen Schaden genommen. Selbst Bürgermeister Tobald war dem bedrohlichen Geist auf dem Rückweg von einem Essen bei Familie Raffschnapp begegnet.

Obwohl anscheinend noch niemand das Wesen bei Tageslicht erblickt hatte, atmete ich doch erleichtert auf, als ich die Weggabelung erreichte. Ich wandte mich nach Nordwesten, zum Ort hin, und sah niemanden auf der südwestlichen Straße, die zu den Höfen im Westen des Sumpfes führte.

Zwanzig Minuten später war ich in Ghars. Das erste, was ein nahender Reiter bemerkt, ist die große Zisterne, erbaut, nachdem die Dürre ihren staubigen Fuß ins Land gesetzt hatte. Es war eigentlich nichts weiter als ein riesiges Faß auf Stelzen, aber das höchste Gebäude des Ortes, und aus jedem noch nicht versiegten Brunnen der Gegend wurde Wasser dorthin gebracht.

Ich ritt an Aunsible Durns Schmiede und Stall vorbei. Er arbeitete noch, hämmerte an seinem Amboß auf etwas herum. Ob er nun Hufeisen oder Pflugscharen oder eines der weniger praktischen Produkte seiner Zunft herstellte, konnte ich nicht erkennen. Seit Durn mit seinen beeindruckenden Fähigkeiten nach Ghars gekommen war, fanden viele der Gutsbesitzer am Ort es schick, ihre Knechte mit Durns kräftigen Piken und Hellebarden und sich selbst mit märchenhaften Rüstungen auszustatten – nur für den Fall, daß wir mal überfallen werden sollten. Ich war schon immer der Meinung, daß diese eitlen Tröpfe die Rüstungen einfach gern an Hochzeiten und anderen Festtagen anlegten.

Dovo, Durns großen, aber nicht gerade überwältigend klugen Gehilfen, sah ich nicht. Nun, es war fast sechs. Vielleicht hatte Durn ihn früher fortgelassen. Oder vielleicht war er Dovos idiotische Gegenwart einfach leid gewesen.

Der *Kecke Barde* war der einzige Ort, an dem man Gewürzwein kaufen konnte. Die *Sumpfratte* lag zwar viel näher, aber deren Angebot beschränkte sich auf Dünnbier, Starkbier, Apfelwein und Landwein, der nur dazu taugte, Pinselköpfe zu reinigen. Der *Kecke Barde* befand sich im Zentrum von Ghars, und ich sah, daß bereits einiges los war, denn Händler und Bauern gingen ein und aus. Heraus kamen sie immer etwas unsicherer, als sie hineinstapften, was der Kraft der angebotenen Getränke zuzuschreiben war.

Ich band Jenkus an einen kurzen Pfosten neben der Straße und betrat den Wirtsraum. Dort kaufte ich die Kiste Gewürzwein und ließ sie von Kurzbein, dem Zwergenwirt und Besitzer, bis zu meinem Aufbruch hinter der Bar verstauen. Es herrschte eine ansteckende, kameradschaftliche Stimmung. Ich saß an der Bar, bestellte einen Dorschkuchen und eine Goldsand-Orange, das süßeste Getränk, das ich kannte.

So gestärkt entspannte ich mich und sah zu, wie der Rest der Welt an mir vorbeizog, wenigstens der Teil davon, der in unserem kleinen Flecken lebte oder der hierhergestolpert war. Wenn sich die Gespräche nicht um das Treffen der Kaufmannsgilde drehten, ging es um den Geist.

»Ach, der ist bloß Einbildung«, sagte der Schneider. »Die Leute sehen alles mögliche.«

»Aber keineswegs«, meinte der Kerzenzieher. »Er ist echt, keine Frage. Mein Onkel Fendrake hat ihn vor Jahren einmal erblickt, und Onkel Fendrake hat in seinem ganzen Leben noch nichts gesehen, was nicht da war.«

»Weiß nich' so recht«, gab der Schneider zurück. »Muß ja auch mal 'ne Schönheit in deiner Tante Magda gesehen haben ...«

Die meisten glaubten wie der Kerzenzieher eher an die Echtheit des Geistes. Schließlich wäre er nicht die erste übernatürliche Erscheinung in Faerun gewesen, und es gab keinen guten Grund, *nicht* an seine Existenz zu glauben.

Das Stimmengewirr legte sich einen Moment, als Barthelm Wiesenbach hereinkam. Obwohl er wahrscheinlich der reichste Kaufmann der Stadt war, galt das Schweigen weniger ihm als seiner Tochter Mayella. Sie war eine der schönsten Blumen von Cormyr, und wenn man das Geld ihres

Herrn Papa dazurechnete, wurde sie sogar noch begehrenswerter.

Haare so golden wie Maisbast, Augen so blau wie das Drachenmeer im Sommer, Lippen so rot wie ... Ach, ihr habt schon verstanden. Jeder Mann im *Kecken Barden* wünschte sich an die Stelle des Schoßhündchens, das Mayella gerade zärtlich streichelte. Und neben ihrem Aussehen zeichnete sie sich auch noch durch eine hinreißende Persönlichkeit aus, obwohl sie immer ein wenig im Schatten ihres Vaters zu stehen schien.

Das war allerdings wenig verwunderlich, da fast jeder von ihrem Vater in den Schatten gestellt wurde. Ein Mann wie ein Berg, auf dessen Spitze ein welliger Haarschopf saß, der einst orangerot gewesen sein mußte, inzwischen aber von weißblonden Haaren durchzogen wurde und in etwa von der Farbe her an die Tomaten-Butter-Suppe aus der *Weizenähre* erinnerte. Die Süße dieses speziellen Gerichts ließ er aber vermissen, denn er war ein sehr fordernder Mann. Geld verdirbt den Charakter, heißt es.

Barthelm verlangte den besten Tisch, die beste Flasche Met, die köstlichsten Speisen und die aufmerksamste Bedienung, sonst würde der Eigentümer und jeder im näheren Umkreis etwas zu hören bekommen. Er besaß die Mühle hier (wegen des Wassermangels von Ochsen angetrieben, die Dürre würde ihn also niemals an den Bettelstab bringen), dazu eine Reihe schneller Wagen, mit denen er die Erträge der ansässigen Bauern nach Suzail und Marsember transportierte, ehe sie verdarben. In diesen Städten verkauften seine Vertreter die Lebensmittel zum Zehnfachen dessen, was er dafür bezahlt hatte, und die Käufer waren noch froh, sie überhaupt zu bekommen.

Aber heute konnte ich sehen, daß Barthelm mehr beschäftigte als die Auswahl eines passenden Schwiegersohns für seine liebliche Tochter oder die Sorge, wie die Dürre seinen Nachschub beeinträchtigen könnte. In drei Tagen würde der Große Rat der Kaufmannsgilde von Cormyr, deren Bezirksvertreter Barthelm war, zu ihrem jährlichen Treffen in das kleine Ghars kommen.

Diese wichtige Gesellschaft, die sich aus den reichsten und mächtigsten Kaufleuten des Reiches zusammensetzte, traf sich stets in einer der wichtigsten Städte von Cormyr – Suzail, Arabel oder Marsember. Gelegentlich ließen sie sich vielleicht auch herab, an einem kleineren Ferienort wie Gladehap zusammenzukommen, wegen des guten Essens, der Getränke und der Unterbringung. Aber sich in einem solchen kleinen Rattennest wie Ghars zu versammeln, wo die unspektakuläre Bewirtung in der *Weizenähre* und im *Silbernen Krummschwert* das beste Angebot darstellte . . . also, das war noch nicht dagewesen und nur Barthelm Wiesenbachs Hartnäckigkeit zu verdanken.

Aber nachdem der Würfel einmal gefallen war, überließ Barthelm nichts mehr dem Zufall. Diese Versammlung würde die beste sein, die je stattgefunden hatte. Der Rat sollte sowohl in der *Ähre* als auch im *Krummschwert* untergebracht werden, da keines der beiden Gasthäuser über genügend Räume für alle Teilnehmer verfügte. Barthelm hatte Garnet Pennorth, dem Besitzer des *Silbernen Krummschwerts,* aus seiner eigenen Tasche genug Gold gegeben, damit dieser einen großen, eindrucksvollen Versammlungsraum an sein Gasthaus anbauen konnte.

Ebenso hatte der Kaufmann jedes Detail der Bevorratung in Speisekammer und Weinkeller für das Treffen überwacht, ja sogar Köche aus Suzail hergebracht, und jetzt rief seine donnergrollende Stimme nach Kurzbein, der hinter der Bar stand. »Zwerg! Hast du das Faß Rotwein aus Westtor bekommen, das ich bestellt habe?«

»Kommt morgen«, knurrte Kurzbein zurück. Er ließ sich nicht gern »Zwerg« nennen. Eigentlich ließ er sich überhaupt nicht gern auch nur irgendwie benennen.

Da ich dem Zwerg näher war als Barthelm, bekam ich Kurzbeins gemurmelten Kommentar mit, welches Zeug eigentlich Barthelm mit seinen Fleisch-und-Austern-Kumpanen trinken sollte. Dem Gekicher nach, das die Bar hinunterlief, war ich nicht der einzige. Aber Kurzbein konnte sich kein Lächeln abringen. Zwerge, von Natur aus mürrisch und reizbar, sind als Schenkenbesitzer eine miserable Wahl, doch Kurzbein war durch eine Erbschaft an den *Kecken Barden* gekommen. Sein Vorgänger, ein fröhlicher Gnom, hatte ihm das Wirtshaus hinterlassen. Im Testament war es Kurzbein einzig und allein aus der Hoffnung heraus zugesprochen worden, diese Erbschaft würde den Zwerg endlich doch einmal zum Lächeln bringen. Daraus wurde nichts.

»Hüte lieber deine Zunge, Zwerg«, sagte Barthelm, jedoch nicht so wütend, wie er gewesen wäre, wenn er den Kommentar tatsächlich verstanden hätte, »sonst verlege ich das Ganze in die *Sumpfratte.*«

Als er zu dem Kaufmann herumfuhr, veränderte sich Kurzbeins Gesichtsausdruck. Nun sah er nicht mehr aus wie jemand, der in eine saure Gurke gebissen, sondern wie einer, der gerade ein ganzes Faß Essig getrunken hat. »Die *Sumpfratte?*« sagte der Zwerg mit allem Abscheu, den er nur aufbringen konnte. »Klar, geh nur! Bewirte deine feinen Gäste mit saurem Apfelwein, verwässertem Wein und Bier so flach wie ein Duergarkopf! Ich habe schon Pferde gesehen, die eine bessere Brühe zustandebrachten, als sie Hesketh Pratt serviert. Und verfluch unterwegs noch Fastreds Geist mit schönem Gruß von mir!«

Nach diesem letzten Satz ging Kurzbein wieder daran,

seine Gläser zu polieren. Zweifellos hätte er lieber Edelsteine aus Zwergenminen in der Hand gehalten.

Barthelm bezwang dieses eine Mal seinen Ärger. Er wußte genausogut wie jeder andere, daß er einen wunden Punkt berührt hatte. Bevor Hesketh Pratt die *Sumpfratte* eröffnete, war Kurzbeins Schenke der einzige Platz gewesen, wo man in ungezwungener Atmosphäre etwas trinken konnte, denn das *Silberne Krummschwert* und die *Weizenähre* konzentrierten sich eher auf die in Ghars herrschende Vorstellung von feinem Essen, also auf Gerichte, die nicht zurückbissen. Doch die *Sumpfratte* hatte Kurzbeins Umsatz zurückgehen lassen, jedenfalls bis der Geist aufgetaucht war.

»Ziemlich voll hier heute abend, Kurzbein«, rief Tobald, der Bürgermeister von Ghars, als er mit einem großen vierschrötigen Mann, den ich nur vom Sehen her kannte, eintrat.

Nach typischer Zwergenmanier gab Kurzbein Tobalds gutgelaunten Gruß nicht zurück, aber Tobald sprach trotzdem weiter, nachdem er den leicht übergewichtigen Körper auf seinen Stammplatz gehievt und mit seiner roten knubbeligen Nase den Duft von Tabakrauch und gutem Bier eingesogen hatte. »Dieser Geist ist bestimmt gut fürs Geschäft, hm? Hat mich zu Tode erschreckt, kann ich dir sagen. Ich reite diese Sumpfstraße nicht noch mal bei Nacht, wenn ich es vermeiden kann.«

Kurzbein stieß ein Grunzen aus, und das schien Tobald zu genügen, denn nun begann er sich fröhlich mit seinem Begleiter zu unterhalten.

»Wer ist das da bei Tobald?« fragte ich den Schneider.

»Du kennst Grodoveth nicht?« meinte der, und dieser Name ließ es bei mir klingeln. »Er ist Azouns Gesandter für unsere Gegend. Informiert den König und Sarp Rotbard über alles, was es zwischen Donnerstein und Weloon Neues gibt.«

Sarp Rotbart von Weloon war unser Fürst, falls man ihn über eine Entfernung von sechzig Meilen hinweg, gemessen als Flugstrecke einer Krähe, noch für zuständig halten konnte.

Der Schneider kam näher an mich heran und sprach so leise, daß ich Mühe hatte, ihn in der lärmerfüllten Schenke zu verstehen. »Mit dem König verwandt, und doch reitet er von einem Nest zum anderen wie ein x-beliebiger kleiner Beamter. Komischer Kauz, wenn du mich fragst. Und ziemlich kleinlich.«

»Ich finde ihn recht groß«, erwiderte ich mit einem Blick auf Grodoveth.

»Nicht klein von Gestalt«, sagte der Schneider und verdrehte die Augen, »klein von Charakter. Das königliche Wappen hatte sich von seinem Umhang gelöst, und ich sollte es ihm wieder annähen. Und das am Sonntagmorgen, mit einem Kopf, als ob ein Oger die ganze Nacht darauf herumgeschwoft hätte. Also nähte ich ein bißchen schief . . . nur ein *bißchen* . . . Und man möchte meinen, ich hätte die Ehre seiner Mutter in Frage gestellt. Er warf mir den Umhang ins Gesicht und wollte gleich das Schwert ziehen, aber ich konnte ihn . . . beruhigen.«

»Durch inständiges Flehen«, ergänzte der Kerzenzieher.

»Na schön, dann ist er eben aufbrausend«, stellte ich fest, »aber er hat Sinn für das schöne Geschlecht.«

Während unseres Gesprächs war Grodoveth aufgestanden und mit Tobald im Schlepptau an den Tisch getreten, an dem Mayella und ihr Vater saßen. Der Bürgermeister sprach als erster.

»Barthelm! Wie nett, dich an diesem schönen Abend zu sehen! Und deine reizende Tochter natürlich! Ach, was für ein süßes kleines Hündchen. Ich habe Tiere so gern, und sie lieben mich auch. Hallo, du süßes kleines . . .«

Tobalds Charme mußte versagt haben. Sobald er seine Hand ausstreckte, um den Hund zu tätscheln, gab der ein überraschend tiefes Knurren von sich, zog die Lefzen von den Zähnen und schnappte nach ihm. Nur indem er schnell seine Hand zurückzog, konnte der Bürgermeister seine Finger retten. Beinahe wäre er gestolpert, fing sich aber und wirkte ehrlich betroffen.

»Muzlim«, sagte das Mädchen und schüttelte den Hund ein wenig, »was soll denn das? Der nette Mann wollte dich doch nur streicheln.« Sie blickte den geknickten Bürgermeister an. »Es tut mir leid, Bürgermeister Tobald. Ich weiß nicht, was in ihn gefahren ist.«

»Nein, nein ...«, murmelte Tobald. »Wirklich seltsam. Ich komme doch immer so *gut* mit Tieren aus.«

Ich mußte grinsen. Tobald war von der fröhlichen, gutmütigen Sorte, aber wenn ich sah, wie die Mächtigen einen Dämpfer bekamen, verdient oder unverdient, reizte mich das immer zum Lachen.

»Ich, äh, hole mal unser Bier, Grodoveth«, sagte der Bürgermeister und zog sich an die sichere Bar zurück. Kurzbein war vielleicht ebenso launisch wie Muzlim, aber der Zwerg biß wenigstens nicht.

Grodoveth blieb an Barthelms Tisch, obwohl der Kaufmann oder seine Tochter ihm keinen Platz angeboten hatten. Er setzte sich Mayella gegenüber, die etwas näher an ihren Vater heranzurücken schien, als Grodoveth sie ansah und seine Version eines Lächelns aufsetzte. Mir kam es eher wie Hohn vor.

Ihre Unterhaltung verlief leise. Obwohl ich nicht mitbekam, worüber gesprochen wurde, schloß ich, daß es sowohl Barthelm als auch seiner Tochter mißfiel. Mayella lächelte anfangs verlegen, dann färbten sich ihre Wangen leicht rot.

Barthelms Reaktion war heftiger. Sein eh schon strenges

Gesicht verhärtete sich allmählich so sehr, daß ich seine Kiefermuskeln zittern sehen meinte. Schließlich lehnte er sich zu Grodoveth hinüber und sprach mit leiser, eindringlicher Stimme. Die Worte konnte ich nicht verstehen, aber die Silben zischten Grodoveth an wie wütende Schlangen.

Der Gesandte des Königs lehnte sich zurück, zuckte mit den Schultern und breitete die Hände aus, als ob er mißverstanden worden wäre. Dann stieß er ein rauhes Gelächter hervor, nickte mit einer Art von spöttischer Höflichkeit und gesellte sich wieder zu Tobald, der dem allen besorgt zugesehen hatte. Ich hörte noch, wie der Bürgermeister Grodoveth fragte, was denn los sei, aber der Gesandte wischte die Frage beiseite und widmete sich seinem Bier.

6

Barthelm wirkte lange wütend, und ich glaubte, in Mayellas lieblichen Augen Tränen glitzern zu sehen. Aber es schien mir nicht angebracht, hinüberzugehen und sie zu trösten. Ich erkenne einen erzürnten Vater, wenn ich ihn sehe.

»Also, was meinst du, war *das* nun wieder?« fragte ich den Schneider, der alles zu wissen schien.

»Das einzige, was noch hitziger ist als Grodoveths Temperament«, antwortete der, »ist seine Liebe zu den Damen. Und dabei geht er nicht immer wie der taktvollste Mensch vor.«

»Eigentlich«, meinte der Kerzenzieher, »sollte Barthelm doch froh sein, wenn ein Verwandter von König Azoun auf seine Tochter aufmerksam wird, besonders dann, wenn der einzige Kerl, auf den sie es anscheinend abgesehen hat, dieser Rolf ist, der Sohn des Dachdeckers.«

»Aber vielleicht ist diese Aufmerksamkeit auch unangebracht. Nämlich für den Fall, daß der Verwandte des Königs erst durch *Heirat* in den Genuß dieser Verwandtschaft kam.«

»Er ist verheiratet?« japste der Kerzenmacher.

Der Schneider nickte weise. »Grodoveths Frau ist eine Cousine von Azoun.«

»Das scheint ihn nicht davon abzuhalten«, warf ich ein, »Angebote zu machen, die Mädchen erröten und Väter explodieren lassen. Ich nehme an, seine Position und seine familiären Verbindungen schützen ihn.«

»Bisher«, bestätigte der Schneider. »Obwohl ich gehört habe, daß er wegen einer Indiskretion seinerseits Suzail verlassen mußte. Und zwar auf Veranlassung des Königs. Ist ja nur ein Gerücht, aber ich hörte, diese Schlampe in jener Schenke in Suzail war . . .«

Die zweifellos farbenfrohe Anekdote wurde abrupt unterbrochen, als die Tür aufging und kein anderer als Dovo eintrat, Aunsible Durns kräftiger, aber strohdummer Gehilfe. Er marschierte herein, als wäre er das Geschenk der Götter an alle weiblichen Wesen der Welt, nicht ein Metallverbieger mit Frau und drei Kindern. Er grinste die Männer an, beäugte lüstern die Damen und besaß sogar die Frechheit, Tobald zuzuzwinkern, als kämen sie aus derselben sozialen Schicht. Der Bürgermeister wirkte so verstimmt, wie es sein grundsätzlicher Frohsinn nur erlaubte, widmete sich aber bald wieder seinem Bier und Grodoveth.

Dovo schob sich an die Bar, bestellte einen Krug Nordbier und begann ein Gespräch mit ein paar anderen stadtbekannten Rüpeln. Ich bemerkte jedoch, daß er gegenüber Mayellas Reizen nicht unempfindlich war und wiederholt zu ihr hinblickte, während er seinen Kumpeln Geschichten von Liebesaffären und Rachefeldzügen auftischte. An einer Stelle seiner ausgreifenden Erzählung zeigte er ihnen kleine Bildchen, und aus dem obszönen Kichern schloß ich, daß es keine Miniaturen seiner Kinder waren.

Nachdem die Kellnerin, Sonnenhaar, Brot und Käse an Barthelms Tisch gebracht hatte, stand der alte Herr auf und ging zum stillen Örtchen. Dovo verlor keine Sekunde. Er fuhr herum und pflanzte sich direkt gegenüber der verblüfften Mayella auf, deren kleiner Hund durch Dovos plötzliches Auftauchen so erschrak, daß er kurz hochsprang und dann zitternd auf ihrem Schoß liegenblieb.

»Ach«, säuselte Dovo, »was für ein glücklicher kleiner Hund. Wie geht's uns denn heut' abend, Fräulein? Wartest hier, bis Dovo endlich in deine Richtung guckt?«

»Nein, mein Herr.«

»Komm schon, war doch so!«

Und derart ging das Gespräch eine Minute lang weiter, bis die Tür sich wieder öffnete, den kühlen Herbstwind hereinließ und dazu drei Dachdecker, die nach einem langen Arbeitstag müde und erhitzt waren. Angeführt wurden sie von Rolf, der gerade sagte: »Geister, ach du liebe Zeit! Das ist doch bloß so ein Dumme-Jungenstreich, macht sich einer über alle lustig. Hey, ich hätte gute Lust, selbst in den Weiten Sumpf zu gehen und ...«

Aber er brach ab, als er das wenig ermutigende Bild vor seinen Augen sah. Rolf war schon als kleiner Junge in Mayella verschossen gewesen, und soweit ich wußte, hatte sie seine Zuneigung erwidert, obwohl ihr alter Herr höher mit seiner Tochter hinauswollte.

Rolf war sowieso schon ein ziemlich empfindlicher Kerl, und als er Dovo, den verheirateten Schürzenjäger der Stadt, gegenüber seiner Liebsten sitzen sah, begann er zu zittern, als wolle er sich sofort auf Dovo stürzen und ihm die Glieder aus dem Leib reißen. Statt dessen aber stellte er sich hinter den Schmied und legte diesem eine schwere Hand auf die Schulter.

Dovo warf einen langsamen Blick auf die Hand, dann auf das Gesicht ihres Besitzers. »Sieh einer an«, sagte er. »Wer kommt denn da – Herr Brat-mein-Hirn-in-der-Sonne. Geh weg, Kleiner. Ich hab' das Mädel schon fast rum für einen romantischen kleinen Spaziergang, und du vermasselst mir am Ende noch die Tour.«

Mehr war nicht nötig. Wutschnaubend riß Rolf den Rivalen zurück und warf ihn samt Stuhl krachend zu Boden. Im Fallen erwischte Dovos Fuß den Tisch, der nun auch noch auf den Schmied kippte. Rolf warf sich kopfüber in den entstandenen Wirrwarr.

Brot, Käse, Bier, Teller, Krüge und Fleisch flogen auf dem Boden durcheinander, als die beiden Männer in einem wilden Ringkampf hin und her rollten, Kurzbeins Gästen die Beine wegtraten und etliche umstießen. Mit einem zwanzig Pfund schweren Eichenstreitkolben stürzte nun der Zwerg hinter der Bar hervor. Mit diesem Spielzeug hatte er schon so manche Schlägerei geschlichtet. Aber gerade als er es anhob, um den ersten der Raufbolde damit zu traktieren, der in Reichweite kam, ließ eine einzelne Stimme alle erstarren, selbst die liegenden Kämpfer.

»Halt!« schrie die Stimme, und als ich vom Kampfplatz wegsah, erblickte ich den zurückgekehrten Barthelm. Er hatte alles sofort erfaßt. Seine Stimme forderte Gehorsam, und Rolf und Dovo schauten automatisch auf wie zwei unbotmäßige Akolythen, die von ihrem Priester bei einer Kabbelei erwischt worden sind. Keiner von ihnen hatte ein blutiges Gesicht, doch waren beide mit Bier, Brot und Käsekrümeln überzogen.

»Mayella!« knurrte Barthelm. »Komm mit, Mädchen!« Sie eilte zu ihrem Vater. Den entsetzten Hund hatte sie unter einen Arm geklemmt. Barthelm nahm die Hand seiner Tochter und führte sie hinaus. Dann zog er die Tür so laut hinter sich zu, als wollte er den Pöbel im Gastraum einschließen.

In der lastenden Stille sahen wir Pöbler uns alle betreten an, bis Kurzbein das Schweigen brach.

»Also, wer hat angefangen? Na los, wer war's?« fragte er, und rieb seinen Streitkolben.

Ein verärgerter Zwerg mit einem Streitkolben ist ein nicht zu ignorierender Umstand. Bald gaben nicht wenige Gäste, die alles gesehen hatten, dies und ähnliche Kommentare zum besten: »... ähm, Rolf ... Rolf hat angefangen ... doch, Rolf war's ...«

Mit seiner freien Hand schnappte Kurzbein sich Rolf am Ohr und zog den Dachdecker auf die Beine, ohne den dann gebückt Stehenden loszulassen.

»Raus mit dir«, meinte Kurzbein und führte Rolf ohne jede weitere Erklärung zur Tür, riß sie auf und drehte dessen Ohr zum Abschied noch einmal ruckartig. Der Junge flog geradezu hinaus.

Kurzbein knallte die Tür zu und drehte sich mit finsterem Blick zu seiner Kundschaft um. »Kein Theater mehr heute«, warnte er, »von niemandem.« Seine Worte wurden nicht laut geäußert, aber wir alle beschlossen, dem Befehl stillschweigend Folge zu leisten.

Der erste, der sich wieder zu Wort meldete, war Dovo. »Vielen Dank für deine weise Rechtsprechung, Bruder Kurzbein, und zum Zeichen meines Dankes möchte ich für alle hier einen ausgeben!«

Kurzbeins Augenbrauen gingen hoch – die größte ihm mögliche Annäherung an ein Lächeln.

Dann fügte Dovo, sich abklopfend hinzu: »Obwohl ich nicht weiß, wie so viele Leute mehr als nur ein paar Tropfen von einem einzigen Krug abkriegen sollen . . .«, und begann zu lachen.

Kurzbein runzelte wieder die Stirn. In schroffem Ton befahl er Sonnenhaar, das Durcheinander aufzuräumen und den Schaden Rolf auf die Rechnung zu setzen.

Das Mädchen tat, wie ihr geheißen. Sie schrieb den Betrag in das große Rechnungsbuch, das hinter der Theke aufbewahrt wurde. Ich hatte Mitleid mit ihr, weil sie jeden Abend Idioten hinterherputzen mußte. Und wenn wir schon bei Idioten sind: Dovo blieb im Lokal und wischte den Dreck an sich nur mit einem Putzlumpen ab. Zweifellos ging er davon aus, daß seine Frau die Sachen schon waschen würde.

Ich blieb noch eine halbe Stunde sitzen, redete und hörte dem Geschwätz zu, das bei Leuten, die langsam, aber sicher betrunken werden, als Unterhaltung gilt. An jenem Abend stellte ich mir vor, ich wäre der berühmte Camber Fosrick und säße, als Dienstbote eines Zauberers verkleidet, in irgendeiner versteckten Kaschemme, in der sich kriminelles Ungeziefer traf, um Schandtaten auszuhecken. Ein solches Wunschbild war allerdings schwer aufrechtzuerhalten, ging es doch nur um Gersteneträge und Regen (oder eher dem Mangel daran), aber dies half mir über die langweiligen Minuten hinweg.

Und ich war froh, nicht gegangen zu sein, denn gegen neun Uhr trat eine der überwältigendsten Vertreterinnen des weiblichen Geschlechts herein, die ich je gesehen habe.

7

Ihr perfektes, wenn auch strenges Gesicht war von roten Haaren umrahmt, die, genau auf Kinnlänge abgeschnitten, den Hals frei ließen. Sie trug einen breiten Gürtel, der einen stählernen Brustpanzer zusammenhielt, dazu gepanzerte Beinschienen und einen Lederrock mit einem Schlitz an der Vorderseite, der fast bis zu ihren großartigen Hüften reichte.

An ihrem Gürtel hing eine Auswahl von Klingen, die alle die vorgeschriebenen Friedensknoten am Heft besaßen. Ich nahm allerdings an, daß diese Symbole der Friedfertigkeit diese Frau nicht davon abhalten würden, jedes der Messer im Handumdrehen zu ziehen. Obwohl Waffen und Rüstung abschreckend genug wirkten, konnten sie nicht ihr wundervolles Gesicht und den, sagen wir einmal, gesunden Körper verbergen. Sie nahm am dunklen Ende der Bar Platz.

»Wer«, fragte ich den allwissenden Schneider, »ist denn *das?*«

»Müßte Kendra sein«, erwiderte dieser leise. »Eine Abenteuerin.« Ich hatte von ihr gehört. Aber ihr durchaus beeindruckender Ruf wurde ihr nicht annähernd gerecht. »Hab' gehört, sie wollte in den Weiten Sumpf«, fuhr der Schneider fort. »Soll dort nach Schätzen suchen.«

Allein ihr Äußeres war Schatz genug für hundert Männer, fand ich, behielt meine Meinung jedoch für mich. Andere waren weniger taktvoll. Es überraschte mich wenig, als Dovo zu Kendra hinüberstapfte und sich neben sie setzte.

»Soll ich dir ein Bier spendieren, Süße?«

Ich hoffe, ich werde einmal nicht so kalt von einer Frau gemustert. Wäre Dovo nun ein gewöhnlicher Mann gewesen, dann wäre ihm das Blut in den Adern gefroren und er seiner Wege gegangen, kaum daß es sich wieder erwärmt hätte. Aber sein Schädel war so hart wie seine Muskeln, so daß er ihr Hohnlachen nur mit einem lüsternen Grinsen beantwortete.

»Wer bist du denn?« fragte sie, während sie seine schmutzigen Kleider begutachtete. »Der Tellerwäscher?«

Da wurde er rot. Er richtete sich auf. »Tellerwäscher, hm? Weit gefehlt, Süße!«

»Ganz recht«, schrie ein Spaßvogel aus einer sicheren dunklen Ecke, »er ist schließlich Nägelsammler!«

»Feuerschürer!« rief ein weiterer aus der anonymen Menge in der düsteren Schankstube.

»Schmied!« stellte Dovo richtig.

»Schmiedegehilfe!« kam es von der ersten Stimme.

»Dann«, sagte Kendra in einem Ton, der die Anauroch hätte gefrieren lassen, »weiß ich ja, zu wem ich gehen kann, wenn mir jemand die Pferdespucke vom Zügel lecken soll.«

Das war nicht gerade die treffendste Beleidigung, die ich je vernommen hatte, aber Dovo ging sie unter die Haut. »Gib acht, Süße!« sagte er so laut, daß es jeder hören konnte. »In mir steckt mehr, als du vielleicht glaubst – *viel* mehr.«

Kendra senkte den Blick, dann wandte sie sich desinteressiert ab. »Das bezweifle ich.«

Da ergriff er ihren Arm und wollte sie mit einem Ruck herumziehen, doch schnell wie eine Schlange hatte sie einen Dolch gezogen und Dovo an die Kehle gesetzt.

»Ich lasse mich nicht gern begrabschen«, sagte sie. »Am wenigsten noch von einem Schmiedegehilfen. Wirt!« rief sie Kurzbein zu. »Warum wirfst du dieses Stück Fledermausmist nicht aus deinem Haus?«

Kurzbein war bereits selbst auf die Idee gekommen. Mit seinem Streitkolben versetzte er Dovo von hinten einen ordentlichen Schlag gegen die Kniekehlen, worauf der Mann beinahe gestürzt wäre. »Raus!« schimpfte der Zwerg. Kendra verlieh dem Befehl Nachdruck, indem sie den Schmiedegehilfen zur Tür schubste.

Dovo ging, aber als schlechter Verlierer. Er spuckte auf Kurzbeins Boden (noch mehr zu putzen für die arme Sonnenhaar, dachte ich) und fauchte zu Kendra zurück: »Keine Frau darf mich so behandeln! Ich werd's dir schon zeigen, du ...«

Ich werde nicht verraten, was für ein Wort er wählte, doch es ließ Kendra so wütend hochfahren, daß Dovo eiligst zur Tür jagte und draußen in der Dunkelheit verschwand. Die Abenteurerin blickte ihm noch einen Moment nach, dann kehrte sie ohne ein weiteres Wort an die Bar zurück.

Man möchte meinen, diese heftige Reaktion auf Dovos Fauxpas sei nun den anderen Männern im *Kecken Barden* eine Lehre gewesen. Aber das war nicht der Fall. Bürgermeister Tobald ging ausgiebig gähnend und rülpsend kurz nach dem Zwischenfall, aber Grodoveth blieb. Er musterte Kendra mit Raubtieraugen. Die Abenteurerin trank gemütlich weiter an ihrem Krug Alt-Einauge.

Schließlich stand der Gesandte des Königs auf und näherte sich der schönen Frau. In der ganzen Schenke wurde es plötzlich still, und alle merkten auf. Grodoveth ging genauso vor wie bei Mayella – leise und subtil, wenn auch nicht subtil genug für Barthelms Geschmack. Auch nicht für Kendras, denn sie blickte Grodoveth an, als hätte er ihr gerade ins Bier gespuckt, und legte eine Hand an den Schwertgriff.

Ich sah Grodoveths Schultern vor Lachen beben, und Kendras Miene verzerrte sich zu einem wütenden Fauchen, das ihre makellosen, perlweißen Zähne freigab. Grodoveth zuckte mit den Schultern, sagte noch etwas, was die Frau noch mehr in Wut versetzte, dann stand er langsam auf und verneigte sich tief.

Kendra wußte genau, daß sie als Fremde nicht den Gesandten des Königs angreifen durfte, und Grodoveth war sich im klaren, daß sie es wußte. Ich kann nur vermuten, was er zu ihr sagte, und diejenigen, die nahe genug saßen, um es verstehen zu können, wollten die Worte nachher nicht wiederholen. »Nee«, meinte Tim Butterwert später, »so 'ne Sprache würde ich nich' mal bei der schlimmsten Schlampe von Huddagh anbringen.«

Grodoveth redete weiter, aber diesmal drehte Kendra ihm den Rücken zu. Zweifellos mit der Hoffnung, er möge sie anfassen, damit sie ihm völlig legal den Kopf bis zum Hals hinunter spalten konnte. Aber Grodoveth rührte sie nicht an, sondern verließ nur lachend das Wirtshaus. Danach sprach niemand mehr mit ihr außer Kurzbein, der sich für das schlechte Benehmen seiner Gäste entschuldigte.

Eine halbe Stunde später fand auch ich es an der Zeit, aufzubrechen und in Benelaius' Haus zurückzukehren. Er würde noch wach sein. Eigentlich sah ich meinen Meister trotz seiner Trägheit kaum jemals schlafen. Vielleicht, überlegte ich, brauchte er aus Mangel an Bewegung keinen Schlaf zum Auftanken, weil er eigentlich ausschließlich mentale Energie verbrauchte.

Ich holte die Kiste Gewürzwein hinter der Bar ab, zahlte meine Rechnung bei Kurzbein und band draußen den Kasten hinter dem Sattel fest. Dann bestieg ich Jenkus und hielt nach Südosten auf den Weiten Sumpf zu. Und auf den Geist.

Ich hatte nicht viel getrunken, deshalb fiel es mir schwer, die Geschichten von Fastreds Geist zu vergessen. Ich versuchte mich abzulenken, mir so gut wie möglich ins Gedächtnis zu rufen, was heute abend alles im *Kecken Barden* vorgefallen war, denn ich wußte, daß Benelaius auf jede Einzelheit Wert legen würde.

Er genoß die Geschichten, die ich aus der Stadt mitbrachte, und ich fragte mich häufig, warum er nicht gelegentlich selbst hinfuhr. Trotz seiner Korpulenz war er erstaunlich behende. Einmal hatte ich ihn quer durch den Raum flitzen sehen, um einen Armreif aufzufangen, den eine der Katzen heruntergeworfen hatte.

Doch als ich dem Weiten Sumpf näherkam, war mein Gehirn mit Geschichten über Gespenster, Phantome und Geister beschäftigt, ganz abgesehen von den Monstern, die meines Wissens *wirklich* im Sumpf lebten. Ich versuchte mir erneut vorzumachen, ich sei der tapfere, gewandte Camber Fosrick, der über Geister nur lachen und Schreckgespenster angrinsen würde.

Aber ich muß gestehen, als ich schließlich an die Straßengabelung kam und nach links zu Benelaius hin abbog, zitterte ich vor Nervosität. Ich versuchte meinen Blick vom Sumpf abzuwenden, der jetzt rechts von mir lag, aber meine Augen fanden immer wieder zurück. Der Mond spendete nur wenig Licht, und das empfand ich beim Weiterreiten als Wohltat. Jenkus spürte meine Angst, denn er tänzelte ziemlich herum, und ich nahm die Zügel fest in die Hand.

Dann, an einer Stelle, an der die Straße eine Biegung machte, die mich noch näher an den trügerischen Weiten Sumpf heranführte, hörte ich ein dumpfes Stöhnen – wie von einem Mann, der mit dem Kopf in einem Brunnen hängt. Es kam vom Sumpf her, und obwohl ich mir vornahm, ungerührt weiterzureiten, drehte sich mein Kopf unwillkürlich zu den Nebelschwaden hin. Keine zwanzig Schritt vor mir sah ich so nahe an der Straße, daß er nur die Hand ausstrecken mußte, um mich beim Passieren zu berühren, einen Schemen, der nur Fastreds Geist sein konnte.

Natürlich ritt ich nicht vorbei. Ich war geistesgegenwärtig genug, mannhaft die Zügel anzuziehen, aber Jenkus war mir zuvorgekommen. Er hatte bereits angehalten und wich nun vor der Erscheinung zurück, wofür ich ihn gewiß nicht schelten mag.

Beim Anblick der grünen leuchtenden Geisterfratze, die mich unter einem antiken Helm hervor anstarrte, gefror mir das Blut in den Adern, mein Magen fühlte sich an, als sei ein zehn Pfund schweres Bleigewicht hineingefallen, und meine Zunge wurde pelzig. Ich konnte nicht schlucken, nicht sprechen, nicht einmal fiepen. Noch nie hatte ich ein solches Entsetzen verspürt.

Und als die Axt hochkam, und die Klinge die schwachen Strahlen des Mondlichts auffing, die durch den Nebel drangen, wurde es noch schlimmer.

8

Jenkus und ich gerieten in Panik. Er bäumte sich auf, als ich ruckartig und panisch an den Zügeln zog. Wir fuhren herum, als wären wir eins, und galoppierten, so schnell wie Jenkus nur vorankam, in die andere Richtung. Es war uns ganz egal, wo es hinging, solange wir nur dieser furchtbaren Erscheinung entrannen. Wir flogen geradezu die Sumpfstraße hinunter, in der Dunkelheit eine ziemlich gefährliche Angelegenheit.

Aber als wir wieder die Weggabelung erreichten, hatte ich mich so weit beruhigt, daß ich darüber nachdenken konnte, wo sich das nächstliegende bewohnte Haus befand, und das schien mir eher bei den Bauernhöfen am Südwestende der Sumpfstraße zu sein als am Ende des langen Weges nach Ghars. So gab ich den Zügeln einen Ruck nach links, und wir rasten die Straße hinunter.

Das erste Gehöft lag eine knappe Viertelmeile hinter der

Gabelung. Ich zügelte Jenkus vor der Tür, saß ab und grüßte die Bewohner, einen beleibten Bauern und seine noch dikkere Frau. Dann erzählte ich, was ich gesehen hatte.

Der Bauer versicherte mir daraufhin, das wäre eine ganz ordentliche Geschichte, und fragte, was sie – außer dem heißen Tee und dem Kuchen, mit dem sie mich bereits versorgt hatten – noch für mich tun könnten. Mir wurde klar, daß es damit auch schon sein Bewenden hatte. Wenn wir mit einer Bauernarmee zurückkehrten, würde der Geist sich wahrscheinlich nicht blicken lassen – sofern das Landvolk tapfer genug war, mitzukommen, was ich bezweifelte.

Sie boten mir an, über Nacht zu bleiben, aber nachdem ich diese Möglichkeit erwogen hatte, beschloß ich doch, mich dem Geist noch einmal zu stellen. Schließlich hatte er mich schon beim ersten Mal nicht ergreifen können, und wenn ich ihn sah, konnte ich ja einfach davonreiten. Außerdem stand da ein gewisser Spott in den Augen des Bauern und seiner Frau, und ich glaube, sie hielten mich für einen reichlich überspannten Jungen, der einen über den Durst getrunken hatte.

Ich bedankte mich also und kehrte an den Ort des Spuks zurück. Jenkus war überhaupt nicht darauf erpicht, die Straße zum Haus meines Meisters einzuschlagen, aber ich konnte seinen Kopf herumbekommen, und wir ritten weiter.

Inzwischen war es gut nach Mitternacht, und ich hoffte, daß Fastred nun erledigt hätte, was immer er hier draußen vorgehabt hatte, und in sein Geisterhaus zurückgekehrt war. Aber meine Ängste lebten wieder auf, als ich kurz nach der Weggabelung vor mir etwas hörte. Ich schluckte mühsam und tätschelte Jenkus tröstend den Hals.

Aber was ich vernahm, war nicht das hohle Stöhnen von vorher. Mit Erleichterung sah ich, daß nicht ein Geist, sondern ein anderer Reiter auf mich zukam. Zu diesem Zeitpunkt wäre ich sogar über einen Wegelagerer froh gewesen, solange er nur nicht leuchtete.

Ich konnte die Gestalt nicht erkennen, aber sie erschien groß und trug einen schweren Mantel und einen Hut mit einer weiten Krempe, die ihr Gesicht verbarg. Ich konnte nicht einmal feststellen, ob es ein Mann oder eine Frau war, und am Pferd bemerkte ich nur, daß es eine dunkle Farbe besaß, keine Ahnung ob Schwarz, Braun oder Grau. Bei Nacht sind alle Katzen grau ...

»Guten Abend!« grüßte ich, mehr um meine eigene Stimme zu hören, als um dem Reiter ein Willkommen zu geben. Aber es kam keine Antwort zurück. Pferd und Reiter fegten so schnell und achtlos an mir vorbei, daß ich keinen Blick auf das verdeckte Gesicht werfen konnte. Vielleicht war das noch ein Geist gewesen, dachte ich bei mir. Vielleicht halten die gerade ebenfalls ein Jahrestreffen in Ghars ab.

Aber ich hielt ihn nicht wirklich für ein Gespenst. Jenkus hatte kaum reagiert und ich oft gehört, Tiere könnten Geister sicher identifizieren. Der Reiter hatte es eilig gehabt, aber nicht so eilig wie jemand, der gerade einem axtschwingenden Unhold begegnet ist. Also ging ich davon aus, daß der Weg vor mir diesmal frei von Gespenstern sein würde.

Und so war es auch. Auf dem ganzen Rückweg bis zur Behausung von Benelaius sah ich nichts mehr, obwohl ich freimütig zugebe, daß ich bei jedem Ast, den der Wind bewegte, zusammenzuckte. Am nervösesten war ich natürlich an der Stelle, an der ich das Wesen zuvor gesehen hatte. Aber alles blieb friedlich. Es gab nichts außer mir und Jenkus. Nach Passieren des Spukortes legte ich ein größeres Tempo vor.

Es war sehr spät, als wir zu Hause ankamen, aber Benelaius war natürlich noch wach und arbeitete in seinem Studierzimmer. Er empfing mich an der Tür, als ich mit der Kiste Gewürzwein in den Armen eintrat.

»Was hat dich aufgehalten?«

Ich zuckte mit den Schultern. »Kneipengeschwätz, Schlägereien und vor allem ein Geist.«

Ich freute mich, daß ich mit meiner Bemerkung eine kleine Bresche in seine normalerweise stoische Haltung geschlagen hatte. Er zog die Augenbrauen hoch.

»Ein Geist, ja?«

»Ja, ich habe ihn an diesem sumpfigen Eckchen gesehen, wo . . .«

Er hielt eine Hand hoch. »Auf dem Hinweg oder dem Rückweg?«

»Auf dem Rückweg natürlich.«

»Dann fang am Anfang an, bei dem Kneipengeschwätz. Ich habe schon seit einiger Zeit nicht mehr erfahren, was in der Stadt so los ist. Wir kommen noch früh genug zu deinem Geist.«

Vielleicht hatte er früher bereits so viele Erfahrungen mit dem Übernatürlichen gemacht, daß ein weiterer Spuk ihn nicht mehr besonders interessierte. Aber ich denke, er wollte sich mit der Aufforderung, die Geschichte der Reihe nach zu erzählen, nur etwas über mich lustig machen. Ich hasse es, verspottet zu werden.

Aber er war mein Meister – noch drei Tage –, und ich tat, wie mir geheißen. Wir saßen vor dem heruntergebrannten Feuer, und ich erzählte ihm, wie Grodoveth, der Gast von Bürgermeister Tobald, Barthelm und Mayella Wiesenbach den Abend verdorben, und was mir der Schneider über den Mann berichtet hatte.

Benelaius nickte weise. »Ja. Ich weiß über den Gesandten Bescheid. Nach der Hochzeit mit König Azouns Cousine Beatrice war er in Suzail gut angeschrieben, bis er sich durch einen idiotischen Vorfall, der nur auf seine Lüsternheit zurückzuführen war, entehrte und den Thron bloßstellte. Zur Belohnung darf er jetzt von einem Städtchen zum anderen reiten, immer unter der Oberaufsicht dieses Prahlhanses Sarp Rotbart. Sehr erniedrigend. Ein ziemlicher Abstieg für einen Mann mit einem so riesigen Ego.«

»Was, äh, war denn das für ein Vorfall?« fragte ich.

»Das sollte dich nicht kümmern. Was geschah dann?«

Ich berichtete ihm von Kurzbeins Verdruß bezüglich der *Sumpfratte*, Tobalds Geplänkel mit Mayellas Hund, von dem Kampf zwischen Dovo und Rolf um Mayella, dem anschließenden Abmarsch der Wiesenbachs und Grodoveths erfolglosem Versuch, bei Kendra zu landen – kurz gesagt, von all den kleinen Ereignissen, die das Kleinstadtleben so anregend machen.

Schließlich kam ich zum Ende: »Und dann habe ich natürlich noch Fastreds Geist gesehen, und das wär's so in Kürze mit dem Abend.« Ich stand auf, streckte mich und gähnte. »Also, gute Nacht, Meister.«

»Gute Nacht, Jasper«, sagte der Zauberer, legte seinen Kopf im Lehnstuhl zurück und schloß die Augen.

Mein Bluff hatte nicht funktioniert. »Meister?« fragte ich.

»Mhm?«

»Willst du nichts von dem Geist hören?«

Er öffnete ein Auge. »Wenn du es mir unbedingt erzählen willst.«

Bei Benelaius kam dieser »Augenaufschlag« der Vorfreude gleich, die einen jeden anderen begeistert hätte herumhüpfen lassen.

Also erzählte ich von dem Geist, von meiner Flucht, dem Besuch bei dem Bauern (»Müßte Pygmont Kardath gewesen sein«, meinte Benelaius) und von meiner Begegnung mit dem Fremden auf dem Heimweg – ohne weitere Gespenster.

»Schön, schön, schön«, meinte er, als ich geendet hatte. »Das war ja ein recht ereignisreicher Abend für dich, Jasper. Am besten gehst du nun sofort ins Bett, denn du mußt im Morgengrauen aufstehen, nach Ghars reiten und Lindavar abholen. Seine Kutsche fährt die ganze Nacht durch und sollte gegen halb acht ankommen. Schlaf gut.«

Ich kroch die dunkle Treppe hoch und umging dabei die Katzen, die fast auf jeder Stufe schliefen. Alle außer Kralle, der seinen Namen zu Recht trug. Der pechschwarze Kater mit den gelben Augen war ausgesprochen reizbar, und als ich ihm versehentlich auf die Schwanzspitze trat, verwandelte er sich in einen fauchenden, kratzenden, beißenden Wirbelwind. Seine Zähne senkten sich tief in meinen Knöchel, und nach diesem letzten Volltreffer eilte er die Treppe hinunter, um sich einen weniger gefährlichen Platz zu suchen.

Ich konnte nur mühsam einen Schmerzensschrei unterdrücken, aber ich schaffte es doch bis in mein Zimmer, wo ich Salbe auf die Wunde strich und schnell in einen erschöpften Schlaf fiel. Träume von riesigen schwarzen Katzen peinigten mich, die Feuer spien, grün leuchteten und Äxte schwangen, deren Klingen Raubtierzähnen glichen. Ich hätte viel lieber von Mayella, Kendra oder auch Sonnenhaar geträumt, aber nein. Es mußten ja Katzen mit Äxten sein.

9

Der Morgen kam schneller als ein Werjaguar mit Feuer unterm Hintern. Mein Knöchel schmerzte, meine Augen waren von Schlafsand verklebt, und mein Magen verhielt sich unruhig, was ich auf Kurzbeins Fischkuchen schob.

Aber als Dienstbote läßt man sich durch solche Kleinigkeiten nicht von seinen Pflichten abhalten. Nach einem schnellen Frühstück, das aus einem pochierten Ei auf Schwarzbrot bestand, spannte ich die beiden Pferde vor die Kutsche und machte mich auf nach Ghars. Stubbins legte sich kräftig ins Zeug, aber Jenkus nahm es ziemlich übel, daß er – nach Inanspruchnahme seiner Dienste in der vorigen Nacht – gleich wieder an die Arbeit mußte. Ich auch, denn viel Gutes war am Vortag nicht herausgekommen.

Eigentlich kam mir alles fast so vor wie letzte Nacht. Die Sonne war noch nicht über den Horizont geklettert, doch ihr Licht tauchte das Land schon in pinkfarbenes Leuchten. Als der Wagen so dahinratterte, meldeten sich das Ei und das Brot in meinem Magen, dem es darüber hinaus nicht guttat, daß der Wagen durch Jenkus' beleidigte Zurückhaltung immer wieder von der Spur abkam. Sein Widerstreben verlangte eine feste Hand am Zügel. Schließlich schien Jenkus sich in sein Schicksal zu fügen, und wir hielten einigermaßen Kurs auf Ghars.

Als wir die Stelle passierten, an der ich die Erscheinung entdeckt hatte, versuchte ich mich nicht allzusehr auf die Umgebung zu konzentrieren. Das fiel mir nicht schwer, denn meine Augen waren den größten Teil der Fahrt sowieso schon halb geschlossen gewesen. Aber aus den Augenwinkeln heraus glaubte ich, draußen am Sumpf eine Gestalt am Boden zu sehen, die einen unnatürlichen trüben Glanz ausstrahlte.

Und habe ich nun meine Ängste besiegt, womöglich einen scheußlichen Gruftschrecken, einen Zombie, ein Miesel oder gar einen Schnapperschwätzer aus dem Sumpf auftauchen sehen, bereit, mich zu fressen? Drehte ich mich um, und faßte ich ins Auge, was wahrscheinlich – bei Erfüllung meiner Gebete – nur ein Haufen Sumpfschlamm mit nassem Glanz war?

Ich tat es nicht. Als der Feigling, der ich manchmal bin, vergrub ich meinen Kopf unter dem Mantel und schnalzte mit den Zügeln in der vergeblichen Hoffnung, daß Stubbins und Jenkus schneller laufen würden.

Aber nichts kam mir nach, und ein Stückchen weiter drehte ich mich um und blickte unsicher zurück. Ich rechnete halb und halb damit, von einem heimlichen Verfolger hinterrücks angesprungen zu werden. Der Hügel weit, weit hinten war noch zu erkennen, und die aufgehende Sonne ließ etwas glitzern. Aber jetzt schien nicht die Zeit zu sein für eine Untersuchung. Am besten auf dem Rückweg, wenn ein Kriegszauberer mit einem ganzen Haufen Kampfsprüche aushelfen konnte.

Dieser Kriegszauberer allerdings erwies sich als einer von der bescheidenen Sorte. Er saß auf einer Bank vor der *Weizenähre,* die Nase in einem Buch und mehrere kleine Säckchen zu seinen Füßen. Er trug einen Schlapphut, und ein staubiger brauner Mantel verhüllte seinen dünnen Körper. Als er aufstand, konnte ich feststellen, daß er nur mittelgroß war, wenn auch einen halben Kopf größer als ich.

»Entschuldigung, Herr, seid Ihr Lindavar, der Gast des Zauberers Benelaius?«

Er sah mich an, als ob er über die Frage erst einmal nachdenken müßte, antwortete dann aber: »Ähm, ja ... doch, der bin ich.«

Ich stellte mich vor und begann seine Habseligkeiten in die Kutsche zu laden. Er wollte helfen, aber ich meinte: »O nein, Herr. Bitte ruht Euch aus. Ich kümmere mich gern um alles.«

Ich kann perfekt lügen, wenn es sein muß. Das ist ein Talent, das jeder Dienstbote besitzen muß, zusammen mit einem starken Rücken und einem geringen Schlafbedürfnis.

Dann wollte er neben mich auf den Kutschbock klettern,

obgleich ich ihm versicherte, er würde hinten bequemer sitzen. Dagegen erhob er wie ein höfliches Kind freundlich Einspruch: »Aber hier oben sehe ich doch viel besser.«

Ich zuckte mit den Schultern. »Also gut, ganz wie Ihr wünscht.«

Ich fragte mich, welche »Sehenswürdigkeiten« er erwartete. Das Land im Südosten von Ghars besteht nur aus Gehöften und Sumpf, aber er war ja schließlich der Gast.

Während des ersten Teils der Fahrt sprach er kaum ein Wort, und ich, als guter Diener, respektierte sein Schweigen. Hin und wieder fragte er mich, was für ein Vogel gerade vorbeiflog oder was für Früchte auf diesem oder jenem Feld wuchsen.

Eben erzählte ich ihm, was ich über Haferanbau wußte, es war nicht gerade viel, als er plötzlich erstarrte. »Was ist denn das dort hinten?« fragte er.

Einen Moment lang glaubte ich, er hätte den Geist gesehen, und mein Herz klopfte mir bis zum Hals. Aber dann entdeckte ich die Erhebung, die ich bei der Hinfahrt schon kurz wahrgenommen hatte. Sie lag vielleicht fünfzig Schritte abseits der Straße, ganz dicht am Rand des eigentlichen Sumpfes. Und jetzt, da ich den Mut aufbrachte, sie direkt anzublicken, glich sie doch tatsächlich einem Körper in einer Rüstung.

»Siehst du das?« fragte mich Lindavar.

Ich nickte benommen. Als wir näherkamen, befahl mir der Zauberer, die Kutsche anzuhalten.

»Das sieht aus, als würde dort jemand liegen«, sagte er mit erschrockener Stimme und trat von der Straße auf die matschige Erde am Rand des Sumpfes.

»Seid vorsichtig, Herr!« rief ich. »Der Sumpf kann Euch hinunterziehen, wenn Ihr nicht auf Eure Schritte achtet!«

Wenn er mich hörte, beeindruckte ihn meine Warnung

nicht, denn er lief weiter auf die Gestalt zu, ohne den Schlamm zu bemerken, der an seinen Stiefeln sog. Als guter, blöder Diener folgte ich ihm natürlich.

»Verzeiht Herr, ich sollte eigentlich erwähnen, daß ich erst letzte Nacht genau an dieser Stelle einen furchtbaren Geist mit einer Rüstung gesehen habe. Das da könnte irgendein Monster sein, das sich totstellt, um Euch näher zu locken. Herr? Habt Ihr mich gehört?«

»Das ist kein Monster«, rief er zurück. »Eher schon ein Mensch.«

Ich war mir da nicht so sicher. Mir kam es vor, als trüge die Gestalt dieselbe Rüstung, die an meinem Geist geleuchtet hatte.

»Herr, ich bitte Euch. Ihr müßt doch schon von Berufs wegen wissen, daß solche Kreaturen die Macht haben, eine harmlose Gestalt anzunehmen, um dann aufzuspringen und den anzugreifen, der ihnen nahe kommt. Vielleicht ist das noch nicht einmal ein Mensch!«

Es war zu spät. Lindavar kniete bereits an der Seite eines – meiner Überzeugung nach – sich verstellenden Gespenstes, und ich erwartete jeden Augenblick, daß zwei Klauenhände hochfahren und ihn in Stücke reißen würden. Statt dessen richtete er sich auf. Er hielt einen großen Metallhelm in der Hand. Es war derselbe, den Fastreds Geist letzte Nacht getragen hatte. Lindavar drehte sich um und streckte mir den Helm entgegen, aus dessen Halsansatz rötlicher Schleim rann.

Als Lindavar das geschlossene Visier öffnete, erkannte ich, daß der Kopf noch darin steckte.

»Ist das nun kein Mensch?« meinte er grimmig.

Ein bekanntes, jetzt kränklich grünes Gesicht starrte mich mit hervorquellenden Augen aus dem Helm an.

»Oh, doch«, flüsterte ich. »Dovo.«

10

»Du kennst ihn?« fragte Lindavar, der mit seiner grausigen Bürde näher kam.

Ich wich zurück. Zauberer sind es vielleicht gewohnt, Teile von toten Körpern durch die Gegend zu schleppen, aber das war nichts für mich. »Ja, ich kenne ... *kannte* ihn. aber, könnt Ihr das nicht bitte hinlegen?«

Mein Schwarzbrot und das Ei befanden sich nun wirklich in heller Aufregung, nachdem ich erkannt hatte, daß die rötliche Flüssigkeit nicht nur Sumpfwasser war.

Lindavar wollte den Helm abziehen, hielt ihn dabei jedoch schief ... und der Kopf rutschte heraus. Es gab ein häßliches Geräusch, als er auf dem sumpfigen Boden aufschlug.

»Uuurg.« Ich würgte und sah beiseite.

»Wer war das?« fragte Lindavar.

»Er hieß Dovo und war der Schmiedegehilfe von Ghars.« Ich dachte daran, daß man eigentlich nichts Schlechtes über die Toten sagen sollte, verwarf diese Rücksichtnahme jedoch. Schließlich hatte Dovo mir gestern abend allem Anschein nach einen üblen Streich gespielt, und ich war nicht sein erstes Opfer gewesen. »Ein rechter Esel.«

Lindavar warf einen nachdenklichen Blick auf den Kopf. »Warum sagst du das?«

»Weil er sich als Geist verkleidet und die Leute erschreckt hat. Ich bin ihm gestern abend begegnet. Er trug diese Rüstung ...« Ich zeigte auf den kopflosen Körper, dessen Arme in die Seiten gestemmt waren. Eine Blutlache am Hals der Leiche war zu einer schwarzbraunen Masse geronnen. »Das da auf seinem Gesicht ist wahrscheinlich Leuchtfarbe ...« Ich deutete auf die blaßgrüne Farbe auf Dovos Haut. »Und er trug diese Axt«, endete ich leise. Die lange, geschwungene Klinge war schwarz von getrocknetem Blut.

»Wie weit ist es noch bis zu Benelaius' Haus?« fragte Lindavar – ein ziemlich abrupter Themawechsel.

»Noch eine Meile diese Straße entlang«, erwiderte ich.

»Sehr gut. Du bleibst hier, Jasper, und ich fahre hin und hole ihn.«

Mir sträubten sich die Nackenhaare. »Was? Ich soll zurückbleiben? Warum denn?«

»Weil einer am Ort des Verbrechens ausharren sollte. Wenn niemand hier Wache hält, könnte jemand vorbeikommen und die Spuren durcheinanderbringen. Oder es schleichen sich wilde Tiere aus dem Sumpf und fressen den Körper, oder der Mörder kehrt zurück.«

»Und wenn die wilden Tiere oder der Mörder auftauchen, was soll ich dann tun?« Ich wußte, daß ein guter Diener keine Anordnung hinterfragt, aber diese machte mich doch ein wenig nervös.

»Wenn der Mörder zurückkommt«, sagte Lindavar, »kannst du dich verstecken und herausfinden, wer er ist, und sollten Tiere nahen ... Ach, ich bin doch nicht lange fort.«

»Aber ...«

»Sieh mal, Jasper, ein großer Mann hat einmal gesagt: ›Ein tapferes, standhaftes Herz kann jegliche Furcht überwinden.‹ Also keine Sorge. Ich bin bald mit Benelaius zurück. In der Zwischenzeit kannst du dich nach weiteren Hinweisen umschauen, aber bring nichts durcheinander.«

Und er stapfte ohne einen weiteren Kommentar zur Straße, sprang auf den Kutschbock und lenkte die Pferde zum Haus von Benelaius.

Ich wußte nur zu gut, wer dieser große Mann war, von dem er gesprochen hatte: Camber Fosrick. Ich kannte das Zitat ebenfalls auswendig. Also war auch Lindavar, einer der

Kriegszauberer von Cormyr, der Trivialliteratur verfallen. Wenn ich nicht solche Angst gehabt hätte, wäre ich in Lachen ausgebrochen.

Ich dachte über Fosricks Zitat nach und kam zu dem Schluß, daß es auch bei all meiner großen Bewunderung für den Detektiv eigentlich Quatsch war. Es besagte nichts anderes, als daß der, der bereits tapfer war, sich tapfer verhalten würde. Es verriet einem nicht, wie man Mut fassen konnte. Ein wirklich schwacher Trost, kann ich euch sagen.

Ich beschloß, den zweiten Teil von Lindavars Rat zu befolgen und die Zeit zur Indiziensuche zu nutzen. Das würde mich von wilden Tieren und Mördern ablenken, und die Untersuchung bis zu Benelaius' Ankunft schon sehr voranbringen.

Zunächst ging ich vorsichtig um den ganzen Leichnam herum, ohne dabei irgendwelche Fußstapfen zu zertreten. Der nasse Grund zeigte deutlich die von Lindavar und mir, aber frühere Abdrücke waren fast verschwunden. Der Sumpf hatte die Spuren wieder verwischt. Die wenigen, noch sichtbaren Abdrücke stammten von einem Menschen mit großen Füßen. Ich blickte auf Dovos Fußsohlen. Die waren tatsächlich überdimensional, wie alles an dem Mann.

Da alle Fußspuren eine beachtliche Größe zeigten, ging ich davon aus, daß auch der Mörder große Füße gehabt haben mußte. Also gut, ein Mörder auf großem Fuße. Camber Fosrick wäre sicher stolz auf mich gewesen, ob nun tapfer oder nicht. Da darüber hinaus die Abdrücke nicht weiter in den Sumpf hineinführten, mußte derjenige, der Dovo geköpft hatte, von der Straße gekommen und auch in diese Richtung wieder verschwunden sein. Noch eine brillante Schlußfolgerung, dachte ich. Wenn der Mörder nicht geflogen war, aber dagegen sprach schließlich einiges.

Dann suchte ich den Boden nach Dingen ab, die kleiner

waren als Fußspuren, und fand auch einige. Drei abgeschnittene Fingerspitzen lagen dicht beieinander, und ich warf einen schaudernden Blick auf Dovos Leiche. Die rechte Hand war zu sehen, an ihr schienen alle Finger heil, aber die Linke befand sich unter der Leiche. Ich verzichtete darauf, sie umzudrehen, um nach den Fingerstummeln zu suchen.

Einige Schritte von Dovos Körper entfernt lagen auch ein paar kleine Glasscherben. Ich ließ sie an ihrem Platz, sie schienen mir farblos und leicht abgerundet zu sein.

Die Leiche war weit weniger eindrucksvoll ausstaffiert, als ich es mir am Vorabend zusammengereimt hatte. Ich hätte zum Beispiel geschworen, daß mein Geist eine komplette, leuchtende Rüstung getragen hatte, dazu einen Helm mit Federbusch, der die ganze Erscheinung mindestens zwölf Fuß groß machte.

Aber das Tageslicht offenbarte nur einen abgetragenen Brustpanzer, teils angelaufen, teils verbeult, und Kettenhosen, deren Glieder sich an einem Dutzend Stellen gelöst hatten. Nur die Axt war ein eindrucksvolles Stück Schmiedearbeit, denn ihre gebogene Klinge schien an der Schneide volle zwei Fuß lang zu sein.

Dovos Kopf lag mit dem Gesicht nach oben. Seine aufgerissenen Augen starrten blicklos in den blauen Himmel von Cormyr. Ich brachte den Mut auf, näher heranzugehen und mit einem Blatt etwas von der grünen Farbe von seinem Gesicht abzuwischen. Dann hielt ich das Blatt in der einen Hand und formte darüber mit den Fingern der anderen einen Kreis, durch den ich anschließend blickte. Das grüne Zeug leuchtete leicht, obwohl noch Sonnenlicht durch meine Finger drang. Also wirklich Leuchtfarbe. In der Dunkelheit der Nacht war die Wirkung schaurig gewesen.

Dann wandte ich mich zur Straße, um dort nach Spuren zu suchen. Die Straße war zwar trocken, doch dem Chaos aus Hufabdrücken und Radspuren auf ihr konnte ich nichts entnehmen. Deshalb setzte ich mich an den Straßenrand und wartete, je weiter weg von der Leiche und vom Sumpf, desto besser.

Ich weiß nicht, wie lange ich dort gesessen hatte, aber als ich schließlich Besuch bekam, stand die Sonne schon hoch am Himmel. Und dann war es gleich ein ganzer Haufen Leute. Von Westen her näherten sich fünf Reiter, und im Osten ratterte ganz in der Nähe Benelaius' Kutsche um eine Kurve. Ich sah, daß Lindavar fuhr, und da der Kutschenboden bedrohlich durchhing, schloß ich, daß mein gewichtiger Meister sich im Innern befinden mußte. Immerhin wußte ich nun, was ihn aus seinem Haus locken konnte – ein Mord.

Als die Kutsche neben mir zum Stehen kam, waren die Reiter noch ein paar Minuten entfernt. Ich öffnete Benelaius den Wagenschlag und vergaß wieder einmal die mir zukommende Stellung, als ich fragte: »Wieso habt ihr so lange gebraucht . . . Meister?«

Er schnalzte geduldig mit der Zunge. »Wie du weißt, Jasper, gehe ich selten aus. Ich fand, ich sollte ordentlich aussehen.«

Und so war es denn auch. Seine Haare und sein langer grauer Bart schienen säuberlich gekämmt, er trug einen auffälligen Umhang mit Kapuze, den ich überhaupt noch nicht kannte, und ein Paar fast neuer, hoher Lederstiefel statt seiner üblichen ausgetretenen Wollpantoffeln.

Er sah an mir vorbei zu den Reitern hin. »Ich sehe, die Behörden sind auch schon da. Gut. Je mehr Köpfe, desto besser, selbst wenn einige davon ziemlich langsam denken.«

Jetzt waren die Reiter bereits so nah, daß ich sie erkennen konnte. Vorne ritt Hauptmann Flim, der Befehlshaber der hiesigen Garnison Purpurdrachen, flankiert von zwei weiteren Drachen. Einer von ihnen führte ein Packpferd, das vermutlich Dovos Körper nach Ghars zurücktragen sollte.

Hinter den Drachen kam Bürgermeister Tobald, der sichtlich Mühe hatte, sich im Sattel zu halten, und der ebenso gesprächige Doktor Braum.

Überrascht drehte ich mich zu Benelaius um. »Die wissen von dem Mord?«

Er nickte. »Sobald Lindavar es mir erzählt hatte, habe ich den Vogel geschickt.« Er meinte die Brieftaube, die in seinem Studierzimmer in einem aufgehängten Käfig saß. Ich hatte noch nie erlebt, daß er sie eingesetzt hätte. Er erwähnte sie zwar hin und wieder, ließ mich jedoch immer in dem Glauben, das Tier sei ein reiner Ziervogel. Es war interessant zu erfahren, daß die Brieftaube neben ihrem außergewöhnlichen Gleichmut angesichts Dutzender von Katzen noch andere Talente besaß. »In der Botschaft schrieb ich nur, daß Dovo getötet wurde und daß wir Übles vermuten.« Dann wandte sich Benelaius den Leuten zu, die gerade anlangten. »Seid gegrüßt, meine Herren!«

»Ist es wahr?« fragte Tobald meinen Meister, während er fast vom Pferd kullerte. »Dovo?«

Benelaius warf mir einen Blick zu. Ich nickte. »Er liegt da unten am Sumpf«, sagte ich. »Man hat ihm den Kopf abgeschlagen.«

Es war nun nicht gerade die beste Gelegenheit, um Lindavar vorzustellen, doch Hauptmann Flim blickte jenen so neugierig an, daß mein Meister geschickt die Formalitäten übernahm. Dann traten wir zur Leiche hin.

Auf den schauerlichen Anblick reagierte jeder auf seine eigene Weise. Flim und seine Drachen verhielten sich, als hätten sie so etwas schon öfter gesehen (hatten sie auch); Doktor Braum war erschüttert, versuchte als Mediziner jedoch, kühl zu bleiben; Bürgermeister Tobald wirkte schlichtweg schockiert. Ihm fehlten die Worte, ja, er hatte Mühe, sein Frühstück im Magen zurückzuhalten.

Als Benelaius jedoch die Leiche untersuchte, benahm er sich, als hätte er es eher mit einer neuen interessanten Wanzenart zu tun, als mit einem toten Schmied.

»Aber, ähm . . .«, setzte Tobald an, mußte aufstoßen und runzelte dabei die Stirn. »Warum trägt er denn diese Rüstung?«

»Das kann mein Diener Jasper beantworten«, meinte Benelaius.

Ich nickte. »Das gehörte zu seinem Trick, seiner Vorstellung.«

»Jasper hat gestern abend den Geist gesehen«, erklärte Benelaius. »Fastreds Geist, wie er glaubte. Etwas in einer alten Rüstung, mit Helm, mit einer Axt und einem leuchtenden grünen Gesicht. Irgendwelche spontanen Schlußfolgerungen?«

»Ihr meint«, sagte Flim gedehnt, als müsse er zuerst noch überlegen, welcher Buchstabe im Alphabet nach dem A kommt, »dieser Mann hat den Geist gespielt?«

»Offenbar«, bestätigte Benelaius. »Und seine ganze Aufmachung entspricht der Beschreibung der meisten Augenzeugen dieses angeblichen Spuks. Ich glaube, ihr werdet ebenfalls feststellen, daß diese Farbe in seinem Gesicht, das Grün, *kein* Schimmel ist, sondern von Glimmergras stammt.«

»Einen Moment bitte, Benelaius«, warf Tobald ein. Er schien sich wieder auf sein altes redseliges Selbst zu besinnen. »Willst du damit sagen, daß ich nicht den Geist, sondern Dovo gesehen habe?«

»Ich denke, ja.«

Der Bürgermeister schüttelte nachdrücklich den Kopf. »Mein Freund, ich bin ganz sicher, daß ich zwischen einer echten Erscheinung und einem solchen Wichtigtuer unterscheiden kann!«

Benelaius wollte mit den Schultern zucken, aber da sein Körper nicht entsprechend gebaut war, ließ er es lieber sein.

»Vielleicht bist du wirklich dazu imstande, Tobald. Ich weiß definitiv, daß es Geister gibt, auch solche, die zu dem in der Lage sind, was Dovo hier angetan wurde.«

Tobalds Gesicht wirkte auf einmal wie das eines plötzlich Erleuchteten. »So muß es sein, genau! Das hier«, er zeigte auf die Leiche, dann blickte er schnell zur Seite und schluckte mühsam, »ist übernatürliche Rache. Fastreds Geist hat sich an dem Menschen gerächt, der ihn verhöhnte!«

»Vielleicht ... vielleicht aber auch nicht«, meinte Benelaius in einem Ton, der mir verriet, daß er deutlich mehr der Vielleicht-nicht-Seite zuneigte. »Sag mal, Jasper, hast du außer deinen eigenen, Lindavars und Dovos noch andere Fußspuren gefunden?«

»Nun, Herr, soweit ich erkennen konnte, waren zwei Leute hier, beide mit großen Füßen. Und Dovo hatte große Füße.«

»Bist du dir sicher«, fragte der Doktor, »daß es nicht nur ein Paar großer Füße war? Ich tendiere eher zu Tobalds Theorie.«

»Das würde ich auch«, sagte Benelaius, »wären da nicht drei Hinweise zu beachten. Zum ersten das zweite Paar Fußstapfen – ich habe nämlich mehr Vertrauen in Jaspers Spurensicherungsfähigkeiten als ihr. Der zweite Hinweis liegt hier.« Er wies mit seinem dicken Finger auf die Axt. »Das ist eindeutig die Mordwaffe, überzogen mit Dovos Blut. Würde der Geist von Fastred nicht seine eigene Axt benutzen? Und wenn er sie drüben in der Geisterwelt irgendwo verloren hätte, würde er diese dann nicht mitnehmen?« Er lächelte. »Scharf genug dürfte sie jedenfalls sein –

Und drittens sind da noch neben den abgeschnittenen Fingern einige kleine Scherben ...«

»Aus farblosem Glas!« warf ich ein, damit alle wußten, daß ich diesen Hinweis auch gesehen hatte.

»Sehr gut, Jasper«, lobte Benelaius mit einer Spur von Sarkasmus, die allerdings nur ich bemerkte. »Und deine Schlußfolgerung?«

»Äh ... etwas ist zerbrochen?«

»Ja. Aber was?«

»Etwas ... aus Glas ...« Hauptmann Flim hätte sich vermutlich genauso wacker geschlagen wie ich.

»Das Glas ist doch abgerundet?« fragte mein Meister. »Und welcher Gegenstand, den ein Mensch in einem stockdunklen Sumpf brauchen könnte, besteht zum Teil aus gebogenem Glas?«

»Eine Laterne!« Das kam von Doktor Braum, noch ehe ich es aussprechen konnte.

»Richtig«, bestätigte Benelaius. »Wenn ich mich nicht irre, stammen diese Splitter von der zerbrochenen Verglasung des Metallgehäuses einer Blendlaterne.«

»Also hatte Dovo hier draußen eine Laterne«, sagte Tobald. »Im Dunkeln brauchte er ja eine. Wieso soll das beweisen, daß Fastreds Geist keine Rolle spielte?«

Benelaius blickte sich vielsagend um. Ich wußte, was er meinte.

»Das ist sogar ein sehr deutlicher Beweis«, sagte ich. »Die Laterne ist weg. Aber welchen Nutzen hätte ein Geist von einer Laterne? Und zudem einer zerbrochenen? Ein Mensch war hier.«

»Und du, Jasper«, ergänzte Benelaius, »hast ihn gesehen, nur wenige Fuß von dir entfernt.«

11

Das ließ jetzt alle aufmerken. Und alle, mit Ausnahme von Hauptmann Flim und seinen Männern, die immer noch neutral und berufsmäßig wirkten, drehten sich zu mir um und sahen mich erstaunt und erwartungsvoll an.

Zuerst herrschte Leere in meinem Kopf, doch dann fiel es mir wieder schlagartig ein. »Der Reiter«, sagte ich. »Der Reiter, an dem ich letzte Nacht vorbeigekommen bin.«

»Seht ihr«, erklärte Benelaius, »nachdem Jasper Dovo gestern nacht als Geist gesehen hatte, äh ... zog er sich nach Westen zurück, alarmierte einen Bauern, hielt sich eine Zeitlang auf dessen Hof auf und kehrte dann zurück. Zwischen diesem Punkt hier und der Straße nach Ghars traf er ...«

»Einen ... einen Mann ... glaube ich, auf einem dunklen Pferd.«

»Hast du ihn erkannt?« fragte Tobald.

»Nein ... ich meine, ich weiß nicht einmal, ob es ein Mann war. Es hätte wer weiß wer sein können. Die Person war ganz vermummt.«

»Und wie spät war es da?« fragte Doktor Braum.

»Zwischen Mitternacht und eins.«

»Wie lange ist Dovo schon tot, Doktor?« fragte Benelaius. »Bestmögliche Schätzung.«

Doktor Braum kniete sich neben die Leiche und murmelte: »Das Ganze fiele leichter, wenn der Kopf noch dran wäre.« Er drückte auf das tote Fleisch, dann rollte er den Körper herum. Alles schnappte nach Luft – selbst Flim und seine Drachen japsten auf –, als wir Dovos verstümmelte Hand sahen. »Da kommen also die Finger her, Benelaius«, sagte Braum. »Wie zu erwarten.« Braum pikste und drückte ein wenig mehr, dann meinte er: »Ungefähr zehn bis zwölf Stunden sind seit dem Hinscheiden vergangen.«

»Das paßt«, warf ich ein. »Der Reiter könnte der Mörder gewesen sein.« Ich fühlte mich plötzlich ganz schwach, als mir klar wurde, wie knapp ich womöglich dem Tode entronnen war. Was hatte den Mörder nur abgehalten, auch aus mir zwei Teile zu machen, einmal davon abgesehen, daß er die Axt bei seinem Opfer gelassen hatte? Ich hätte mich hingesetzt, hätte es da irgendeine Stelle gegeben, wo mein Allerwertester nicht in den Matsch eingesunken wäre.

»Denk nach, Jasper«, drängte Tobald. »Hatte diese Person denn keine besonderen Merkmale, an die du dich erinnern kannst? War sie ein geübter oder ein schlechter Reiter? Saß sie wie ein Zwerg, wie ein Elf oder wie ein Mensch zu Pferd? Mann oder Frau? Hast du nicht einmal das erkannt?«

Als wäre dies das Signal gewesen, erschallte von der Straße her ein Gruß. Wir drehten uns um und erblickten das weibliche Wesen, das am Vorabend den *Kecken Barden* betreten hatte. Kendra saß auf einem dunkelgrauen Pferd. Ein schwerer Mantel mit Kapuze hüllte sie so vollständig ein, daß ich, ohne ihr Gesicht zu sehen, nicht hätte sagen können, ob sie nun Reiter oder Reiterin war.

Dieser Gedanke machte mich etwas stutzig. Aber schließlich sah ich ihr Gesicht, das von diesem Glorienschein roter Haare umrahmt wurde und mit kalten Augen auf den Schauplatz des Mordes herabblickte. Mit der Grazie derer, die im Sattel geboren sind, schwang sie sich vom Pferd, zog ihren Mantel so zurecht, daß ihre Waffen mit dem Heft herausragten, und kam auf unsere kleine Gruppe zu.

Als sie nahe genug war, um die Züge auf dem Gesicht des abgeschlagenen Kopfes erkennen zu können, warf sie beiläufig einen Blick darauf, widmete sich der Axt und dem Körper in der Rüstung und nickte dann.

»Ich sehe, dieser Dummkopf aus der Taverne war sogar noch dümmer, als ich angenommen hatte. Das ist also der Geist, der im Weiten Sumpf herumspukte, hm? Scheint so, als hätte jemand diesen Scherz gar nicht lustig gefunden.«

Sie hatte sich alles schnell zusammengereimt, zu schnell für Hauptmann Flims Geschmack. »Woher wißt Ihr, daß er sich als Geist ausgegeben hat?«

Sie stieß ein kurzes Lachen aus. »Das dürfte doch offensichtlich sein, oder? Selbst für einen Hauptmann der Purpurdrachen.«

Dieser Kommentar machte sie bei Flim nicht beliebter. »Ihr seid Kendra? Ich habe von Euch gehört. Ihr seid die Abenteurerin, die diesem Mann gestern abend ein Messer an die Kehle gesetzt hat.«

»Richtig«, antwortete sie, »und ich hätte es auch benutzt, und zwar mit Vergnügen.« Sie starrte auf die Leiche hinunter. »Er war ein Schwein und ein Dummkopf, und mir jedenfalls tut es nicht leid, wenn ich solche Männer tot sehe.«

»Es würde Euch auch nicht leid tun, sie zu töten?« fragte Hauptmann Flim.

»Meine Waffe ist das Messer, Hauptmann, nicht die Axt.«

»Und wo wart Ihr gestern abend, nachdem Ihr die Schenke verlassen hattet?«

Irritiert blickte sie Flim an. »Wollt Ihr mich anklagen, Hauptmann? Wollt Ihr mich verhaften?«

»Ich frage nur, meine *Dame!*«

»Also gut, dann will ich es Euch verraten. Ich habe wenig getrunken und die Schenke früh verlassen, um mein Pferd zu einem Platz im Süden der Stadt zu lenken. Dort habe ich in einem Wäldchen die ganze Nacht geschlafen.«

»Und dann?« fragte der Hauptmann weiter.

»Bin ich aufgestanden.«

»Zu welchem Zweck?«

»Zum Zweck der Abenteuersuche. Das ist mein Beruf. Ihr seid ein Soldat, Ihr lebt das Leben eines Soldaten. Ich bin eine Abenteurerin, ich ziehe auf Abenteuer aus. Und fertig.«

Ich blickte zu Benelaius hin. Vielleicht wollte er sich ja einschalten und das Gespräch geschickter führen? Aber der Zauberer schien zufrieden damit, den Schlagabtausch lächelnd zu genießen. Das kommt davon, wenn man zu selten ausgeht.

»Und wo wollt Ihr jetzt hin?« fragte Hauptmann Flim.

»In den Weiten Sumpf. Falls Ihr es genau wissen wollt, ich suche nach Fastreds Schatz. Ich weiß, es ist nur eine Legende, aber ich habe schon oft festgestellt, daß bestimmte Geschichten einen wahren Kern besitzen.«

»Ihr seid heute ziemlich spät dran«, meinte Flim, der den Kopf schief legte und sie unter seinem Purpurdrachenhelm hervor anblinzelte. »Die meisten Abenteurer wären viel früher aufgebrochen. Hat Euch gestern abend etwas wach gehalten?«

»Nein, heute morgen hat mich etwas noch ruhen lassen – der lange Ritt von Weloon nach Ghars gestern und unterwegs die Begegnung mit zwei Räubern, auf die ich niemals getroffen wäre, wenn die Miliz in diesem Land ihre Aufgabe ernster nehmen würde.«

Das saß. Flim wäre beinahe zurückgetaumelt, wie nach einer saftigen Ohrfeige. Aber er riß sich zusammen und fragte: »Wo befinden sich diese Wegelagerer? Ich werde sofort eine Schwadron ausschicken!«

»Nicht nötig, die sind beide tot. Tut mir leid, daß ich Eure kleine Regel mit den Friedensknoten brechen mußte, aber ich hatte keine Wahl. Noch irgendwelche Fragen?«

»Wo können wir Euch erreichen?« fragte Flim in amtlichem Ton.

Kendra lächelte und beschrieb eine ausgreifende Geste in Richtung Sumpf. »Da drin. Ich werde in Ghars haltmachen, wenn ich zurückkomme. Und wenn nicht, tja«, sie blickte mich an und erkannte in mir einen der Gäste aus der Schenke wieder, »trink ein Glas auf mich, in Ordnung?«

»Aber gern, meine Dame«, sagte ich. »Viel Glück.«

Sie drehte sich um, der Saum ihres Mantels wirbelte hoch und traf den Hauptmann am Schienbein. Er zuckte zusammen, woraus ich schloß, daß der Saum mit Orkstacheln bestickt war. Kluges Mädchen. Der Hauptmann sagte jedoch nichts. Tapferer Knabe.

Wir sahen zu, wie sie zu ihrem Pferd zurückging, und auch die männliche Kleidung konnte ihre sinnlichen Bewegungen nicht verbergen.

»Was für eine Frau«, meinte Lindavar.

»Ja, allerdings«, stimmte Benelaius zu. »Obwohl sie die größten Füße hat, die ich je bei einer Frau gesehen habe. Vielleicht kann sie sich deshalb so gut in den Steigbügeln halten.«

12

Ich muß gestehen, geblendet von Kendras überwältigenden anderen Vorzügen, hatte ich keinen Blick auf ihre Füße verschwendet. Als ich aber die Spuren bemerkte, die sie auf dem weichen Boden hinterlassen hatte, erkannte ich, daß Benelaius recht hatte.

»Könnte sie die Person sein, die dir letzte Nacht begegnet ist, Jasper?« fragte mich Tobald, während er Kendras kleiner werdender Gestalt nachblickte.

»Sie könnte es gewesen sein«, bestätigte ich. »Sie ist groß

genug. Aber das sind schließlich auch hundert andere Menschen in Ghars.«

»Behalten wir sie im Hinterkopf«, befand Benelaius, »und sehen wir einmal, was wir noch so finden können. Doktor Braum, nach Untersuchung des Körpers – *und* des Kopfes –, was läßt sich als Ursache von Dovos Tod feststellen?«

Braum runzelte verwirrt die Stirn. »Nun, es ist schwierig, am Leben zu bleiben, wenn sich Kopf und Körper an zwei verschiedenen Orten befinden.«

»Allerdings. Aber wie wurde der tödliche Schlag ausgeführt?«

»Fest?« schlug Hauptmann Flim vor.

»Gewiß. Aber auf welcher Seite traf er das Opfer? Wenn wir das herausfinden, erfahren wir vielleicht etwas über den Mörder.«

Braums Augen glänzten auf. »Ah, ich verstehe! Die Finger der Linken sind abgeschnitten. Also hat er diese Hand wahrscheinlich hochgehalten, um den Hieb abzuwehren . . .«

»Mit durchschlagendem Erfolg«, meinte Flim.

»Das heißt«, schloß Tobald aufgeregt, denn er begriff, worum es ging, »aller Wahrscheinlichkeit nach stand Dovo seinem Mörder gegenüber . . . Und er wurde auf der linken Seite getroffen . . . Was wiederum bedeutet, daß der Mörder mit der«, er hielt einen Moment inne und tat, als schwänge er eine Axt, »mit der *rechten* Hand zugeschlagen hat!«

»Ja!« stimmte Doktor Braum zu. »Wir müssen also nach einem rechtshändigen Mörder suchen!«

Hauptmann Flim schnaubte. »Oh, das macht es wirklich einfach. Wer bin ich denn eigentlich, Camber Fosrick?« Anscheinend war auch der Hauptmann ein Anhänger des großen beratenden Denkers.

»Richtig, Hauptmann«, erklärte Bürgermeister Tobald.

»Das bringt uns wirklich nicht viel weiter. Dovo hatte letzte Nacht mit einigen Leuten Streit. Rolf zum Beispiel.«

»Und Barthelm Wiesenbach«, ergänzte ich. »Ganz zu schweigen von Kendra. Und das sind nicht die einzigen. Ich kenne einen Haufen Leute, die Dovo auf die eine oder andere Art beleidigt hat. Angeblich hat er nicht wenigen Ehemännern Hörner aufgesetzt. Bei allem gebührenden Respekt«, sagte ich mit einem Nicken zur Leiche hin, »er war in Ghars nicht gerade beliebt.«

Tobald zuckte mit den Schultern. »Nun, Hauptmann Flim, ich habe noch viel zu tun, bevor das Treffen des Rats der Kaufmannsgilde stattfinden kann, deshalb werde ich diese Sache Euren fähigen Händen überlassen. Bringt den Leichnam in die Stadt und unterrichtet bitte die Witwe. Dann beginnt Ihr mit der Suche nach dem Schurken, der für all das verantwortlich ist.«

»Ich bitte um Vergebung, Sir«, wandte Hauptmann Flim ein, »aber die erste Pflicht gilt meiner Garnison. Angesichts der Bedrohung durch die Spione der Zhentarim und des Eisenthrons verbringe ich den Großteil meiner Zeit mit deren Verfolgung.«

»Wenn ich einen Vorschlag machen dürfte«, meldete sich Benelaius. »Warum überläßt du das Problem nicht Jasper, Lindavar und mir? Unter Hauptmann Flims Aufsicht natürlich.«

»Hört sich gut an.« Flim klang erleichtert.

»Immerhin«, fuhr Benelaius fort, nachdem er dankbar genickt hatte, »war ich früher ein Kriegszauberer, Lindavar ist jetzt noch ein solcher, und Jasper kann sich gewissermaßen als mein Auge und Ohr höchst nützlich erweisen.« Dann lächelte er mich wie eine Hündin ihren Welpen an. »Außerdem hat er ein Camber-Fosrick-Buch gelesen.«

»Also gut!« rief Tobald. »Und vielen Dank, mein guter

Benelaius. Gleich als du dich hier bei uns niedergelassen hast, wußte ich, daß du eine Bereicherung unserer Gemeinde sein würdest. Wenn ich irgendwie behilflich sein kann, laß es mich wissen. Hiermit ernenne ich dich und deine Freunde zu Ehrenräten von Ghars mit allen Rechten, die diesem Rang zustehen. Geht, wohin ihr wollt, und befragt, wen ihr wollt, in meinem Namen.«

»Ich danke dir, lieber Bürgermeister Tobald«, sagte Benelaius – meiner Meinung nach vor allem, um jenem das Wort abzuschneiden. »Lindavar, Jasper und ich werden jetzt wieder nach Hause gehen und über unsere nächsten Schritte beraten.«

Und genau das taten wir auch. Wir ließen den Bürgermeister und den Doktor nach Ghars zurückreiten. Die Drachen folgten ihnen mit dem toten Dovo.

Daheim bereitete ich dann ein schmackhaftes Mahl für meinen Meister und seinen Gast zu. Benelaius lud mich ein, daran teilzunehmen, während wir gemeinsam über den Mord sprachen.

»Jasper«, sagte Benelaius, »ich möchte, daß du heute nachmittag nach Ghars reitest. Verlaß dich auf deine Intuition. Rede mit den Leuten. Achte darauf, wie sie auf Dovos Tod reagieren. Aunsible Durn kann vielleicht etwas Licht auf Dovos Umtriebe werfen. Schließlich war er sein Meister.

Ich halte es zunächst immerhin für möglich, daß Dovo Räubern zum Opfer gefallen sein könnte. Der Gesandte Grodoveth kommt mehr herum als jeder andere in der Stadt. Wenn er noch nicht abgereist ist, kannst du ihn fragen, ob er unterwegs vielleicht verdächtige Gestalten beobachtet hat. Außerdem frage ich mich, was aus Dovos Kleidern geworden ist. Und aus seinem Pferd, wenn wir schon dabei sind. Er ist bestimmt nicht in voller Rüstung zum Sumpf hinausgelaufen.

Also, leg dein Ohr auf den Boden, Jasper. Bleib noch eine Nacht im *Kecken Barden.* Mach auf dem Heimweg in der *Sumpfratte* Station. Tu so«, er seufzte, »als seiest du Camber Fosrick. Und versuche vor Mitternacht zurück zu sein.«

»Ich werde mein Bestes tun, Meister«, sagte ich, obwohl mich der Einwurf mit Camber Fosrick wurmte. Schließlich wußte ich nicht, welches bessere Vorbild es für meine Rolle denn hätte geben sollen.

»Und selbst wenn du absolut nichts in Erfahrung bringst«, schloß Benelaius, »wird der Ausflug nicht völlig umsonst gewesen sein.« Er gab mir ein riesiges Buch, das ich vor ein paar Wochen aus der winzigen Bibliothek in Ghars angeschleppt hatte. »Gib das zurück, ja?«

13

Die Aussicht auf einen baldigen neuen Ritt, nachdem er zusammen mit Stubbins Benelaius' fetten Leib gerade erst zum Schauplatz des Mordes hin- und wieder zurückgezogen hatte, fand Jenkus ganz und gar nicht erfreulich, aber er hatte ebensowenig eine Wahl wie ich. Insgeheim war ich froh über die Aussicht, diesen Mord untersuchen zu können. Wünscht man sich einen Hauch von Aufregung ins Leben, dann geht nichts über eine kopflose Leiche.

Ich hatte schließlich in den letzten vierundzwanzig Stunden einen ganz ordentlichen Aufstieg vollzogen – vom Laufburschen zum amtlich bestallten Verbrechensaufklärer. Ich konnte ja das, was Benelaius mir bereits beigebracht hatte und was ich aus diesem Fall lernen würde, gewinnbringend in meinem späteren Beruf einsetzen, sollte ich in ein paar Tagen meine Freiheit wiedererlangen.

Meine erste Aufgabe in Ghars bestand jedoch in der sehr profanen Rückgabe von Benelaius' Buch. Ich warf einen Blick auf den Namen am Einband und sah, daß es wieder einmal eine todlangweilige naturwissenschaftliche Abhandlung war – *Der innere Aufbau der Brachiopoden* von Professor Linnaeus Gozzling, Universität Suzail. Schreckliches Zeug, aber Benelaius fraß es in Massen.

Es war gerade kurz nach vier Uhr, als ich in Ghars einritt, reichlich Zeit, um das Buch abzugeben, bevor die Bibliothek zumachte. Sie bestand aus einem einzigen großen Raum, der vor Jahren an das Rathaus angehängt worden war, und enthielt eine armselige Auswahl an Büchern, die meisten über fünfzig Jahre alt, weit und breit keine Spur von den neueren Thrillern mit Camber Fosrick, sonst wäre ich hier eingezogen.

Nein, die Bücherei war eher historisch ausgerichtet, was der besonderen Vorliebe des Bibliothekars, Phelos Marmwitz, entsprach, dessen Privatsammlung mehr als die Hälfte des Buchbestands ausmachte. Es gab auch einige Titel zur Naturgeschichte, Philosophie und zu anderen trockenen Themen, eine Handvoll echter Romane und Schubladen mit brüchigen antiken Karten von Cormyr und den Nachbarstaaten. Viele der Pläne waren sehr detailgetreu gezeichnet, doch inzwischen völlig veraltet.

Als ich den dunklen, schäbigen Raum betrat, senkte sich sofort der alles überdeckende Geruch von Mehltau auf mich herab, und ich fürchtete wie immer um die Bücher an der feuchten Außenwand.

»Guten Tag, Herr Marmwitz«, begann ich, aber sofort wedelte der dünne, weißhaarige alte Mann mit den Händen und zischte durch die Zähne, um mich zum Schweigen zu bringen.

»Ruhe, bitte«, flüsterte Marmwitz mit einer Stimme, die

so papiertrocken schien wie seine Bücher. »Wir haben einen Gast.« Und er zeigte mit seiner knochigen Hand zu einem der kleinen Fenster in einer Ecke.

Ein Gast war wirklich etwas Seltenes. Und zu meiner gänzlichen Überraschung stellte er sich als Grodoveth heraus, Gesandter des Königs und Frauenheld, wenn er auch als letzterer gerade nicht so erfolgreich war. Er warf mir einen kurzen Blick zu, sah anscheinend nichts, was eines zweiten Gedankens würdig gewesen wäre, und versenkte sich wieder in seine Lektüre.

Ich legte das Brachiopodenbuch auf den Schalter. Marmwitz schlug es argwöhnisch auf und prüfte die vermerkte Rückgabefrist, als sei der Band schon seit Jahren überfällig. Dann bestätigte er widerwillig mit einem Nicken, daß es rechtzeitig eingelangt war.

Ich konnte nicht widerstehen. »Habt Ihr irgendwelche neuen Bücher?« fragte ich.

Er setzte ein stolzes Lächeln auf. »Die Stadtgeschichte von Juniril«, sagte er. »Ein prächtiges Buch, vor vierzig Jahren herausgekommen. Hab' schon ewig danach gesucht.«

»Vor vierzig Jahren«, überlegte ich. »Nicht gerade neu. Noch immer keine Camber-Fosrick-Geschichten, was?«

Sein Gesicht verschloß sich wie eine Muschel, die an einer Zitrone gesogen hat. »Wir verleihen hier nur ernsthafte Literatur, junger Mann.«

»Ach, richtig. Hab' ich vergessen.«

Ich wollte schon wieder gehen, als mir einfiel, daß Benelaius mir ja aufgetragen hatte, Grodoveth nach möglichen Räubern zu fragen. Ich wollte es ja eigentlich nicht in der Bücherei tun, doch wußte ich nicht, ob ich den Mann wiedersehen würde, und es gab noch einen zweiten Grund.

»Herr Marmwitz«, sagte ich leise, »ich möchte, daß Ihr wißt, daß alles, was ich jetzt tue, auf Geheiß meines Meisters

Benelaius und im Namen von Bürgermeister Tobald geschieht.« Dann wandte ich mich an Grodoveth, der immer noch die Nase in seinem Buch vergraben hatte. »Mein Herr«, sagte ich mit normaler Stimme, die laut durch den stillen Raum donnerte, »dürfte ich vielleicht ein paar Worte an Euch richten?«

Ich dachte, Marmwitz würde der Schlag treffen. Ich drehte mich zu ihm um. »Es dauert nur eine Minute, Herr Marmwitz.« Ohne auf sein Protestgestammel zu achten, ging ich zu Grodoveths Tisch und setzte mich ihm gegenüber.

Der schlug das Buch zu, deckte dessen Titel ab und funkelte mich an. Ich fragte mich unwillkürlich, ob er wohl einen erotischen Abschnitt gefunden hatte und sich nun zu seinem Ärger ertappt fühlte.

»Was ist?« fuhr er mich an.

»Habt Ihr vielleicht schon vom Tod eines unserer Einwohner gehört?«

»Wer ist tot?«

»Dovo. Der Schmiedegehilfe.«

»Warum sollte ich davon wissen?«

Ich zuckte mit den Schultern. »Keine Ahnung, aber inzwischen müßte es Stadtgespräch sein. Jedenfalls wurde er südlich der Stadt, am Weiten Sumpf, getötet, und mein Meister bat mich ...«

»Wer ist dein Meister?«

»Benelaius, Herr. Ein ehemaliger Kriegszauberer von Cormyr.«

»Ich habe von ihm gehört. Was will er?«

»Mein Meister möchte wissen, ob Ihr auf Euren Reisen durch das Reich womöglich von Räuberbanden erfahren habt, die ihre Opfer auf diese Weise töten.«

Er sah mich verschlagen an. »Auf welche Weise?«

»Oh, das habe ich noch nicht erwähnt? Er wurde geköpft, Herr. Mit einer Axt. Wir glauben, daß er sich für den Geist ausgab, der angeblich im Sumpf herumspukt.«

»Geist?«

»Ja, Herr, der Geist von Fastred.«

»Hör mal, ich weiß überhaupt nichts über Räuber, die Leuten die Köpfe abschlagen, und Gespenster sind mir absolut gleichgültig. Also, warum verschwindest du nicht von hier und läßt mich in Ruhe lesen?«

Ich weiß, wann es Zeit ist zu gehen. Nachdem ich ihm für seine Hilfsbereitschaft gedankt hatte, verließ ich daher zu Marmwitz' großer Erleichterung die Bibliothek, wartete aber draußen, bis Grodoveth einige Minuten später das Gebäude ebenfalls verlassen hatte. Dann lief ich wieder hinein. Ich wollte sehen, welches Buch aus Ghars Bibliothek interessant genug war, daß man den Titel verdecken mußte.

Herr Marmwitz war über mein erneutes Auftauchen gar nicht erfreut, aber ich schenkte ihm trotzdem ein freundliches Lächeln und ging zu dem Platz, an dem Grodoveth gesessen hatte. Das Buch lag nicht mehr auf dem Tisch, doch da Grodoveth es nicht mitgenommen hatte, mußte es noch irgendwo sein. Wahrscheinlich hatte er es ins Regal zurückgestellt. Vielleicht wußte Marmwitz mehr, dachte ich.

»Verzeihung«, sagte ich leise, »doch im Rahmen meiner ... Untersuchung im Auftrag von Benelaius und Bürgermeister Tobald würde ich gern erfahren, mit welchem Thema sich der Herr, der gerade gegangen ist, beschäftigt hat.«

Marmwitz sah so verstimmt drein, wie ich nie zu werden hoffte, aber er antwortete: »Mit Regionalkunde.«

»Aha. Und leiht Grodoveth viele Bücher zu diesem Thema aus?«

»Er leiht sich überhaupt keine Bücher. Nur Bürger von Ghars haben die Berechtigung dazu.«

Ich nickte nachdenklich und ging zu dem Regal mit Lokalgeschichte und Sagen. Die meisten Bücher waren sehr alt, und eine ganze Reihe davon hatte mein Meister als Kopien in seiner Bibliothek stehen. Dann kam ich auf die Idee, ich könnte doch anhand der Spuren in der Staubschicht feststellen, welche Bücher aus dem Regal genommen worden waren. Trotz seiner Penibilität kümmerte sich Marmwitz nicht besonders um Sauberkeit.

Fast ein Dutzend Bücher waren entnommen und wieder zurückgestellt worden. Ich brachte alle zum Tisch und schlug sie auf. Die meisten öffneten sich bereitwillig, wie es bei alten, brüchigen Bänden der Fall ist. Ich nahm an, daß Grodoveth nicht wußte, daß man mit Büchern vorsichtig und achtsam umgehen muß – die allererste Lektion, die Benelaius mir beigebracht hat. Denn jeder dieser Bände ließ sich bequem an den Seiten aufschlagen, die der historischen oder legendären Person Fastreds gewidmet waren.

Es gab eine Fülle von Informationen über den Räuber, und offenbar hatte Grodoveth alles gelesen. Dennoch hatte er behauptet, er habe kein Interesse an Gespenstern. Eine Lüge, soviel stand fest.

»Herr Marmwitz«, fragte ich, »die Bibliothek wird doch relativ wenig genutzt, oder?«

Die leidvolle Miene, die er sofort aufsetzte, bewies, daß ich recht hatte. »Ja, stimmt, und es ist wirklich ein Jammer. Manchmal vergehen Tage, bis wieder jemand kommt. Herr Grodoveth hat in den letzten paar Monaten gelegentlich vorbeigeschaut, aber der tägliche Besucherverkehr ist geradezu tragisch gering.«

»Das ist wirklich zu schade«, sagte ich, um ihm Honig um den Mund zu schmieren. »Man findet hier doch wirklich einen Riesenschatz an Informationen. Wann, sagtet Ihr, ist Grodoveth zum ersten Mal hier gewesen?« Ja, ja, ich war nicht so gut mit geschickten Überleitungen, aber ich übte schließlich noch.

Marmwitz verzog jedoch keine Miene. »Ach, mal überlegen, das war so ungefähr, hm, damals im Tarsakh oder so.«

Tarsakh. Vor fünf Monaten. Und mindestens zwei Monate vor den ersten neuen Geistersichtungen. Warum also hatte Grodoveth, der Gesandte des Königs, sich für Fastreds Geist interessiert, bevor dieser – verkörpert durch Dovo – wiederaufgetaucht war?

Für mich ergab das keinen Sinn. Entweder konnte Grodoveth in die Zukunft blicken, oder er hatte etwas mit dem Gespensterschwindel zu tun. Vielleicht war es auch nur ein erstaunlicher Zufall. Womöglich, dachte ich, konnte sich Benelaius einen Reim darauf machen.

Ich bedankte mich bei Marmwitz und warnte ihn, nichts über meine Neugier zu erzählen. Bevor ich dann die Bücher ins Regal zurückstellte, notierte ich mir Titel und Seitenzahlen für Benelaius. Am liebsten hätte ich die Bände mitgenommen. Aber das ging nicht, denn ich wollte nicht, daß Grodoveth sich fragte, wo sie geblieben waren, falls er am nächsten Tag in die Bibliothek zurückkehrte. Und letztlich besaß Benelaius sowieso einen Großteil der Bücher selbst.

Danach ging ich zu Aunsible Durns Schmiede hinüber. Sie hatte keinen Namen, denn sie war die einzige der ganzen Stadt. Es wäre auch verrückt gewesen, als Konkurrenz eine zweite Schmiede aufzumachen, denn Durns Können war überragend und er stets beschäftigt.

Als Zeichen seines Gewerbes diente etwas, das wie ein ewig glühender Kohleklumpen aussah, der von einem gekrümmten Stab vor seiner Schmiede hing. In Wahrheit war es eine dicke rote Glaskugel, in die ein vorbeiziehender Zauberer ein dauerhaftes Licht gezaubert hatte. Durn hatte wohl ganz schön den Preis gedrückt, denn das Licht flackerte unablässig, obwohl es nie richtig ausging.

Im Augenblick hatte Durn zuviel zu tun, um sich unterhalten zu können. Es war fast Feierabend, doch durch das Fehlen seines Gehilfen, Dovo, befand er sich mit seiner Arbeit im Rückstand. Außer dem Pferd, das er gerade beschlug, gab es da noch zwei Tiere, deren Reiter bereits ungeduldig warteten. Erst gegen sieben Uhr konnte Durn erschöpft sein Werkzeug aus der Hand legen.

Die ganze Zeit über hatte ich mich zurückgehalten und Durns Gesprächen mit seinen Kunden gelauscht. Allerdings gab es nicht viel zu hören. In der Schmiede war er kein Freund vieler Worte und fragte mich nicht ein einziges Mal, was ich eigentlich dort suchte. Aber hatte er sich einmal vom Amboß gelöst, so zählte er zu den redseligsten Männern, die ich kannte.

Als der letzte Kunde sein frischbeschlagenes Pferd aus der Schmiede führte, nahm Durn mich endlich zur Kenntnis. »Und was willst du, Jasper?«

»Nur ein bißchen reden, Aunsible Durn, über Dovo.«

Durn schüttelte den Kopf. »Ich weiß nicht, was ich mehr bedaure, seinen Tod oder den Umstand, daß ich den ganzen Tag keine Hilfe hatte. Komm mit hinauf und trink eine Tasse Tee mit mir.«

Wir stiegen die Wendeltreppe in der Ecke der Schmiede hoch, kamen am ersten Stock vorbei, wo Durn sein Material lagerte, und gelangten dann in den zweiten Stock zur bescheidenen Wohnung, in der Durn alleine lebte. Während er einen Tee aufgoß, der stark nach Seegras duftete, erklärte ich ihm meine Aufgabe, und wir sprachen über Dovo.

»Er war ein guter Arbeiter, trotz aller sonstigen Fehler«, meinte Durn. »Die Götter wissen, daß ich ihn heute schrecklich vermißt habe. Gut, er ist durch die Wirtshäuser gezogen, aber immer erst, wenn die Arbeit getan war. Trotzdem, seine Frau und seine Kinder tun mir leid. Er hat sich schon zu Lebzeiten wenig um sie gekümmert, und nun bleibt ihnen nicht einmal der Trost seines Lohns, da er tot ist. Obwohl«, fügte er rauh hinzu, »ich vielleicht helfen kann.«

»Habt Ihr gehört, daß er den Geist gespielt hat?«

Durn schnaubte verächtlich. »Ja, ja, das sieht ihm ähnlich. Immer auf einen Schabernack oder schlechten Scherz aus. Hat er auch in der ersten Woche versucht, als er hier anfing. Hat seinem Freund Argys Kral einen Eisensplitter unter den Sattel geschoben. Als Argys aufstieg, wurde seine Stute verrückt und warf ihn ab. Ich habe Dovo unmißverständlich klargemacht«, Durn schlug mit der Faust in seine Handfläche, »daß so ein Benehmen in meiner Schmiede unangebracht ist. Danach hat er mir nie wieder Schwierigkeiten bereitet.«

»Hat er Euch gegenüber je etwas vom Geist erwähnt?«

»Er hat gesagt, er hätte ihn gesehen. Ja, ich glaube sogar, er war der erste – um alle auf seinen kleinen Scherz vorzubereiten. Das muß, hm, damals im Mirtul gewesen sein, vor vier Monaten. Hat mir und wahrscheinlich jedem im Wirtshaus erzählt, daß Fastreds Geist eines Nachts auf ihn zugekommen sei, als er von der *Sumpfratte* nach Hause ritt. Sagte, er hätte wild mit der Axt nach ihm geschlagen, und zeigte zum Beweis einen Schnitt in seinem Mantel vor. Hat sich mächtig wichtig gemacht mit der Geschichte, und danach waren alle so nervös, daß sie überall ein Gespenst gesehen hätten, auch ohne daß er eines mimte. Scheint so, als hätte jemand das nicht so witzig gefunden.«

»Allerdings«, meinte ich. »Ich weiß, daß er bei den Damen Erfolg hatte. Fällt Euch vielleicht diesbezüglich jemand ein, der ihm nicht wohlgesonnen war?«

»Ehemänner und Verehrer, meinst du? Ich fürchte, das

dürften eine ganze Reihe sein. Über die Einzelheiten seiner Affären weiß ich wenig. War auch so etwas, womit ich in der Schmiede ausdrücklich nichts zu tun haben wollte. Wenn seine Amouren mich Kunden gekostet hätten, hätte ich ihn rausgeworfen. Aber dazu kam es nie.« Durn zuckte mit seinen schweren Schultern. »Die Leute haben hier kaum eine Wahl. Entweder kommen sie zu mir, oder sie reiten den ganzen Weg nach Hultail, und der Schmied dort ist ... na ja, kein Künstler am Amboß.«

Endlich hatte der Tee gezogen, und stolz reichte er mir eine Tasse. Ich nahm einen Schluck. Er roch nach Seegras, schmeckte aber wie ... zersetztes Seegras. Ich lächelte trotzdem, nickte und zwang mich zu einem weiteren Schluck.

»Weißt du«, sagte Durn, nachdem er seine Tasse mit einem langen schlürfenden Schluck fast geleert hatte, »es gibt da einen, der ein echter Rivale von Dovo war – dieser Rolf. Rolf vom Dach, wie Dovo ihn immer nannte.«

»Ja«, sagte ich, »das ist doch der, der es auf Mayella Wiesenbach abgesehen hat.«

»Genau. Ein kräftiger Arbeiter, doch von der aufbrausenden Sorte. Läßt sich fast jede Woche in Raufereien verwikkeln. Sein Vater war neulich erst hier und meinte, er würde sich Sorgen um ihn machen. Hat drüben in Donnerstein einen halbtot geprügelt. Der andere hatte angefangen, aber Rolf hat jedenfalls aufgehört.«

»Hat Dovo ihn Euch gegenüber je erwähnt?«

»Oh ja, er erzählte mir, er würde Mayella allein schon deshalb den Hof machen, um Rolf zu ärgern.« Durn legte den Kopf schief. »Glaubst du, er hat Rolf vielleicht ein bißchen zu sehr geärgert?«

Dieser Gedanke war mir natürlich auch schon gekommen. »Immerhin möglich. Wie hat sich Dovo denn in der

Schmiede benommen?« fragte ich. »Kam er mit den Kunden klar?«

»Ja, mit den meisten. Manchen gingen seine Witze gegen den Strich. Wenn er bei jemandem eine schwache Stelle fand, hat er darin herumgebohrt. Dann mußte ich ... ihn ein bißchen zurückpfeifen.« Seine Augenbrauen gingen hoch, als ob ihm gerade etwas eingefallen wäre. »Vor kurzem erst ist er in der Schmiede mit dem Gesandten des Königs aneinandergeraten. Wie heißt der noch?«

»Grodoveth?«

»Genau der. Sein Pferd hatte ein Eisen verloren, und wir paßten gerade ein neues an, als Dovo anfing, dem Gesandten eine Menge Fragen zu stellen, was er auf seinen Reisen so alles gesehen hätte. Einfach eine Unmenge von Fragen, aber in einem Tonfall, als ob er sich über den Mann lustig machen wollte.

Jedenfalls hatte ich das Pferd dann beschlagen, und Dovo führte es nach draußen, während der Gesandte bei mir die Rechnung begleichen wollte. Und irgendwie stolperte das Pferd ein bißchen, und dieser Grodoveth rastete plötzlich aus. Er gab Dovo eine Ohrfeige, die ihn umwarf, und stand dann über ihm. Hätte er mehr getan, so wäre ich Dovo beigesprungen, aber dazu kam es nicht. Grodoveth sagte einfach nur: ›Paß auf, wie du mein Pferd behandelst, Junge‹, und das war's.«

Er bezahlte mich noch und führte sein Pferd weg, ohne Dovo noch eines Blickes zu würdigen. Das Tier war wirklich prachtvoll, und vielleicht hatte Dovo tatsächlich etwas zu fest am Zügel geruckt, aber die Reaktion war schlichtweg übertrieben. Tja, manche Männer lieben ihre Pferde mehr als die Frauen.« Durn musterte meine Tasse. »Noch Tee?«

Ich lehnte ab, bedankte mich für die Informationen und machte mich auf den Weg zu den mir vielversprechender erscheinenden Krügen des *Kecken Barden.* Hoffentlich roch ich nicht nach Seegras. Schließlich wollte ich noch mit einer Menge Leute reden.

14

Und sie schienen alle heute abend im Wirtshaus zu sitzen. Nichts füllt eine Schankstube so prompt wie eine Tragödie. Die Leute wollen darüber reden und zugleich spüren, daß sie leben, und dankbar sein, daß nicht sie sterben mußten. Wie ein Mensch sich nur in einer heißen, rauchigen, stinkenden Schenke lebendiger fühlen kann als draußen an der frischen Luft auf einem Hügel mit Blick auf den Nachthimmel, scheint verwunderlich, aber so ist die menschliche Natur nun einmal beschaffen.

Der erste, den ich in dem Menschengewimmel erkannte, war Bürgermeister Tobald. Vor ihm auf dem Tisch stand ein riesiger, halb verzehrter Schweinskuchen, in dessen Resten er als alter Feinschmecker genüßlich herumgrub – wahrscheinlich seine Methode, sich lebendig zu fühlen.

Da ich in seinem Namen unterwegs war, hatte ich das Gefühl, nun in der Schenkendemokratie auf gleichem Fuß mit ihm zu stehen. Ich setzte mich also ihm gegenüber und wünschte einen guten Abend.

»Ach, Jasper«, antwortete er. »Wie läuft deine Arbeit?«

Ich wollte nicht zuviel erzählen, bevor ich mit Benelaius gesprochen hatte: »Nicht so gut, Bürgermeister. Aber ich bleibe dran.«

»Braver Kerl«, meinte Tobald und steckte sich den nächsten Bissen Fleisch in den Mund.

»Ja, ich habe Grodoveth gefragt, ob er irgendwelche Banditen bemerkt hätte, die für Dovos Tod verantwortlich sein könnten, aber er wußte von nichts.«

»Hm, ja, gut, wenn es jemand wissen sollte, dann wohl er. Ich meine, wo er doch die ganze Zeit herumreitet, nicht wahr?«

»Genau. Im übrigen, woher kennt Ihr ihn eigentlich?«

»Er hat an der Universität bei mir studiert.«

»An der Universität?«

»Ja, an der von Suzail. Da habe ich nämlich früher gelehrt, vor meinem Abschied. Das akademische Leben besteht aus zu vielen Zwängen. Eine kleine gemächliche Stadt wie Ghars war weit mehr nach meinem Geschmack – genau wie im Falle deines Herrn Benelaius – und meinen Studien förderlicher. Ich schreibe über die Geschichte von Cormyr, weißt du.« Das wußte ich. Jeder hier wußte es.

»Als Grodoveth zum Gesandten für unseren Distrikt ernannt wurde«, fuhr er fort, »lud ich ihn ein, in meinem Haus zu übernachten, wenn er durch Ghars käme. Er nahm an, und ich fand heraus, daß er besser Schach spielt als jeder andere Mann in Ghars. Schon das hätte mir ausgereicht, um seine ... Nun, ich wollte sagen, ich genoß seine Gesellschaft außerordentlich.«

Es gab etwas, was Tobald nicht erwähnte, aber ich wußte nicht recht, wie ich es ihm taktvoll aus der Nase ziehen sollte. »Er wohnt also immer bei Euch, wenn er in der Stadt ist?« Tobald nickte kauend. »Und wie oft kommt das vor?«

»Oh, so alle paar Wochen einmal. Ist ja nur für ein oder zwei Nächte, und da ich keine Frau habe, habe ich schließlich Platz. Laß dir das eine Lehre sein, Jasper. Heirate bald. Schieb es nicht auf, sonst endest du wie ich als einsamer alter Mann.« Er verzog sein Gesicht, weil ihn der Schmerz durchlief. »Und als gichtiger alter Mann dazu. Tu mir einen Gefallen, Jasper, und bitte deinen Meister, mir eine neue Portion von diesen Gichtpillen zu mischen. Ich wollte heute früh vor Doktor Braum nichts davon sagen.« Er seufzte. »Dieser Mann könnte nicht einmal ein Nasenbluten stillen.«

»Natürlich.«

»Und vielleicht untersucht er mich auch einmal. Es geht mir überhaupt nicht gut, und Braum kann – abgesehen von meiner Gicht – nichts finden. Weißt du, was er mir rät? Weniger essen. Also wirklich, weniger essen! Ist das der Rat eines gelehrten Doktors?«

»Ich bin sicher, daß mein Meister gerne tun wird, was er vermag, und ich sage ihm Bescheid wegen der Pillen.«

»Danke, Jasper. Der größte Schatz eines Mannes ist ein guter, treuer Diener.«

Tobald ging es nichts an, aber ich würde nur noch drei Tage gut und treu bleiben. Denn mich lockte die weite Welt und vielleicht ein Leben als Verbrechensaufklärer, je nachdem, wie dieser Fall hier sich entwickelte. Jetzt war es aber an der Zeit, weitere Untersuchungen anzustellen.

»Habt Ihr Barthelm Wiesenbach heute schon gesehen?«

»Oh ja«, erwiderte Tobald. »Ich habe ihm geholfen, die Ankunft unserer kaufmännischen Würdenträger vorzubereiten. So wenig Zeit, und so viel zu tun. Barthelm wirkt sehr erschöpft, und uns bleiben nur noch zwei Tage bis zu dem großen Ereignis.«

»Erschöpft, sagt Ihr?«

Der Bürgermeister nickte. »Armer Mann, er sah todmüde aus. Er hat mir erzählt, er hätte die ganze Nacht entweder gearbeitet oder sich Sorgen gemacht.«

Die ganze Nacht wach, dachte ich. Sorgen und Arbeit? Oder Rachegedanken wegen eines Mannes, der seine Tochter beleidigt hatte?

»Der Zwischenfall mit seiner Tochter wird kaum zu einem ruhigen Schlaf beigetragen haben«, sagte ich.

»Mit Mayella?« Es kam mir so vor, als wäre Tobalds Stimme etwas sanfter geworden. *So* alt war unser Bürgermeister denn doch noch nicht. »Das ist wahr«, sagte er, »in ihrer Gegenwart machen die jungen Männer einen Narren aus sich.« Und, hätte ich hinzufügen können, ein paar ältere desgleichen, denn ich dachte an Tobalds Begegnung mit Mayellas bissigem kleinen Hund. »Aber ich vermute, mit solchen Dingen muß jeder Vater einer schönen Tochter fertig werden. Nicht einmal mein Freund Grodoveth war gegen ihren Zauber immun. Ah, da kommt er ja!«

Ich drehte mich um und sah Grodoveth durch die Tür schreiten. Er wirkte wenig erfreut, als er mich mit Tobald zusammen sah. Also verabschiedete ich mich vom Bürgermeister und trat, verfolgt von des Gesandten finsteren Blicken, den Rückzug an die Bar an.

Kurzbein brachte mir eine Goldsand, die ich dankbar schlürfte. Es war schließlich ein langer Tag gewesen – Lindavar abholen, Dovos Körper finden, die Untersuchungen anstellen, um die Benelaius mich gebeten hatte. Das kalte Getränk schmeckte wunderbar. Ich bestellte ein Schweinstörtchen, weil Tobalds Gericht lecker ausgesehen hatte, und fragte mich, ob Camber Fosrick sich nach einem Tag Spurensuche wohl auch so müde fühlte.

Als ich mit meinem Teigteilchen fertig war, herrschte in der Schenke jene angenehme Stimmung, die immer dann aufkommt, wenn jeder sein zweites Glas vor sich hat und niemand, nicht einmal Sonnenhaar, sich um irgendwelche Bestellungen bekümmert. Selbst Kurzbein wirkte entspannt, deshalb versuchte ich ihn in ein Gespräch zu ziehen. Camber Fosrick erhielt oft wertvolle Hinweise von Wirten.

»Schon von Dovo gehört?« fragte ich.

Er nickte, sagte aber nichts. Bei Kurzbein mußte man wirklich den richtigen Ton treffen, sonst blieb er verschlossen. Der Zwerg war stolz auf sein Gedächtnis, ein Ansatzpunkt.

»Ich habe überlegt«, fuhr ich fort, »wann dieser sogenannte Geist zum ersten Mal erschienen ist. Weißt du das noch?«

»Mirtul.«

Das war wenigstens ein Wort. »Ende Mirtul? Oder zu Anfang?«

»Ende.«

Ich mußte vorsichtig vorgehen – die Worte wurden kürzer. »Benelaius und mir will einfach nicht mehr einfallen, wer ihn damals gesehen hat ... und wann. Du weißt es vermutlich auch nicht mehr.«

Ja, das war ziemlich direkt, aber es wirkte. Bei dieser Anspielung auf eine Lücke in seinem immensen Gedächtnis drehte sich Kurzbein um und funkelte mich böse an.

»Natürlich weiß ich das. Glaubst du, ich würde die paar Namen vergessen? Was war denn sonst in der letzten Zeit hier los? Es gab doch nur diesen angeberischen Geist und die Dummköpfe, die ihn gesehen haben! Bei Frühlingsbeginn war's und Dovo der erste, natürlich hat er gelogen. Genau am siebenundzwanzigsten Mirtul. Dieser Kaufmann aus Arabel sichtete ihn am zwölften Kytorn. Bürgermeister Tobald sah ihn in der Nacht nach dem Blumenfest – das heißt am einundzwanzigsten Kytorn. Am siebenundzwanzigsten Kytorn war's Diccon Picard. Dann, am achten Flammleite, erblickte ihn die irre Liz. Am«, er hielt einen Augenblick inne und zählte im Geist die Tage ab, »einundzwanzigsten Flammleite lief er Lukas Löffelschwund über den Weg. Dann hat ihn niemand gesehen bis zu Bauer Bortas und seiner Frau am sechzehnten Eleasias! Und der letzte war Bryn Goldzahn, der Halbling, am ... ach ja, am einundzwanzigsten Tag des letzten Monats.«

Ich schüttelte bewundernd den Kopf. »Dein Gedächtnis, Kurzbein, ist so beeindruckend wie manches deiner Getränke. Ich gehe mal davon aus, daß, hm, deine Geschäfte besser laufen, seit Dovos kleine Scherze stattfanden?«

»Das Beste, was dem *Kecken Barden* passieren konnte«, antwortete er. »Die Leute wollten ja die Sumpfstraße nach Anbruch der Dunkelheit schon gar nicht mehr betreten, und das war mir gerade recht.« Dann seufzte er. »Jetzt wo der Geist sich als Schwindel herausgestellt hat, werden natürlich wieder mehr Leute in der *Sumpfratte* einkehren.«

»Wer weiß«, überlegte ich. »Ein Geist ist da draußen jetzt vielleicht nicht mehr, aber auf jeden Fall ein Mörder.«

Er lächelte nicht, doch seine Mundwinkel hingen nicht so tief herab wie sonst. »Mhm«, meinte er ruhig. »Scheint also auch seine guten Seiten zu haben.«

15

Obwohl Kurzbein seine Informationen in atemberaubender Geschwindigkeit preisgegeben hatte, war ich – wie alle großen Detektive – dennoch in der Lage gewesen, sie festzuhalten. Wie? Indem ich einfach mit einem Holzkohlestift auf einem Stück Papier unter der Bar mitschrieb, während ich den Zwerg ausfragte.

Allerdings befürchtete ich, später nicht mehr allzuviel von meiner »Blindschrift« erkennen zu können, darum wollte ich mein Gekritzel überarbeiten, solange ich Namen und Daten noch frisch im Gedächtnis hatte. Dann brauchte ich mich hinterher nicht zu fragen, ob nun eine Zahl acht oder neun bedeutete.

Ich ging also in den hinteren Teil der Gaststube und

gelangte durch eine ziemlich mitgenommene Tür in einen kurzen Gang, der zum Abort der Schenke führte. Der kleinen, unangenehmen Kammer schenkte eine flackernde Laterne genug Licht, so daß ich sehen konnte, was ich aufgeschrieben hatte. Einige Namen und Zahlen waren kaum lesbar, doch ich verbesserte und erweiterte die Liste, bis sie folgendermaßen lautete:

27. Mirtul – Dovo
12. Kytorn – Kaufm. aus Arabel
21. Kytorn – Tobald
27. Kytorn – Diccon Picard
8. Flammleite – Liz Dornenklaue
21. Flammleite – Lukas Löffelschwund
16. Eleasias – Bauer Bortas & Frau
28. Eleasias – Bryn Goldzahn
16. Eleint – Jasper

So, das war ein Anfang. Wohin das alles führen mochte, konnte ich nicht absehen, aber zumindest würde es Benelaius beweisen, daß ich meine Arbeit getan hatte.

Ich steckte das Stück Papier in eine Tasche über meinem Herzen, aber der Stift rutschte mir aus den Händen und rollte unter die Tür eines kleinen Wandschranks, der meiner Vermutung nach Putzsachen enthielt. Ich machte die Tür auf und sah einen Eimer an einem Seil, einen Besen und einen Haufen Lumpen. Der Stift war unter die Stoffetzen gerollt; ich griff also hinein und tastete darin herum. Ich fand den Stift, aber auch andere Dinge.

Was ich als erstes erspürte, bewegte sich.

Es war weich und pelzig, und als ich es über meine Hand huschen fühlte, sprang ich mit einem Schreckenslaut zurück und wäre fast auf dem Abortsitz gelandet. Aber es war nur ein Nest junger Mäuse, alt genug zum Rennen, aber zu verschreckt, ihre erste Heimstatt zu verlassen. Ich seufzte erleichtert und nahm meine Suche nach dem Stift wieder auf. Und dann fand ich das, was mich wirklich fesselte.

Unter den Fetzen lagen ein Hut und ein Mantel – nicht neu, aber auch noch nicht alt genug für den Lumpenhaufen. Der Mantel war viel zu groß für mich, genau wie der Hut. Ziemlich unauffällige Kleidungsstücke, bis auf den Hut: An ihm war ein Ornament angebracht, bestehend aus einer Feder und dem Siegel der Schmiedegilde. Diesen Hut hatte ich häufig auf Dovos Kopf gesehen.

Na, wenn das keine Spur war, deutlich und markant wie ein Biß in den Hintern. Ich rollte Hut und Mantel zusammen und steckte sie unter meinen Umhang. Er bauschte sich nun zwar etwas, aber ich ging davon aus, daß ich den schlecht beleuchteten *Kecken Barden* schon würde durchqueren können, ohne daß gleich jemand rief: »He, was hast du denn da unter deinem Mantel?«

Und so geschah es auch. Ich hatte Angst, Kurzbein könne mich unter dem Verdacht zurückhalten, ich wolle, ohne zu bezahlen, verschwinden. Aber dank meiner ererbten Halblinggeschicklichkeit schlüpfte ich hinaus, als er sich umdrehte, steckte die Kleider in meine Satteltasche und kam ins Gasthaus zurück, wo ich noch etwas zu trinken bestellte.

Ich überlegte, wie ich an weiteres Beweismaterial gelangen könnte, und kam auf die gute Idee, einmal nachzuforschen, wer aus der Liste der Verdächtigen Rechtshänder war und wer Linkshänder; denn schließlich sollte ja der Mörder mit seiner rechten Hand zugeschlagen haben. Zuerst beobachtete ich die Tische.

Da zum Beispiel saß Grodoveth, der mir im Verlauf des Tages immer verdächtiger geworden war. Aber er umfaßte seinen Krug mit der linken Hand und setzte ihn nur ab, um mit einer Gabel in ein großes Stück Wildbraten zu fahren, wobei er häufig die ständig in Bewegung befindliche rechte Hand von Tobald anstieß. Grodoveth war also Linkshänder, doch ich traute ihm immer noch nicht.

Wie es das Glück so wollte, kam ein paar Minuten später Barthelm. Er nickte Tobald zu, ignorierte Grodoveth jedoch gänzlich. Ebensowenig grüßte er Rolf, der hereingekommen war, während ich auf dem Abort gesessen hatte. Der alte Kaufmann ging zum Bedienungsbereich am Ende der Bar dicht bei der Tür und befahl Kurzbein, ihm eine kleine Kanne Kaffee zu brauen, dieses schwarze Getränk aus zerstoßenen, gerösteten Bohnen aus dem fernen Durpar. Ich habe gehört, es erfrischt den Geist, aber für meine arme Börse war es zu teuer.

Da ich Barthelm aus den Augenwinkeln beobachtete, konnte ich jede seiner Bewegungen mitverfolgen. Vom Bezahlen bis zum Einschenken der Kaffeesahne und zum Heben der Tasse – alles geschah mit der rechten Hand. Barthelm trank zwei Tassen des übelriechenden Gebräus und ging. Zurück an die Arbeit zweifellos, um für die großen Tiere alles bereitzumachen.

Dann beobachtete ich Rolf, der so streitsüchtig wirkte wie immer. Mit giftiger Miene saß er da, beide Hände um seinen Krug gelegt, ohne die eine oder andere zu bevorzugen. Er trank mit beiden Händen.

Da fiel mir ein Trick ein, den Camber Fosrick in der *Schlachtental-Affäre* angewendet hatte, um herauszubekommen, welche Hand ein Verdächtiger bevorzugte. Er hatte dem Mann plötzlich einen Ball zugeworfen und dieser hatte ihn mit der linken Hand aufgefangen (der Hand, die er angeblich nicht benutzen konnte), letztlich der Beweis dafür, daß die besagte Person der Mörder war. Deshalb bestellte ich bei Kurzbein einen kleinen runden Nußkäse und wartete, bis Rolf abgelenkt war.

Er saß am kurzen Ende der Bar, einige Hocker von mir entfernt. Ich rief »Rolf!« und warf ihm den Käse zu. Das Trinken mußte seine Reaktionszeit verlangsamt haben, denn obwohl er aufblickte, machte er keinen Versuch, den Käse zu fangen. So traf ihn das gute Stück genau an der Stirn, fiel in seinen Krug und bespritzte ihn mit Bier.

Totenstille senkte sich über den *Kecken Barden*, als aller Augen sich auf den biertriefenden Rolf hefteten, der erst auf den Käse in seinem Krug schaute und dann wie ein Basilisk auf mich. Noch war sein Blick nicht blutrünstig, aber zumindest eine unausgesprochene Frage lag darin.

»Ich, äh ... ich dachte, du hättest vielleicht gern ein Stück Käse«, stotterte ich.

Das war anscheinend nicht die Antwort, die er hatte hören wollen. Er stand auf, kam zu mir herüber und zeigte mir unmißverständlich, daß er Rechtshänder war.

Nachdem ich mich wieder vom Boden aufgerappelt, meinen schmerzenden Unterkiefer gerieben und mit der Zunge geprüft hatte, wie viele Zähne wohl locker geworden waren, holte er erneut aus, doch dieser Schlag streifte mich nur: Kurzbein war mit dem Streitkolben in der Hand über die Bar gesprungen. Der Zwerg packte Rolf hinten an der Hose, hob den Mann einfach an, brachte ihn damit aus dem Gleichgewicht und schleuderte ihn geradewegs zur Vordertür. Rolfs Kopf schlug die Tür auf, und der übrige Körper des Dachdeckers folgte nach einem Extrastoß mit dem Streitkolben gegen das Hinterteil.

»Komm wieder, wenn du nich' so miese Laune hast!« schrie Kurzbein. »Das hier ist ein fröhliches Wirtshaus!« Dann zog er die Tür ohne ein Lächeln zu und funkelte mich an: »Und du – sei nicht so freigiebig mit deinem Käse!«

Der Zwerg reagierte nicht im geringsten auf die Lachsalven seiner Kundschaft. Er verschwand einfach hinter der Bar und verstaute seinen Streitkolben, während ich weiter meinen wunden Kiefer massierte. Rolf schien ja schon beim kleinsten Anlaß zum Totschläger zu werden. Ich fragte mich, was Mayella an ihm bloß fand. Aber manchmal sind die Frauen so, fühlen sich zu den bestialischsten Männern hingezogen. Diesem Fiesling war es durchaus zuzutrauen, daß er Dovo aus reinem Spaß an der Freude den Kopf abgeschlagen hatte.

Ich spielte mit dem Gedanken, ihm zu folgen. Aber als ich mir ausmalte, was womöglich passieren würde, wenn er mich beim Nachspionieren entdeckte, ließ ich es doch lieber bleiben. Nein, beschloß ich, das war eine Sache für einen anderen Tag.

Meine fast volle Goldsand war bei dem Handgemenge verschüttet worden, ich mußte eine neue bestellen. Diese zumindest wollte ich jetzt noch leeren und dann zu Benelaius heimkehren.

Grodoveth und Tobald hatten endlich ihre Mahlzeit beendet, und ich bekam mit, wie Grodoveth die Rechnung unterschrieb, die Sonnenhaar in das Buch hinter der Bar eintrug. Aus Grodoveths Erscheinen im *Kecken Barden* am Vorabend, aus seinem Sinn für Bequemlichkeit und dem Umstand, daß er auf Rechnung aß, aus alldem schloß ich, daß er häufiger hierherkam. Und dieses Rechnungsbuch, so wurde mir klar, würde mir auch verraten, wann Grodoveth in Ghars gewesen war.

Doch es schien unmöglich, das Buch in der Schenke in Ruhe durchzusehen. Aber wenn ich es herausschaffen könnte ...

Das Buch war so klein, daß es leicht unter meinen Umhang paßte, wenn ich es erst einmal in die Finger bekommen hatte. Ein Ablenkungsmanöver wäre ideal, aber ich verwarf die Idee, noch einmal mit dem Käse zu arbeiten. Werfer und Beworfener fallen gleichermaßen auf, und ich wollte die Aufmerksamkeit von mir und meinem Ende der Bar ablenken.

So grübelte ich vor mich hin, während ich meine Rechnung bezahlte und austrank. Dann fielen mir ein paar kleine Freunde ein.

Der zweite Gang zum Abort an einem Abend erregt in einer Schenke niemals Neugier, und als ich in die Wirtsstube zurückkam, saßen meine weiten Ärmel nicht mehr ganz so locker. Ich wartete, bis sich Sonnenhaar wieder hinter der Theke befand, und sobald niemand hinsah, ließ ich sechs kleine Mäuse aus einem Ärmel über die Bar flitzen und ein weiteres halbes Dutzend sein Glück auf dem Boden versuchen.

Die Wirkung übertraf meine kühnsten Erwartungen. Sonnenhaar stieß einen schrillen Schrei aus und schlug sofort mit ihrem Scheuerlappen auf die Mäuse ein. Bei jedem Schlag brachte sie nur ein etwas einsilbiges »Ah! Ah! Ah!« heraus.

»Mäuse!« kreischte Kurzbein, der gerade vor der Bar stand. »Mäuse in meinem Wirtshaus!«

Er sprang hinter die Theke, rannte dabei Sonnenhaar beinahe um, griff nach seinem Streitkolben und spielte Fang-die-Maus auf dem Boden, während Sonnenhaar demselben Spiel auf der Bar nachging – die Gäste johlten.

Inmitten all dieser Belustigung bemerkte niemand, wie meine Wenigkeit, Urheber des Spaßes, hinter die Theke schlüpfte, das Rechnungsbuch in den nun wieder leeren Ärmel gleiten ließ und in die Nacht hinaus verschwand. Der besagte Band gesellte sich zu Dovos Mantel und Hut in meiner Satteltasche, ich band Jenkus los, stieg auf und ritt nach Süden aus der Stadt.

16

Ich war kaum fünfzig Längen weit gekommen, als ich hinter mir Menschen aus dem *Kecken Barden* kommen hörte. Zuerst dachte ich, mein Diebstahl sei entdeckt worden und ein Haufen Gäste schwärme aus, um mich zu verfolgen. Aber dann erkannte ich, daß sie nur für heute genug Aufregung gehabt hatten und einen neuen Trinkplatz suchten. Ein Teil hielt auf die Theken der zwei angeseheneren Gasthäuser in der Stadt zu, der andere auf die schäbigere Gemütlichkeit der *Sumpfratte*.

Unter den »Flüchtlingen« waren unverkennbar der rundliche Bürgermeister Tobald und der kräftig gebaute Grodoveth. Beide stiegen auf ihre Pferde und trieben diese nicht etwa zum Haus des Bürgermeisters im Norden der Stadt, sondern nach Süden, in meine Richtung. Vermutlich wollten sie in die *Sumpfratte*. Also spornte ich Jenkus an, um einen Vorsprung zu gewinnen und ein gutes Stück vor ihnen in der Taverne am Sumpfrand zu sein. Es gab vieles, was ich an Grodoveth nicht leiden konnte, und ich wollte ihn eingehender studieren, gerade in der Nähe der Stelle von Dovos Mord.

Mein Ritt zur *Sumpfratte* verlief ereignislos. Ein paar Durstige waren unterwegs an mir vorbeigaloppiert, aber ich hatte niemanden getroffen, der auf Ghars zugehalten hätte.

Wie schon gesagt, die *Sumpfratte* war nicht gerade das eleganteste Etablissement. Sägespäne und zertretene Austernschalen lagen auf dem Boden herum, dazu ein, zwei schwere Trunkenbolde. Düster wie in einem Goblinbauch war es, und auf der Bar standen Gläser mit grünlichen eingelegten Eiern, die ungefähr so appetitlich wirkten wie Ogeraugäpfel.

Aber man bekam Bier in der *Sumpfratte*, billiges Bier, und das war für die Knechte der Gegend die Hauptattraktion der Schenke – neben der für sie günstigen Lage natürlich. Ich bestellte ein Dünnbier, das Hesketh Pratt, der Besitzer, ohne Schaum, dafür aber mit einem kriecherischen Lächeln auf seinem Rattengesicht servierte. Nach dem ersten Schluck wußte ich, daß das Dünne daran vom reichlich beigemischten Wasser kam. Soweit hatte Kurzbein richtig geraten.

Nachdem ich eine kleine Wanze aus meinem Glas gefischt und etwas mehr getrunken hatte, kamen Grodoveth und Tobald herein.

Der Bürgermeister begrüßte mich lächelnd: »Ah, der kleine Jasper! Hattest wohl genug von dem alten Rattenrennen in der Stadt, hm? Rattenrennen? Was?«

Ich lächelte und nickte. »Noch eins, bevor ich nach Hause gehe und mich hinlege, Bürgermeister. Hoffentlich erscheinen mir keine kleinen pelzigen Tierchen im Traum.«

Tobald kicherte und setzte sich zu Grodoveth, der mich mit ausdruckslosem Gesicht beobachtete. Ich meinerseits betrachtete Grodoveth in dem trüben Spiegel, der über der Bar hing. Sonst gab es wenig zu tun. Die Gäste der *Sumpfratte* waren einfache Bauern, deren Gespräche sich an diesem Abend um ein Thema drehten und alle ungefähr ähnlich verliefen:

»Schon von diesem, wie hieß er noch, diesem Kerl gehört, der da umgekommen ist?«

»Devo, oder?«

»Nee, so nicht ... Ach ja, Dovo.«

»Mhm. Also so was.«

»Mhm. Ist ermordet worden.«

»Mhm. Also so was.«

»Ich weiß nicht, was aus dieser Welt noch werden soll.«

»Mhm. Ich auch nicht.«

»Und wie steht die Gerste?«

So ging das stundenlang weiter. Wenigstens hatte ich dann ein klein wenig Glück, wenn man es so nennen kann. Ich bekam mit, daß Bauer Bortas – einer von denen, die Kurzbein zufolge den von Dovo gemimten Geist gesehen hatten – mit zwei anderen Angehörigen seines einfachen Standes in der Ecke saß. Ich ging hin und stellte mich als Benelaius' Diener vor. Bortas' runzlige alte Augen leuchteten auf.

»Benelaius' Bursche bist du? Fein. Ist gut, einen Zauberer unter uns zu wissen, einen so hohen Herrn wie ihn, obwohl ich ihm noch nie begegnet bin. Kennst du ihn, Rob? Oder du, Will?«

Rob und Will bissen fest auf ihre Pfeifen und schüttelten den Kopf.

»Ich hab's nicht so mit Zauberern«, meinte Will aus dem Mundwinkel heraus. »Sind irgendwie unheimlich.«

»Mhm«, pflichtete Rob ihm bei.

Ich dachte, vielleicht werden sie gesprächiger, wenn ich einen ausgebe. Also machte ich das entsprechende Angebot, und sie schlugen ein. Wir bestellten einen großen Krug Dunkelschattenbier, das teuerste Getränk, das die *Sumpfratte* zu bieten hatte.

»Besten Dank, junger Mann«, sagte Bauer Bortas strahlend, doch die anderen beiden nickten nur. Sie hatten es anscheinend auch nicht so mit den Dienern von Zauberern.

»Wie ich gehört habe«, sagte ich, um zum Thema zu kommen, »habt Ihr auch diesen vermeintlichen Geist gesehen, den, den der Ermordete spielte?«

Bortas' Gesicht umwölkte sich. »Mhm, den habe ich allerdings gesehen! Also wirklich, dieser billige Angeber, hat mich und meine gute Frau um eine Woche ruhigen Schlaf gebracht, ehrlich. Sie wacht immer noch auf und schreit: ›Oh, der Geist, der Geist!‹ Und ich muß ihr versichern:

›Nein, das ist nicht der Geist, der ist draußen im Sumpf.‹ Jetzt kann ich ihr wohl erzählen, daß es da nie einen Geist gegeben hat.«

»Was hat er – dieser Dovo – denn gemacht, als Ihr ihn entdeckt habt?« fragte ich.

»Gespukt. Meine Frau hat ihn zuerst gesehen. Sie zieht mich am Arm und sagt ganz schroff: ›Guck mal!‹ Ich guck' hin, und da steht er. War so etwa eine Viertelmeile westlich von hier, dort, wo die Straße ganz nah an den Sumpf heranführt. Sein Gesicht ist ganz grün und leuchtet, und er fängt an zu stöhnen und kommt so langsam auf uns zu und schwingt dabei seine Axt hin und her. Da wurde mir aber ganz anders, kann ich dir sagen. Woher sollte ich wissen, daß er nicht echt ist? Also gab ich dem alten Ned eins mit der Peitsche, und wir rasten die Straße hinunter und hielten nicht an, ehe wir hier waren. Wir rennen rein und erzählen allen, was wir gesehen haben, und der ganze Haufen kommt mit uns zurück an die Stelle, wo wir ihm begegnet sind. Rob und Will, ihr wart doch beide dabei, oder?«

»Mhm«, machten Rob und Will einstimmig.

»Aber da war gar nichts. Einfach überhaupt nichts. Als wäre der Mann vom Erdboden verschluckt.«

»Habt ihr denn nach ihm gesucht?«

»Ja, klar haben wir das – bis zum Rand vom Sumpf natürlich nur. Hat uns schon genug Mumm gekostet, bei Nacht überhaupt so nah an den Sumpf zu gehen. Aber wir fanden absolut gar nichts.«

»Hatte er noch etwas anderes dabei außer der Axt?« fragte ich und dachte an die Bruchstücke des Laternenglases.

»Von mir aus hätte er in der anderen Hand einen Elefanten halten können. Ich habe bloß dieses Axtschwingen gesehen.«

»Aber nichts, was ... geleuchtet hat?«

»Nur sein Gesicht. Wie bei einer Leiche.« In einer Mischung aus Abscheu und Bedauern schüttelte er den Kopf. »Und eine Leiche ist er jetzt, soviel steht fest. Hat einen getroffen, der ihm den Streich gerade zurückgezahlt hat, Friede seiner Seele.« Dann strahlte er mich wieder an. »Aber das Gute an der Sache ist, es spukt kein Geist mehr herum.«

Eine ähnliche Einstellung wie Kurzbein, dachte ich.

Dann kam das Gespräch auf Land und Wetter, doch da bemerkte ich, daß Grodoveth und Tobald aufstanden. Tobald streifte sich Krümel von seinem Hemd. Und ich bemühte mich, durch Bortas' ausufernde Hafergeschichten hindurch mitzubekommen, was sie redeten, und hörte Grodoveth gerade noch sagen: »... zu müde für den Ritt zurück. Ich bleibe heute nacht einfach hier.«

Tobald erwiderte: »Nun, ich muß früh aufstehen und Barthelm helfen. Bist du sicher? Ich reite ungern allein zurück ...«

Dann sagte Bortas wieder etwas, aber ich konnte Grodoveths Antwort noch eben so aufschnappen: »... kein Geist mehr. Wovor solltest du Angst haben?« Er drehte sich zu Hesketh Pratt um. »Ich bleibe heute nacht hier.«

Hesketh verbeugte sich tief und leckte sich die Lippen, wahrscheinlich bei dem Gedanken an einen zahlenden Übernachtungsgast. »Sehr wohl, Lord Grodoveth. Ich führe Euch nach oben ...«

»Ich finde mich schon zurecht«, meinte dieser und schlug Tobald auf die Schulter. »Schlaf gut, mein Freund. Ich zumindest werde es tun.« Und nach diesen Worten ging er mit der Kerze nach oben, die Hesketh ihm gereicht hatte. Tobald zahlte die Getränke, winkte mir noch einmal zu und verließ die Schenke.

Ich zog mich aus der einschläfernden Diskussion zurück, hinterließ genug Geld auf dem Tisch, um die Getränke zu bezahlen, fürchtete im stillen, Benelaius würde mir wegen meiner Freigiebigkeit zürnen, und lief ebenfalls zur Tür. Beim Hinausgehen hörte ich Hufschlag und sah Tobald tatsächlich nach Westen zur Straße nach Ghars reiten. Wiederholt blickte er sich unbehaglich um.

Sonst war niemand draußen. Ich trat auf die Straße und konnte nun zu den sechs Fenstern im Obergeschoß hochschauen. Hinter dem dünnen Vorhang des einen leuchtete eine Kerze, und ein sich bewegender Schatten verriet mir, daß jemand dort oben sein mußte. Nach ein paar Minuten ging das Licht aus. Ich wartete eine Minute, dann ging ich zur Rückseite der Taverne.

Es gab nur eine Tür, die aus der Küche nach draußen führte, dafür zwei Fenster. Lediglich ein kleines Fenster im Obergeschoß zeigte zum Sumpf hin. Also nahm ich an, daß die Rückseite des Obergeschosses hauptsächlich aus einem schlecht erleuchteten Gang bestand.

Ich blieb noch eine halbe Stunde und lief abwechselnd vor und hinter das Haus, doch Grodoveths Raum blieb dunkel, und außer Bauer Bortas und seinen Freunden verließ niemand die Taverne. Damit sie mich nicht sahen, zog ich mich in die Schatten zurück.

Nachdem sie verschwunden waren, brachen Jenkus und ich nach Hause auf. Von der *Sumpfratte* zu Benelaius' Haus war es vielleicht eine Meile, und ich gebe zu, ich nickte augenblicklich ein, sobald ich im Sattel saß. Jenkus' Gangart ist für eine müde Seele sehr beruhigend, und ich war überaus müde.

Ich glaube, ich habe schon von den Geräuschen geträumt, bevor ich sie noch richtig hörte. Aber als sie mein Wachbewußtsein erreichten, wußte ich, daß ich so etwas noch nie vernommen hatte. Es klang, als würden zwei oder drei Pferde mit losen Hufeisen hinter mir herkommen, ein seltsames Klirren hing in der Luft. Aber nach jedem Hufklappern gab es ein dumpfes Geräusch, als ob ein großes Gewicht auf die Straße fiele. Es war ein ständiges *Da-da-BUMM, Da-da-BUMM* hinter mir – und anscheinend kam es näher und näher.

Jenkus hatte bereits ganz von selbst sein Tempo deutlich erhöht, aber dennoch trieb ich ihn an. Als ich mich dann doch umzusehen wagte, gab ich ihm erst recht die Sporen.

17

Es war stockdunkel, und wir blieben mehr aus Instinkt auf der Straße, denn zu sehen war nichts. Gegen den Himmel hinter mir konnte ich etwas erkennen, was wie ein kleiner Pulk Menschen und Pferde aussah. Menschen und Pferde? Wohl eher Oger und Elefanten. Ich warf den Kopf herum und wagte keinen zweiten Blick mehr zurück.

Immerhin schrie ich den Gestalten hinter mir zu: »Was wollt ihr?« Denn ich dachte, wenn sie riefen: »Dein Geld!« oder »Dein Leben!«, wären sie weniger erschreckend. Aber bis auf das *Da-da-BUMM,* das für mich mittlerweile wie eine Trommel klang, die mir den Todesmarsch schlug, war da nur Schweigen.

Jetzt grub ich Jenkus die Hacken in die Flanken, und er reagierte wunderbar. Ich glaube, er hatte womöglich noch mehr Angst als ich. Er wieherte entsetzt und jagte derart los, daß mein Umhang sich aufblähte und meine Haare nach hinten flogen. Ich klammerte mich mit einer Hand an die Zügel, mit der anderen hielt ich die Satteltasche fest, denn ich wollte meine schwer errungenen Beweisstücke nicht verlieren.

Wenn wir dem wilden Haufen hinter uns entkamen, würden wir dank des Schutzbanns um Benelaius' Haus sicher sein. Es war einer der wenigen Zaubersprüche, die er gewirkt hatte, seit er sich zur Ruhe gesetzt hatte. Der Schutz würde alles Böse abhalten, das nicht bewußt eingeladen wurde, und ich hatte gewiß nicht vor, die Meute ins Haus zu bitten, die mich da verfolgte.

Was es auch war, es fiel zurück, so daß ich langsam darüber nachzudenken vermochte, was es wohl gewesen sein könnte. Eine Räuberbande, dieselbe, die Dovo letzte Nacht getötet hatte? Nein, für eine Bande hatte es am Tatort nicht genügend Fußabdrücke gegeben. Dann vielleicht ein Suchkommando, das mich für den Mörder hielt? Kaum – ich hätte bestimmt mitbekommen, wenn man einen Suchtrupp zusammengestellt hätte.

Oder, und nun lief mir ein Schauer über den Rücken, war es gar der Geist von Fastred, der die Dummheiten in seinem Namen satt hatte und auf Händen und Füßen aus scharfen Axtklingen herumsprang?

Nun, was es auch immer gewesen sein mochte, jetzt war es verschwunden. Ich hörte das donnernde, klappernde Getrappel nicht mehr. Jenkus und ich verursachten selbst genug Lärm. Ich versuchte ihn zu einem gemäßigten Trab zu zügeln, als wir uns dem sicheren Haus näherten, doch er wollte nichts davon wissen, sondern galoppierte weiter, bis ich ihn direkt vor der Stalltür hart zurückriß.

»Gut gemacht, Jenkus!« sagte ich beim Absteigen. »Ich wußte ja gar nicht, daß soviel in dir steckt!«

Das hatte Jenkus anscheinend auch nicht geahnt, denn er war ziemlich erschöpft, genau wie sein Reiter. Bevor ich ihn noch abgesattelt hatte, kamen Benelaius und Lindavar mir aus dem Haus entgegengeeilt. Eigentlich konnte man nur von Lindavar mit seiner hochgehaltenen Laterne sagen, daß er lief. Die Füße meines Meisters waren nicht zu erkennen, vielmehr schien er in Lindavars Kielwasser zu folgen wie ein großer Lederball, der einem Schwimmer nachtanzt.

»Wir haben dich herangaloppieren hören«, sagte Lindavar atemlos. »Stimmt etwas nicht?«

»Nein, alles in Ordnung – jetzt.«

»Mein Junge«, sagte Benelaius, »solche Eile ist ungehörig. Sie erschreckt junge Leute«, er nickte Lindavar zu, »und läßt die Alten in die feuchte Nacht hinauslaufen.«

»Also . . . Meister, etwas hat mich . . .«

»Verfolgt«, unterbrach mich Benelaius. »Ja, soviel ist sicher.« Dann sah er sich im Dunkeln um. »Ich gehe jedoch davon aus, daß der Verfolger den Schutzbann nicht durchdringen konnte.«

»Offen gesagt, ich glaube, so weit ist er gar nicht gekommen.« Ich klopfte Jenkus liebevoll den Hals, aber der schnaubte nur abweisend. »Jenkus war schneller.«

»Na, so etwas«, meinte der alte Magier. »Ich hätte nicht gedacht, daß der gute Jenkus schneller sein könnte als vielleicht ein Seemann mit zwei Holzbeinen. Und Rheuma hat er noch dazu.« Er drehte sich um und ging zum Haus zurück. »Reib deinen Retter auf vier Beinen tüchtig ab, Jasper. Und dann komm rein und wärm dich auf und erzähl uns, was du heute in der Stadt erfahren hast«, er drehte sich noch einmal um, »*und* in der *Sumpfratte* natürlich.«

»Wie . . . Aber woher kannst du . . .?«

Er antwortete nicht, sondern verschwand Arm in Arm mit Lindavar im Haus.

Nachdem ich Jenkus gefüttert und für die Nacht versorgt hatte, ging ich ebenfalls hinein. Benelaius und Lindavar saßen mit großen Tontassen voll Himbeerblättertee umgeben von Katzen am Feuer. Ich schenkte mir selbst eine Tasse ein, schob vorsichtig ein paar Tiere beiseite und gesellte mich zu den Zauberern.

»Und nun erzähl uns«, forderte mich Benelaius auf, während er ein Kätzchen streichelte, »was du alles getan, gehört und gesehen hast. Mit allen Einzelheiten.«

Und das tat ich, fast genauso, wie ich es auf den vorhergegangenen Seiten geschildert habe. Der Bericht für Benelaius dauerte etwas länger, denn er unterbrach mich häufig und stellte Fragen, von denen ich die meisten zwar beantwortete, ihnen aber keinerlei Bedeutung beimaß.

Als die ganze Geschichte am Ende anlangte, war es nach zwei. Sie schloß mit meinem knappen Entkommen auf der Sumpfstraße. Benelaius nickte, warf einen letzten Blick auf das Rechnungsbuch, die mitgebrachten Kleidungsstücke und die Liste, die ich im *Kecken Barden* angefertigt hatte.

»Es ist spät«, meinte er dann, »und wir sollten nicht zu dieser vorgerückten Stunde noch irgendwelche Mutmaßungen anstellen. Ich schlage vor, wir gehen schlafen und sprechen morgen darüber, was das alles zu bedeuten hat.«

Obwohl todmüde, war ich doch enttäuscht, daß ich nicht erfahren sollte, was Benelaius von meiner Arbeit hielt und welche Schlüsse er daraus zog.

Er spürte meine Enttäuschung und klopfte mir auf die Schulter. »Gut gemacht, Jasper. Du hast viel herausbekommen. Und morgen werden wir hoffentlich eine Menge daraus machen können.«

»Darf ich noch eine einzige Frage stellen, Meister?« fragte ich vom Treppenabsatz aus.

»Na, los.«

»Wieso bist du so sicher gewesen, daß ich in der *Sumpfratte* war?«

»Deine Kleider stinken nach West-Fennet Nummer drei, einem Pfeifenkraut, das der Tabakhändler in der Stadt sich zu verkaufen weigert, weil es einen so bitteren Nachgeschmack hat. Bauer Snaggard, der in der Jugend seine Vorliebe dafür entdeckt hat, baut jedes Jahr etwas davon nur für den Eigenbedarf an, und er ist Stammgast in der *Sumpfratte*, seit sie eröffnet wurde. Da du kaum bei Bauer Snaggard gewesen sein dürftest, der weiter im Westen der Sumpfstraße wohnt, nahm ich an, daß du die stickige Luft der *Sumpfratte* mit ihm geteilt hast.«

Lindavar und ich starrten ihn beide mit offenem Mund an. »Das ... das ist eine unglaubliche Schlußfolgerung!« sagte ich.

Benelaius strahlte bei diesem Kompliment, dann fiel ihm noch ein Detail auf. »Oh, und dann«, meinte er, »klebt da noch etwas an deinem Schuh. Grün ist eine so unpassende Farbe für eingelegte Eier, nicht wahr?«

18

Ich schlief augenblicklich ein, hatte jedoch die ganze Nacht schlechte Träume. Es begann mit einem Alptraum über Dovos Leiche. Ich war allein und wartete darauf, daß Lindavar mit Benelaius zurückkehrte, als Dovos Kopf zu seinem Körper zurückrollte. Unter meinen entgeisterten Blikken setzte er sich wieder auf den blutigen Hals, und die Leiche mit der Rüstung kam auf die Beine.

Aber der Kopf saß verkehrt herum, und der Leichnam duckte sich, bewegte sich wie ein Blinder mit dem Gesicht gen Himmel, tastete auf dem weichen Moorboden herum, bis die grauen Finger etwas zu fassen bekamen – die Axt.

Dovos Leiche ergriff die Waffe, richtete sich wieder auf, und der Blick der toten Augen fiel auf mich. Ich konnte mich nicht rühren, erstarrt vor Schreck. Das monströse Wesen kam, rückwärts gehend, auf mich zu. Es schlurfte näher, der tote Mund verzog sich zu Dovos idiotischem Grinsen, die rechte Hand mit der Axt ging hoch. Aber da die Leiche mit dem Rücken zu mir stand, konnte sie die Axt nicht auf mich niedersausen lassen, sondern holte statt dessen vor dem Körper Schwung und wirbelte mit der Rückhand herum ...

Ich erwachte nach Luft schnappend und zitternd im Dunkeln.

Dann zündete ich eine Kerze an und lag lange wach im Bett und sah dem Zucken der Flamme zu. Endlich vertraute ich mich wieder dem Schlaf an.

Welch lächerliches Vertrauen!

Der nächste Traum war noch schlimmer. Darin ritt ich bei Nacht auf der Sumpfstraße, doch es herrschte Vollmond, so daß ich weit sehen konnte. Jenkus trottete vor sich hin, und hinter mir hörte ich wieder das entsetzliche *Da-da-BUMM*. Ich gab Jenkus die Sporen, aber obschon er laufen wollte, war es, als steckten seine Beine in Treibsand. Das Geräusch der donnernden Hufe hinter mir kam näher, und ich wandte den Kopf, blickte mich um.

Es waren vier riesige schwarze Pferde mit glühenden Augen, die Schultern zweimal mannshoch, und sie schnaubten Rauch und Flammen. Sie liefen so dicht beieinander, daß ich kaum eines vom anderen unterscheiden konnte.

Doch obwohl sie schon schrecklich genug aussahen, ihre Reiter waren noch schlimmer. Alles Menschen, die ich kannte, Menschen, die im Verdacht standen, für Dovos Tod verantwortlich zu sein, aber in alptraumhafte Wesen verändert.

Kendras rote Haare waren zu scharlachroten Schlangen geworden, und ihr weit aufgerissener Mund zeigte Reißzähne. Rolf hatte sich in einen riesigen brutalen Affenmenschen verwandelt, ein Atavismus, aus schierer Bösartigkeit bestehend. Neben ihm ritt Barthelm, grotesk aufgedunsen, das gelbliche, fette Fleisch quoll an seinem Roß herunter. Und dann war da noch Grodoveth, der aussah wie ein legendärer Kriegerkönig mit Helm und Harnisch, beide Hände waffenschwingend hoch über den Kopf erhoben. In der einen hielt er ein Schwert, in der anderen eine Axt. Übrigens hatten alle Äxte in den Händen, und sie kamen rasch näher, bis sie bedrohlich über mir aufragten.

Ich drängte Jenkus vorwärts, jedoch ohne Erfolg. Unter meinen Augen verschmolzen die vier Reiter zu einem einzigen Wesen, ein Ungetüm mit vielen Köpfen und vielen Klingen, darauf versessen, mir das Leben zu entreißen. Jetzt schien mein Atem so langsam zu gehen, wie Jenkus seine Hufe setzte. Verzweifelt bemühte ich mich, mehr Luft in die Lungen zu bekommen, denn dann könnte ich schreien, und wenn ich schrie, würde ich aufwachen, und dieser Schrecken hätte ein Ende.

Aber ich war nicht imstande zu atmen, und so wandte ich mich weg von meinen Verfolgern, zurück zu Jenkus, der mir den Kopf zudrehte.

Ich blickte in die starren, toten Augen von Dovo.

Das war anscheinend der Schock, den ich brauchte. Als ich erwachte, hatte ich den Kopf in mein Kissen gegraben und versuchte gerade, die Federn durch den Bezug zu saugen. Ich stieß das Kissen weg, schnappte nach Luft und dankte den Göttern für das Glück, diesem Alptraum entronnen zu sein.

Draußen war es hell, und der Sonnenstrahl an meiner Wand verriet mir, daß es ungefähr halb acht sein mußte. Ich überlegte, ob ich aufstehen und für meinen Meister und seinen Gast Frühstück machen sollte, aber wir waren letzte Nacht alle so lange aufgewesen, eine weitere Stunde Schlaf würde niemandem weh tun. Als ich dann bei Tageslicht wieder wegdämmerte, hoffte ich, keine weiteren Alpträume mehr zu erleben.

Im Eindösen hörte ich noch, wie sich die Vordertür des Hauses schloß, ich blinzelte einmal. Ich wußte, daß Benelaius' Bannspruch gegen jeden Eindringling wirkte, deshalb mußte wohl mein Meister von einem Morgenspaziergang zurückgekommen sein. Er ging gelegentlich nach draußen, um die Flora und Fauna in unmittelbarer Nähe des Hauses zu studieren. Dennoch lauschte ich noch einen Moment, hörte aber nur Lindavars rhythmisches Schnarchen aus dem Gästezimmer gleich neben mir.

Mein nächster wacher Gedanke war, wie Grimalkin nur ein so weiches Fell und eine so rauhe Zunge zugleich haben konnte. Ich öffnete meine Augen wieder um neun Uhr. Grimalkin stand auf meiner Brust, drückte seine weiche Nase gegen meine Wangen, um mich aufzuwecken, und schleckte mir rasch mit der Zunge übers Kinn. Bei Benelaius' kluger Menagerie braucht man keine Wasseruhr.

Ich stand auf, wusch mich und ging nach unten. Zuerst fütterte ich die Katzen, dann ging ich zum Stall, um nach den Pferden zu sehen. Sowohl Jenkus als auch Stubbins bewegten sich träge. Jenkus' Zurückhaltung konnte ich verstehen. Er war letzte Nacht um sein Leben gerannt, und vielleicht hatte auch er schlecht von unseren Verfolgern geträumt. Immerhin war er mir am Vorabend genauso entsetzt vorgekommen, wie ich mich gefühlt hatte.

Aber ich wußte nicht, was Stubbins davon abhielt, sich sofort auf den Hafer zu stürzen. Dreimal mußte ich ihn locken, bis er schließlich mit Jenkus das Frühstück teilte.

»Na, woher hast du denn das?« Ein Klumpen Erde an seinen Fesseln war mir aufgefallen. Wahrscheinlich hatte ich ihn nach unserer Kutschfahrt vom Vortag schlecht abgerieben. Stubbins kaute, während ich ihn bürstete. Und als das

Bein sauber war, ging ich ins Haus, um auch den Menschen Frühstück zu machen.

Ich hörte Lindavar und Benelaius oben herumlaufen, während ich eine große Kanne Tee kochte und ein ausgiebiges Mahl aus Eiern, Räucherlachs, Elfenbrot und den besonderen Würsten zusammenstellte, die Benelaius so liebte. Als die beiden Zauberer schließlich vollständig angezogen herunterkamen, hatte ich alles dampfend, heiß und eßfertig auf dem Tisch stehen.

»Ach, Jasper«, sagte Benelaius, »du bist wirklich ein Wunder. Den ganzen Tag und die halbe Nacht im Einsatz, die andere halbe Nacht von Alpträumen gepeinigt, und trotzdem begrüßt du uns mit einem hinreißenden Frühstück.«

»Ähm ... woher weißt du, daß ich Alpträume hatte?«

»Wenn ich mitten in der Nacht jemanden schwer atmen höre und später unterdrückt schreien – und ich weiß, daß du allein schläfst –, ist das der einzige Schluß. Kommt, Lindavar, Jasper, setzt euch. Füllen wir unsere Bäuche mit diesem wirklich ausgezeichneten Frühstück, und dann laßt uns beim Tee über die gestrigen Ereignisse sprechen.«

Wir aßen hungrig, und als wir dann die Teekanne leerten, begann Benelaius Fragen zu stellen.

»Also, Jasper, nach all deinen Beobachtungen – wen hast du als Dovos Mörder in Verdacht?«

»Ich glaube, es gibt mehrere Möglichkeiten«, antwortete ich. Ich freute mich, daß nicht nur meine Recherche, sondern auch meine Meinung gefragt war. »Dovo hat in der Nacht, als er getötet wurde, in der Schenke eine ganze Menge Leute geärgert. Rolf und Dovo gerieten wegen Dovos Annäherungsversuchen bei Mayella aneinander.«

»Ist Rolf ein Mord zuzutrauen, was meinst du?«

»Könnte sein, Meister, Er ist aufbrausend, er wirkt ziemlich gewalttätig, und wenn er Dovo dabei erwischt hat, wie der den Geist spielte ...« Ich zuckte mit den Schultern.

»Stimmt«, sagte Lindavar. »Sein Ärger darüber, reingelegt zu werden, und dazu die Eifersucht – das ergibt eine zündende Mischung, wenn jemand so jähzornig ist.«

»Noch ein Verdächtiger?« fragte Benelaius.

»Barthelm unter Umständen. Ein Vater würde einiges auf sich nehmen, um die Ehre seiner Tochter zu verteidigen.«

»In diesem Fall«, ergänzte mein Meister mit schiefem Lächeln, »sollte Grodoveth besser auf sich aufpassen, was?«

Ich nickte. »Auch Kendra zählt zu den Verdächtigen. Dovo hat sich ihr gegenüber ziemlich aufdringlich verhalten, und wenn sie Fastreds Geist träfe, würde sie nicht gerade davonrennen. Eher schon zuschlagen, bevor sie noch herausfände, daß der Geist nur Schwindel ist. Und sie kann kein Alibi angeben.«

»Und was ist mit Grodoveth?« fragte Lindavar. »Nach allem, was Aunsible Durn dir erzählt hat, Jasper, war er aus irgendeinem Grund wütend auf Dovo.«

Benelaius schob freundlich die Katzen vom Schoß, stand auf, watschelte zur Kommode und holte den Hut und Umhang heraus, die Dovo gehört hatten.

»Und was ist mit dem hier?«

Ich blickte Lindavar an, denn ich fragte mich, ob nun nicht er wieder an der Reihe wäre, aber er fing den Ball nicht auf. »Das könnte heißen«, sagte ich, »daß Dovo vielleicht den *Kecken Barden* als Ausgangspunkt für seine Streifzüge benutzt hat. Er hat dort seine Kleider versteckt, wenn er sich als Geist ausstaffierte.«

»Haben wir schon überlegt«, fragte Benelaius, »wer am meisten vom Auftauchen des Geistes profitiert haben dürfte?«

»Ich denke«, schaltete sich jetzt Lindavar ein, »daß wahrscheinlich dieser Zwerg, dem der *Kecke Barde* gehört ... Wie hieß er noch, Kurzer?«

»Kurzbein«, stellte ich richtig. »Das stimmt. Alles, was die Leute aus der *Sumpfratte* vertreibt, ist gut für den *Kecken Barden.*« Ich grinste. »Vielleicht liefert Kurzbein denen dort das verwässerte Bier und die eingelegten Eier.«

»›In mir steckt mehr, als du vielleicht glaubst‹«, zitierte Benelaius. »Das hat Dovo zu Kendra gesagt, stimmt's?«

»Ja ...« Ich überlegte einen Augenblick. »Meinst du, Dovo hat womöglich den Geist gespielt, um ...«

»Um Kurzbein zu helfen!« warf Lindavar ein. »Das klingt logisch. Aber war Kurzbein eingeweiht?«

»Ich bezweifle, daß Dovo in seinem ganzen Leben je etwas getan hat«, bemerkte ich, »was ihm nichts einbrachte oder wenigstens eine Frau beeindruckte. Ich halte es durchaus für möglich, daß der Zwerg Dovo angeheuert hat, um die Leute von der *Sumpfratte* zu verjagen.«

»Wißt ihr was, mir kommt gerade noch eine Möglichkeit in den Sinn«, ergänzte Lindavar. »Jasper, du hast gerade gesagt, Kendra könne womöglich zugeschlagen haben, bevor sie noch die Fälschung entdeckte. Warum also sollte ein anderer bewaffneter, furchtloser Reisender sich nicht genauso verhalten haben?«

»Eine Zufallsbegegnung, meinst du?« folgerte Benelaius. »Eine vernünftige Hypothese. Aber vielleicht übersehen wir etwas.« Unter Dovos Mantel holte er das Rechnungsbuch aus dem *Kecken Barden* hervor. »Hattest du schon Gelegenheit, dir das anzusehen, Jasper?« Ich schüttelte den Kopf. »Dann schlage ich vor, ihr zwei nehmt es euch jetzt vor und vergleicht es mit Jaspers Liste der Geistererscheinungen.«

Er legte beides auf den Tisch, und Lindavar und ich rückten unsere Stühle zusammen, um die Eintragungen durchzusehen. Nach langer, gründlicher Untersuchung meldete sich schließlich Lindavar zaghaft zu Wort.

»Meister Kurzbein scheint genauestens Buch zu führen. Aber ich habe keine Hinweise wie Zahlungen an jemand anderen gefunden, meinetwegen für Werbung oder so. Nur Einnahmen, Ausgaben, der Lohn für sein Mädchen, Sonnenhaar, und die Rechnungen der Gäste.«

Benelaius sah mich an. »Jasper?«

»Ich glaube«, sagte ich vorsichtig, denn ich wollte dem Gast meines Meisters nicht widersprechen, »daß Kurzbein nicht unbedingt einen Beweis auf Papier hinterlassen wird, wenn etwas, hm, vielleicht nicht gerade Illegales, aber wenigstens etwas von einer gewissen ... Skrupelhaftigkeit abgelaufen ist.«

»Ich glaube, du suchst nach dem Wort ›Skrupulosität‹«, sagte Benelaius, »aber ›etwas Bedenkliches‹ wäre wohl passender. Du hast jedoch einen wichtigen Punkt herausgefunden. Kurzbein würde solche Zahlungen zweifellos nicht über die Bücher laufen lassen. Und wenn wir schon bei Büchern sind, was steht hier noch? In Abstimmung mit deiner Liste, Jasper?«

Wir verglichen die Daten mit den Einträgen im Rechnungsbuch. Der Sachverhalt war offensichtlich, und ich überließ Lindavar dessen Aufdeckung. »Bei fast jeder Geistererscheinung«, stellte dieser fest, »scheint Grodoveth in der Stadt gewesen zu sein.«

»Ja«, stimmte ich zu. Grodoveth kommt etwa alle zwei Wochen nach Ghars, und dieser Zeitabstand scheint auch zwischen den meisten Gespenstersichtungen zu liegen. Wie Ihr sagtet, Herr, mit einer«, ich sah näher hin, »nein, zwei Ausnahmen.«

»Und die wären?« fragte Benelaius.

»Ein nicht näher benannter Kaufmann aus Arabel hat den

Geist am zwölften Kytorn gesehen, und Diccon Picard am siebenundzwanzigsten. Aber Tobald begegnete dem Gespenst am einundzwanzigsten, als Grodoveth nicht in der Stadt war.«

»Oder zumindest nicht in Kurzbeins Büchern auftaucht«, zeigte Lindavar auf. »Es ist möglich, daß er hier war, aber nicht in der Schenke.«

»Das werde ich überprüfen«, sagte ich.

»Wie ich Tobald kenne«, meinte Benelaius, »hat er vielleicht auch nur einen Schwall Sumpfgas oder ein Irrlicht gesehen und es für den Geist gehalten.«

Er hatte recht. Trotz all seiner guten Seiten konnte unser Bürgermeister aus einer Mücke einen Elefanten machen. »Es gibt eine große Lücke«, sagte ich, »zwischen dem einundzwanzigsten Flammleite, als Lukas Löffelschwund den verkleideten Dovo erblickt hat, und dem sechzehnten Eleasias, als Bortas und seine Frau ihn sahen. Und dem Buch nach war Grodoveth am zweiten und dritten Eleasias in Ghars. Warum also da kein Geist?«

»Vielleicht war er ja da«, schlug Lindavar vor, »aber es kam niemand vorbei. Ist doch möglich. Oder vielleicht ist Dovo einfach nicht spuken gegangen.«

Ich schüttelte frustriert den Kopf. »Das verstehe ich nicht. Grodoveth hat die Geisterlegenden überprüft, ja, aber welche Verbindung sollte er zu Dovo gehabt haben? Welchen Nutzen hätte er vom Auftauchen des Geistes gehabt?«

Benelaius streichelte die Katze auf seiner linken Schulter. »Laßt uns nicht vorgreifen. Aber macht hier einmal halt und faßt zusammen, was wir von dem Mörder wissen!«

»Zunächst, er war Rechtshänder«, begann Lindavar.

Ich nickte. »Und Grodoveth ist Linkshänder, während jeder andere meines Wissens die rechte Hand bevorzugt.«

»Sollen wir Grodoveth demnach ausschließen?« fragte Lindavar.

»Aber«, meinte der alte Magier, »ist denn eure zugrundeliegende Annahme korrekt?«

»Daß Grodoveth Linkshänder ist?« fragte ich. »Er macht alles mit der Linken.«

»Nein, nein. Die *zugrundeliegende* Annahme.«

»Ah!« machte Lindavar. »Du meinst der Schluß, der Mörder sei Rechtshänder!«

Benelaius nickte weise.

»Nun«, fuhr Lindavar fort, »Dovo stand dem Mörder auf jeden Fall gegenüber, und die Axtklinge traf ihn an der linken Halsseite . . .«

Da fiel mir mein Traum wieder ein, die Szene, als der wieder zusammengesetzte Dovo mit der Axt nach mir schlug.

»Rückhand«, sagte ich ruhig. »Ein Krieger würde mit der Rückhand zuschlagen.«

»Das *ist* ein viel mächtigerer Hieb«, betonte Benelaius.

»In diesem Fall«, sagte Lindavar, »hätte der Mörder seine linke Hand benutzt. Das heißt, er wäre kein Rechtshänder sondern ein Linkshänder.«

»Gut möglich. Und Grodoveth ist wirklich ein guter Kämpfer.«

»Meister«, warf ich ein. »Willst du damit andeuten, Grodoveth könne der Mörder sein?«

»Ich will überhaupt nichts andeuten. Ich habe einzig und allein den Wunsch, alle Fakten darzulegen.«

»Grodoveth war in der Schmiede wütend über Dovo«, gab Lindavar zu bedenken, »aber daß sein Pferd stolperte, ist doch kein Grund, ihn zu töten.«

»Außer«, fügte ich hinzu, »er hatte wegen etwas anderem einen Zorn auf Dovo, und das Pferd diente nur als Vorwand.

Aunsible Durn erzählte, Dovo habe Grodoveth pausenlos Fragen gestellt. Vielleicht hat der Gesandte sich darüber aufgeregt.«

Genau in diesem Moment sprangen die Katzen auf und liefen im Pulk zur Vordertür hin. Wenige Sekunden später hörten wir Pferdehufe herantraben. Es klopfte, und ich öffnete die Tür.

Auf der kleinen Veranda standen drei Männer, ein blasser, zitternder Bürgermeister Tobald, Hauptmann Flim in seiner gewohnten unerschütterlichen Haltung und ein dritter Mann, den ich nicht kannte. Er war klein und mager, und seine zerfurchte ledrigbraune Haut wies ihn als Gnom aus.

»Jasper, ich muß Benelaius sprechen«, sagte Tobald hastig. »Ist er da?«

»Natürlich, Herr. Bitte, tretet ein.«

»Oh, ich nich', lieber nich'«, meinte der Gnom mit Grabesstimme. »Ich hab' meine ganzen Stiefel voll Torf und Matsch, ehrlich. Will bestimmt nich' gleich Eure feinen Teppiche versauen, nee, nee, wirklich nich', mein Herr.«

»Oh, du liebe Güte, Darvik!« ereiferte sich Tobald, anscheinend kurz davor, in Panik zu verfallen. »Kommt schon, Mann, kommt schon. Das bißchen Matsch macht doch nichts.« Konnte er gut sagen, schließlich mußte er den erwähnten Matsch hinterher nicht wegputzen.

Der Gnom zögerte, der Bürgermeister drängte, und Hauptmann Flim betrachtete beide voll Ungeduld. Benelaius beendete das Schauspiel durch sein Auftauchen zusammen mit Lindavar.

»Herr Bürgermeister«, begrüßte er Tobald, »wie kommen wir zu dieser . . .«

»Der Ehre meines Besuches, ja, ja«, unterbrach ihn Tobald. »Mord, Benelaius! Es hat noch einen Mord gegeben!«

»Ach, ach, ach«, meinte mein Meister. »Und wer war diesmal das Opfer?«

»Niemand anderer als der Gesandte des Königs Azoun. Grodoveth ist tot!«

19

»Grodoveth?« rief ich überrascht. Wenn man vom Teufel spricht.

»Ja, Grodoveth!« bestätigte Tobald. Seine üblicherweise geröteten Wangen waren aschfahl. »Ermordet!«

»Es tut mir so leid, Tobald«, sagte Benelaius. »Ich weiß, daß ihr befreundet wart. Aber kommt rein, kommt rein und erzählt mir mehr über diese schreckliche Geschichte.«

»Aber meine Schuhe, mein Herr...«, protestierte der Gnom.

»Oh, das macht doch nichts, äh...«

»Mein Name ist Darvik, mein Herr«, erwiderte der ernste kleine Mann.

»Nett, Euch kennenzulernen, Darvik. Ich bin Benelaius, das hier ist Lindavar und das dort Jasper, mein Diener, der gern jeden Schmutz wegputzen wird, den Ihr vielleicht versehentlich drinnen hinterlassen werdet. Bitte, tretet ein.«

Es wäre unhöflich gewesen, die großzügige Einladung meines Herrn abzulehnen, obwohl ich wünschte, es hätten nicht alle so ritterlich auf meine Fähigkeiten vertraut, gerade wenn es um die Entfernung von Sumpfschlamm ging. Bei jedem schmutzigen Fußabdruck, den der Gnom hinterließ, jammerte ich innerlich auf. Trotz seines verdreckten Zustands drängten sich die Katzen begeistert an ihn, während sie Tobald und Flim gegenüber zurückhaltend blieben.

In der Stube setzte sich Darvik auf einen Holzstuhl, wofür ich ihm dankbar war, denn der würde leichter zu säubern sein als die Polster. Mindestens zwei Dutzend Katzen nahmen zu seinen feuchten Füßen Platz.

»Nun«, fragte Benelaius, »was ist geschehen?«

»Ich habe mich von Grodoveth gestern abend in der *Sumpfratte* getrennt«, begann Tobald. »Er wollte über Nacht dort bleiben, weil er zu müde war, mit mir nach Ghars zurückzukehren. Er sagte, er wolle heute morgen nach Süden weiterreiten, wo er zu tun hätte, und der Umweg über Ghars sei da nur hinderlich. Also nahmen wir Abschied voneinander. Und dann klopft als nächstes Hauptmann Flim an meine Tür und erzählt mir, Grodoveth sei tot – *ermordet.*«

»Und wo ist das Ganze passiert?« fragte mein Meister.

»Im Sumpf«, antwortete Hauptmann Flim. »Dieser Gnom hat ihn gefunden.«

Mit beruhigendem Lächeln wandte sich Benelaius dem kleinen Kerl zu. »Würdet Ihr mir freundlicherweise alles darüber erzählen, Darvik?«

»Gewiß, mein Herr. Ich war da draußen nämlich beim Torfstechen. Einmal im Monat oder so hole ich Torf, weil Frau Darvik und ich den nämlich für den Ofen nehmen. Brennt massig viel besser als Holz, ehrlich, und schon fast so gut wie Kohlen. Also, mein Herr, da is' diese eine Stelle, wo's klasse Torf gibt, schön dick nämlich, und da war ich schon soundso oft. Man muß aber wissen, wie man dahin kommt. Wer nicht weiß, wo er lang muß, endet als Moorleiche, das steht schon mal fest. Aber wenn man weiß, wo man hintreten muß, kommt man auf einen richtigen festen Weg. Also, ganz bestimmt, ehrlich. Sonst würde ich doch jetzt wohl auf dem Grund des Sumpfes liegen, nich'?«

»Jetzt kommt mal zur Sache, Mann!« warf Tobald ein.

»Genau, mein Herr. Also, man muß ganz schön mit den Füßen rumsuchen, um den Weg zu finden, aber ich hab's immer geschafft. Und dann ist da so 'ne kleine Felsinsel, mein Herr, wie richtiger Felsen mitten im Sumpf, moosüberwachsen. Hab' da oft gegessen, mein Herr, wenn ich beim Torfstechen war, und mir nie was dabei gedacht, nur daß es schön war, daß sie da war, damit ich da drauf essen konnte ...«

»Darvik, *bitte*«, kam es vom Bürgermeister.

»Richtig, mein Herr. Tut mir leid, mein Herr. Aber jedenfalls hab' ich noch nie den Deckel aufstehen sehen.«

»Den Deckel?« fragte Lindavar nach.

»Ja, mein Herr. War wie 'ne große Tür, genau in der Mitte des Felsens, wo das Moos alles verdeckt hat. Eine Tür, nur, sie ging nach unten, nicht nach oben.«

»Eine Falltür, meint Ihr«, berichtigte ihn Benelaius.

Darvik sah den alten Magier an, als hätte der gerade etwas nahezu Geniales von sich gegeben. »Eine Falltür! Genau das war's, mein Herr. Eine Falltür war's. Na ja, ich hab' ja noch nie mitten im Sumpf 'ne Falltür gesehen, also guck' ich runter, und da führen doch Stufen abwärts, mein Herr. Ich hatte eine Kerze dabei – hab' immer Kerze und Flint und Stahl dabei, ehrlich, weil, man weiß ja nie, nee, wirklich nich'. Also zünde ich ein Stückchen Zunder an und dann die Kerze und geh' runter, obwohl ich wirklich sagen muß, mein Herr, ich hatte doch ganz schön Angst. Ich hab' ja schon einiges an komischen Sachen in diesem Sumpf gesehen, sogar bei Tageslicht, aber der Torf dort ist so gut, mein Herr, daß ich einfach ...«

»Würdet Ihr bitte den Torf vergessen und zur Socke ... äh, zur Sache kommen«, mahnte ihn Tobald.

»Bitte vielmals um Entschuldigung, mein Herr. Also, da geh' ich die Stufen runter, mein Herr, pass' auf Fallen auf und so und seh' dann auf halbem Weg ein Licht, und dann komm' ich unten an und seh', da is' 'ne Fackel, bloß die is' dem runtergefallen, der sie getragen hat, und brennt nun auf'm Boden weiter. Und dann seh' ich den, der sie getragen hat, und der sieht mächtig tot aus, mein Herr.«

»Woher wußtet Ihr, daß er tot war?« fragte Lindavar.

»Na ja, mein Herr, mit'm Kopf hier drüben und dem Rest von ihm da drüben, mußte er's wohl sein.«

Diesen letzten Satz brachte er mit demselben absoluten Ernst hervor, mit dem er schon die ganze übrige Geschichte erzählt hatte, und ich mußte mich beherrschen, um nicht in peinliches Gelächter auszubrechen. Ich glaubte auch zu sehen, daß Benelaius' Lippen sich ein klein bißchen nach oben verzogen.

»Nee, mein Herr, der war toter als ein Fisch. Ein toter Fisch, sozusagen.«

»Als Ihr den Körper erblicktet«, fragte Benelaius, »was habt Ihr da getan?«

»Ich hab' das Weite gesucht, mein Herr. Ich dachte, wer auch immer ihm so was angetan hat, könnte es auch bei mir versuchen, und ich mag meinen Kopf, wo er is', mein Herr.«

Benelaius nickte verständnisvoll. »Ein kluger Entschluß angesichts der beängstigenden Begleitumstände.«

Darvik wirkte irritiert, dann fuhr er fort. »Kann schon sein, mein Herr. Jedenfalls bin ich losgerannt, und Rennen is' ja nich' so schlau, wenn man doch überlegen muß, wo man die Füße hintut, und darum bin ich jetzt so dreckig. Aber ich hab's immerhin geschafft und bin zur Straße, und, den Göttern sei Dank, da kamen gerade ein paar Purpurdrachen.«

»Ich befand mich mit einigen Männern auf einem Erkundungsritt«, sagte Hauptmann Flim. »Welch ein Glück, daß wir gerade da waren, als der die Straße hochgerannt kam. Er zeigte uns die Stelle, und als ich erkannte, wer der Tote war, ließ ich die Männer dort und holte den Bürgermeister aus der Stadt. Er sagte sofort, er müsse Euch sprechen.«

»Benelaius, Ihr müßt etwas tun«, flehte Tobald. »Ich meine, der Mord an Dovo war schlimm genug, aber daß ein Gesandter des Königs Azoun abgeschlachtet wird ... und ein Verwandter des Königs obendrein!«

»Nun, nun, Tobald«, sagte mein Meister. »Ich weiß, das muß ein schrecklicher Schlag für Euch sein, aber ich versichere Euch, wir werden alles tun, was in unserer Macht steht. Habt Ihr bereits Nachricht nach Suzail gesandt?«

Der Bürgermeister nickte. »Natürlich. Hauptmann Flims schnellster Bote ist bereits mit der Nachricht unterwegs.« Untröstlich schüttelte er den Kopf. »Oh, was für ein schrecklicher, schrecklicher Tag«, heulte er. »Alles war so schön für die Ankunft des Gilderates vorbereitet ... Und als meine Gicht sich wieder meldete, wußte ich, daß etwas Schlimmes passieren würde. Aber das hier ...«

»Ach ja, Eure Gicht«, meinte Benelaius, als hätte er die vergessen. »Jasper hat mir ausgerichtet, daß Ihr neue Medikamente braucht und auch um eine gründliche Untersuchung bittet. Wißt Ihr was, Tobald, laßt doch Jasper, Lindavar und Hauptmann Flim zum Sumpf zurückgehen, und Ihr bleibt hier bei mir. Ihr wirkt so aufgelöst, und ich halte es für notwendig, Euch jetzt genau zu untersuchen, um sicherzugehen, daß Euch außer der Gicht nichts fehlt.«

Eine Woge der Erleichterung durchflutete mich bei diesem Vorschlag, denn ich konnte mir nichts Schlimmeres vorstellen, als bei der Spurensuche von Tobalds Jammern und Murren abgelenkt zu werden. Vielleicht hatte sich Benelaius Ähnliches gedacht, denn er bestand auf seinem Vorschlag, auch als Tobald ihn ablehnte.

»Oh, Benelaius, ich muß dorthin. Grodoveth stand unter dem Schutz von Ghars, und sein Tod wirft ein schockierendes Licht auf unsere Stadt – und auf mich als ihren Bürgermeister!«

»Unsinn«, gab mein Meister zurück. »Der Bürgermeister kann nichts dafür, wenn der Gesandte des Königs auf eigene Faust mitten in einen Sumpf zieht, in dessen Nähe vor kurzem ein Mord passiert ist. Gebt Euch dafür nicht die Schuld, denkt lieber an die Aufgaben, die Ihr diese Woche noch vor Euch habt. Der Rat der Kaufmannsgilde kommt nach Ghars, ob Mord oder nicht, und es liegt an Euch und Barthelm, den Ratsmitgliedern so gastfreundlich wie irgend möglich zu begegnen. Aus diesem Grund müßt Ihr bei bester Gesundheit sein. So. Habt Ihr Doktor Braum wegen der ganzen Angelegenheit bereits aufgesucht?«

»Wir machten an seinem Haus halt«, antwortete Tobald, »aber er war auf Krankenbesuch.« Dann fügte er flüsternd hinzu: »Dieser schreckliche Quacksalber ... Hat mir doch glatt eine Salbe aus Schlangenkot gegeben ... Am liebsten würde ich ihn selbst damit einreiben, kann ich Euch sagen ...«

»Also abgemacht«, meinte Benelaius und drehte sich zu uns anderen um. »Hauptmann Flim, Darvik, ich würde es begrüßen, wenn ihr Lindavar und Jasper zu dem ... Ort des Verbrechens führen würdet, während ich Bürgermeister Tobald Beistand leiste.«

»Mit Vergnügen, Herr«, antwortete Hauptmann Flim, um sich dann zu berichtigen. »Nun, nicht gerade ›mit Vergnügen‹ angesichts der Umstände, aber ...«

»Entschuldigung überflüssig, Hauptmann«, erwiderte mein Meister. »Ich verstehe.« Er schaute Lindavar und mich an. »Seid ihr meine Augen, meine Herren. Seht euch alles genau an, und teilt mir jedes Detail eurer Beobachtungen mit. Lebt wohl, und es war sehr schön, Euch kennenzulernen, Herr Darvik.« Dies mit einer Verbeugung vor dem Gnom.

»Bin selbst ganz beglückt, mein Herr«, meinte derselbe

und verneigte sich feierlich. Dann korrigierte er sich selbst wie zuvor schon Flim. »Nun, nicht gerade ›beglückt‹ vielleicht, wo doch die Umstände so sind ...«

Benelaius lächelte, als wir der Reihe nach das Haus verließen, und ich hörte ihn noch zu Tobald sagen: »Also gut, Herr Bürgermeister, legt bitte ab, damit ich Euch untersuchen kann.«

»Ablegen? Aber, Benelaius, es ist nur mein großer Zeh ...«

»Was den Zeh plagt, mag seine Ursache an anderen Stellen des Körpers haben. Der große Priesterarzt Odum hat einst festgestellt, daß ...«

Dann schloß sich die Tür, und wir waren auf dem Weg in den Weiten Sumpf.

20

Darvik ritt hinter Flim, ich nahm Jenkus, und Lindavar bestieg Tobalds Pferd, eine ruhige, freundliche Stute. Wir zogen nach Westen an der *Sumpfratte* vorbei, die um diese Tageszeit verlassen wirkte. Eine halbe Meile weiter erreichten wir die Stelle, an der ich Dovo als Geist gesehen hatte und wir seinen Körper fanden.

Zu meiner Überraschung bogen wir von der Straße ab und zogen an den Sumpfrand hinunter, auf demselben Pfad, auf dem wir schon einmal durch Sumpfgras und Matsch gestapft waren. Zwei Pferde standen angebunden an einen toten Baum, ganz in der Nähe des Sumpfes.

»Weiter können wir nicht reiten«, sagte Hauptmann Flim, stieg ab und band sein Pferd an den Baum. Wir taten es ihm nach.

»Da drin?« fragte ich mit einem Wink auf den scheinbar unpassierbaren Sumpf.

»Ja, mein Herr«, bestätigte Darvik. »Ihr werdet überrascht sein, ehrlich, aber man kann sogar noch durch den Sumpf laufen, wenn man bald eine Tonne wiegt. Man muß bloß wissen, wo man hintritt.«

Der kleine Gnom klang zuversichtlich, aber ich folgte ihm dennoch etwas zögernd. Darvik führte uns an, dann kam Lindavar, darauf ich und schließlich Hauptmann Flim als Nachhut. Seine Hand lag auf dem Schwertgriff. Selbst bei Tageslicht war der Weite Sumpf immer noch der Weite Sumpf.

Wir hatten unsere Mäntel bei den Pferden gelassen, denn sobald man den eigentlichen Sumpf betritt, steigt die Temperatur um mindestens zehn Grad, Fäulniswärme, abgegeben von den vielen verrottenden Pflanzen. Ich konnte spüren, wie ich zu schwitzen begann, und hoffte nur, daß der Schweiß, der aus meinen Poren rann, den Gestank des Sumpfes davon abhalten würde, mir in die Haut zu fahren.

So unangenehm der Weite Sumpf an sich schon ist, das Schlimmste daran ist der Gestank. Ein Dunst von verfaulender Vegetation – und anderen verrottenden Dingen, über die man besser nicht nachdenkt – hängt wie schwerer Nebel in der Luft, steigt einem in die Nase wie in Säure getauchte Schlangen. Er durchdringt Kleider und Haare, selbst die Haut. Nach einem Marsch durch den Weiten Sumpf möchte man am liebsten eine Woche in der Badewanne verbringen.

Den Sumpf unter den Füßen zu haben, ist auch nicht gerade angenehm. Selbst die Steine sind von einer dünnen Schicht federnder Erde bedeckt, die von den Stiefeln niedergedrückt wird. Wenn man weitergeht, füllen sich die Spuren in Sekundenschnelle wieder auf. Wir waren umgeben von allerlei natürlichen Gefahren, Treibsandlöchern und Sinkgruben, in denen ein Mensch für immer verschwinden kann.

Alle Bäume wirkten tot, selbst die lebenden. Rinde und Blätter waren schwarz. Ich fragte mich, ob die Knospen wohl im Frühling grün wurden oder ob selbst diese schwarz waren, verfärbt durch das faulige Sediment, das durch die Wurzeln hochgesogen wurde. Moos hing von den Zweigen, aber diese »Zierde« hatte nichts Fröhliches an sich. Es wirkte eher wie grünes pusteliges Fleisch, wie man es an verwesenden Leichen finden kann. Sumpfgras durchstieß die Wasseroberfläche, und Rohrkolben standen wie die Finger Ertrunkener empor. Und überall dieser Nebel, der uns klebrig und anhänglich umgab und für sich beanspruchte.

»Paßt auf den Baum da vorne auf, meine Herren«, warnte Darvik leise. »Is' ein Dornenschlinger. Geht einfach langsam dran vorbei und sagt nix ...«

Ich wußte nicht, was ein Dornenschlinger war, aber der Name allein vermittelte mir schon eine gewisse Vorstellung, und die fußlangen Dornen, die aus seinen weißen spinnenartigen Zweigen wuchsen, gaben mir einen weiteren Hinweis. Ich muß also nicht betonen, daß ich Darviks Mahnung beachtete.

Plötzlich kamen wir an eine große offene Fläche, und ich konnte ungefähr eine halbe Meile nasse Marsch mit sehr wenigen Bäumen überblicken. Die Weite war beunruhigend, und ich hoffte, wir mußten nicht das ganze Gebiet durchwaten. In der Mitte dieser Fläche würde ich so verwundbar sein wie noch nie zuvor im Leben.

Zu meiner Erleichterung stapfte Darvik nach links weiter, und wir suchten uns einen Weg am Rand des Marschsees entlang. Als wir etwa hundert Schritte weit vorgedrungen waren, teilte der Gnom zur Linken einen Vorhang aus herabhängendem Moos, und wir traten wieder in die Düsternis ein. Die Marsch blieb hinter uns zurück. Das Moos klebte wie nasse, schmierige Haare an mir, noch Minuten später wischte ich mir mit dem Ärmel das Gesicht ab.

Schließlich sahen wir vor uns die zwei Soldaten auf einem kleinen Hügel stehen, der wie der Rücken eines untergetauchten Tieres aus dem Sumpf ragte. Sie versuchten diensteifrig auszusehen, als wir näher kamen, aber ich bemerkte sofort ihre Anspannung.

»Irgendwelche Vorfälle in meiner Abwesenheit?« fragte Hauptmann Flim, und der eine Soldat schüttelte den Kopf.

»Nein, nichts, Herr, nur ... also, wir haben getan, was Ihr befohlen habt, und weiter hinten in der Höhle gesucht, und ... wir haben etwas gefunden, Herr.«

»Den Mörder?« fragte Lindavar.

Der Soldat machte ein komisches Gesicht. »Ich hoffe nicht, Herr.«

Hauptmann Flim war kein Freund von Rätseln. Er drängte sich an dem Soldaten vorbei und stieg die Steintreppe hinunter. Wir folgten ihm, nachdem wir die mitgebrachten Laternen angezündet hatten. Die Stufen waren rutschig, deshalb gingen wir langsam. Nach zwanzig Schritten abwärts erreichten wir den Boden der Höhle. Dort gab es eine kleine Kammer. Ihre Wände waren aus Stein, und die Streifen an ihr zeigten, wie die Gesteinsschichten vor vielen Jahrtausenden abgelagert worden waren, so harter Stein, daß er sich bis zum heutigen Tag gegen das Andringen des Weiten Sumpfes behauptet hatte.

Auch der Boden bestand aus Stein, bis auf einige Stellen, an denen ihn die Feuchtigkeit in eine schmierige tonartige Substanz verwandelt hatte. Der Stein war grau, doch dort, wo Grodoveth ausgeblutet lag, matt rotbraun. Bereits der zweite Geköpfte, den ich seh', dachte ich, und viel grausiger als der erste. Im Gegensatz zu Dovos Enthauptung schien mir diese hier ganz und gar nicht perfekt gewesen zu sein.

Die Axt hatte nicht die fleischigen Partien des Halses getroffen, sondern war in die linke Schulter gefahren und hatte einen Teil von Grodoveths Schlüsselbein mitgenommen, ehe sie ihm den Kopf abtrennte. Doch die Axt hatte da noch nicht haltgemacht, war tiefer geglitten, der obere Ansatz von Grodoveths rechter Schulter hing noch an Kopf und Hals. Der Körper war ähnlich gräßlich anzusehen, denn der üble Hieb hatte nicht nur den Hals durchtrennt, sondern fast noch den ganzen rechten Arm mit abgeschlagen. Ich konnte das schwammige Innere der Lunge sehen.

»Habt Ihr irgend etwas berührt?« fragte Lindavar, doch die Soldaten schüttelten den Kopf »Darvik?« wandte er sich dann an den Gnom, der auf halber Höhe der Treppe stehengeblieben war, als hätte er Angst, herunterzusteigen.

»Nein, mein Herr. Ich hab' bloß den toten Mann gesehen und bin weg. Gar nich' erst ganz runtergekommen.« Er setzte ein entschuldigendes, schiefes Lächeln auf. »Hab's auch immer noch nicht vor, mein Herr.«

Eine Axt lag an der Wand auf dem Boden, mehrere Schritte vom Körper entfernt. Lindavar und ich knieten uns daneben, um sie zu untersuchen. Zweifellos hatten wir es hier mit der Mordwaffe zu tun, denn sie war mit frischem Blut und Schleimfetzen überzogen. Sie war viel größer und schwerer als die, die Dovo dabeigehabt und die diesen getötet hatte. Das Eisen wirkte rostig, aber die Klinge sah dennoch sehr scharf aus. Knapp unter der Spitze der geschwungenen Klinge gab es eine Stelle, an der der Rost abgesprungen und die Klinge stumpf war. Ich zeigte sie Lindavar.

Der nickte. »Sieht aus, als wäre sie auf Stein niedergefahren, vielleicht auch auf eine harte Rüstung«, meinte er, obwohl ich keine Rüstung kannte, die einen Schlag dieser Axt hätte abwehren können. »Siehst du irgendwelche Fingerabdrücke daran?« fragte er mich und drehte sie vorsichtig um, damit wir beide Seiten des Stiels betrachten konnten.

Ich schüttelte den Kopf, deutete aber auf mehrere Spuren am Stiel. Die erste befand sich im vorderen Bereich des Griffs, dicht vor der Klinge. Es handelte sich um eine tiefe Kerbe, die erst kürzlich eingeschnitten worden sein mußte, denn das freigelegte Holz schien noch nicht vom Schmutz vieler Jahre verunreinigt. Es gab noch zwei weitere Male, außen am Stiel, das eine auf Höhe der Klingenmitte, das andere an deren Ende, als habe die Axt viele Jahre in einer Wandhalterung gesteckt. Aber Fingerabdrücke auf dem Holz waren nicht zu finden.

»Vielleicht hatte der Mörder Handschuhe an«, vermutete Lindavar. Ich hielt diese Annahme für sehr wahrscheinlich.

Wir richteten uns auf und schauten uns in der kleinen Kammer um. Bis auf die nun erloschene Fackel, die Darvik erwähnt hatte, gab es hier außer den Gesteinsschichten nichts Auffälliges. Als mein Blick über dieses Zeugnis vergangener Zeiten schweifte, fiel mir auf, daß im Licht der Laternen eine Schicht stärker glänzte als die anderen. Wahrscheinlich poröser. Ich fragte mich, wie viele Jahre es wohl gedauert haben mochte, bis diese fingerbreite Schicht abgelagert war, und welche Wesen Faerun in jenen alten Zeiten bevölkert hatten.

Ich wollte sie gerade berühren, als könne der unmittelbare Kontakt mit dem Stein die Ungetüme dieser längst vergangenen Ära wieder vor meinem inneren Auge auftauchen lassen, da trat Hauptmann Flim aus einer dunklen Ecke und schreckte mich auf.

»Ich glaube, das solltet ihr euch ansehen«, sagte er und winkte mit seiner brennenden Fackel. Sein Gesicht wirkte ernst, fast blaß.

Wir folgten ihm einen zwanzig Fuß langen Tunnel hinunter, der vor langer Zeit durch Wasser ausgewaschen worden war, denn seine Seiten fielen glatt ab und zeigten keine Spur von Steinmetzarbeit. Wir mußten uns beim Laufen ducken, so daß wir erleichtert aufatmeten, als wir in eine Kammer kamen, die größer war als die erste, ja, so groß, daß Hauptmann Flims Fackel und unsere Laternen sie nur teilweise ausleuchten konnten.

Am jenseitigen Ende schien eine Art Podest zu stehen, auf das wir nun langsam zugingen. Die einzigen Geräusche waren das Kratzen unserer Schuhe und das Tropfen des Wassers von der Höhlendecke auf den Steinboden. Ich schnappte nach Luft, als ich sah, was auf der Empore auf einem mächtigen Stuhl aus schimmligem Holz und verrostetem Eisen saß. Kissen und Kleider waren längst vermodert.

Das Skelett eines Riesen schien aus leeren Augenhöhlen auf uns herabzustarren. Es trug eine rostige Rüstung, und die knochigen Unterarme lagen noch auf den Lehnen des verfaulten Throns, die Finger klauenartig um die Enden der Armstützen gekrümmt. Der Kiefer des Skeletts hing bis auf den gelben Schaft seines Halses herab, und auf dem kahlen Schädel saß ein schiefer Helm. An den Füßen befanden sich die Überreste von Stiefeln, Lederstreifen, durch welche die weißen Zehenknochen herausragten. Der Leichengeruch war längst verflogen. Die Feuchtigkeit und die Kälte des Grabes hatten ihre Herrschaft angetreten.

In die Wand über dem Skelett waren Runen eingeritzt, zwei Zeilen, dann ein einzelnes Wort. Ich wollte etwas zu Lindavar sagen, mußte mich aber räuspern, bevor die Worte herauskommen wollten. »Würdet Ihr ... Könnt Ihr das lesen?«

Der Zauberer nickte, und als er sprach, hörte ich Ehrfurcht aus seiner Stimme heraus. »Die Runen besagen: ›Mit Blut erkauft, mit Blut bezahlt.‹ Und dann noch ein Name: ›Fastred‹. Das hier ist Fastreds Gruft!«

21

»Fastred?« fragte Hauptmann Flim. »Der alte Räuber? Der Geist?«

»Niemand anderer«, sagte Lindavar, der immer noch wie hypnotisiert auf das sitzende Skelett starrte.

»Die Götter mögen uns schützen«, murmelte Flim. »Vielleicht hatte Bürgermeister Tobald recht. Vielleicht war es doch der Geist – bei beiden.«

»Warum hat er *uns* dann nicht umgebracht?« fragte ich. Ich war froh, daß meine Stimme nicht zitterte. In Wahrheit hatte ich große Angst. Ich rechnete jede Sekunde damit, das Skelett aufspringen und nach seiner Axt rennen zu sehen, um uns Grabschänder alle zu enthaupten. »Er scheint seit mindestens fünfhundert Jahren nirgendwo mehr hingegangen zu sein. Plusminus zehn Jahre«, fügte ich leichthin dazu, um meine Furcht in Schach zu halten.

»Das ist wahr«, sagte Lindavar. »Wir haben es hier mit einer echten Leiche zu tun. Ein Untoter würde sein Opfer in den Wahnsinn treiben oder zehn Jahre altern lassen, ein Wiedergänger könnte sein Opfer lähmen, aber ich habe noch nie von einem Gruftbewohner mit einer Waffe gehört. Wo auch immer sein Geist nun weilen mag, bezweifle ich doch sehr, daß ihn etwas dazu bringen könnte, die Axt zu schwingen, trotz seiner Gewohnheiten zu Lebzeiten.«

Das brachte mich auf einen Gedanken. »Lindavar«, sagte ich, »warum hat Fastred seine Axt eigentlich nicht bei sich?

Hat man nicht damals die Krieger mit ihren Waffen für die nächste Welt zur Ruhe gebettet?«

»Sollte man meinen«, erwiderte Lindavar. Er ging zum Podest, blieb davor stehen und untersuchte die Hände des Skeletts. »Aber bei dieser Bestattung scheint das nicht der Fall gewesen zu sein. Es gibt keinen Hinweis, daß sich hier je eine Axt befunden hätte.«

»Ich habe da noch eine andere Frage«, sagte Hauptmann Flim. »Was ich wissen möchte, ist: Es müßte hier doch einen Schatz geben, und den Runen nach glaube ich das um so mehr. Also, wo befindet er sich?«

Lindavar blickte auf eine Stelle vor Fastreds knochigen Füßen, genau vor der Empore. Es gab dort ein Viereck von etwa einem Fuß Tiefe und einem halben Fuß Breite, das frei von der dunklen Feuchtigkeit war, die den Rest des Steinbodens bedeckte.

»Er war wahrscheinlich hier. Ich gehe davon aus, daß der Mörder von Grodoveth auch den Schatz an sich genommen hat.«

Hauptmann Flim beäugte zweifelnd den kleinen Fleck, auf dem wohl einstmals ein Kasten gestanden hatte. »Mehr nicht? Es war doch immer von einem großen Schatz die Rede.«

»Vielleicht hat er alles in wertvollen Schmuck umgetauscht«, schlug ich vor. »Auf diese Weise kann man selbst das Lösegeld für einen König in der hohlen Hand unterbringen. Außerdem scheint Fastred kein großer Angeber gewesen zu sein. Ich meine, seht Euch doch um – ein Stuhl, eine kurze Botschaft und möglicherweise ein Schatz. Der Inbegriff von Nüchternheit. Ist doch sinnvoll, all das Gold und Silber gegen eine Kiste Juwelen einzutauschen.«

»Vielleicht hat ihn der Gnom genommen«, meinte Flim stirnrunzelnd. »Gestohlen und versteckt, bevor er ging und uns holte. Vielleicht hat er sogar Grodoveth getötet und sich seine ganze Geschichte nur ausgedacht.«

»Ich bezweifle, daß es auf ganz Faerun einen Gnom gibt«, meinte Lindavar, »der einen Mann von Grodoveths Größe enthaupten kann. Und warum hatte er dann, als ihr ihn aufgegriffen habt, den Schatzkasten nicht dabei?«

Während Lindavar Darvik ein Alibi verschaffte, untersuchte ich den Boden. »Da ist noch etwas«, sagte ich, als ich mich wieder aufrichtete. »Ich glaube Darviks Versicherung, daß er nicht weiter als bis zur Treppe gekommen ist. Die Fußspuren sind verwischt, weil Eure Soldaten hier herumtrampeln mußten, Hauptmann, aber es ist noch gut zu erkennen, daß keine Abdrücke in Darviks Schuhgröße vorhanden sind. Er hat schließlich viel kleinere Füße als jeder andere von uns.«

»Kannst du die Fußabdrücke des Mörders erkennen? Desjenigen, der den Schatz gestohlen hat?« fragte Hauptmann Flim. Ich glaube, das fehlende Geld machte ihm viel mehr zu schaffen als der Mord am Gesandten des Königs.

»Lindavars und meine Fußstapfen sind hier die einzigen, aber dort ist noch einer . . . allerdings verwischt . . .« Dann sah ich einen Abdruck in einer der Pfützen mit gelöstem Ton. Eine große Vertiefung, und obwohl keine Einzelheiten des Schuhs mehr festzustellen waren, nicht einmal die Größe, dachte ich, ich könnte vielleicht etwas über das ungefähre Gewicht des Täters herausfinden. Aber dazu hätte ich selbst hineintreten und ausprobieren müssen, wie tief mein Fuß versank. Seufzend machte ich einen Schritt voraus.

Mein Fuß sank nur ungefähr halb so tief ein wie der meines »Vorgängers«. »Es war auf jeden Fall ein großer Mann«, stellte ich fest.

»Oder eine Frau«, berichtigte mich Lindavar, und ich nickte.

»Oder eine Frau. Und das wäre auch schon alles.«

Aber doch nicht alles. Als ich noch einmal den Abdruck betrachtete, bemerkte ich daneben auf dem Boden etwas Weißes. Ich kniete mich hin und entdeckte ein kleines Häufchen kalkartigen Pulvers. Manche Krümel fielen größer aus, doch keiner übertraf ein Sechzehntel einer Fingerbreite. Ich steckte einen Finger in das Häufchen, leckte an ihm und spuckte aus. Es handelte sich weder um Zucker noch um Salz, sondern es schmeckte bitter. Ich wischte etwas von dem Pulver in ein Stück Papier, das ich zum Notizenmachen mitgenommen hatte, faltete es vorsichtig zusammen und steckte es in meine Tasche.

»Etwas gefunden?« fragte Lindavar.

»Pulver. Benelaius möchte es vielleicht analysieren.«

Wir suchten den Boden der Kammer ab, fanden aber nichts weiter. Am Fuß der Treppe wandte sich Hauptmann Flim wieder an Lindavar.

»Habt Ihr hier noch etwas zu tun, oder können wir die Leiche einpacken?«

Lindavar warf mir einen Blick zu, und ich zuckte mit den Schultern. »Ich glaube, wir haben genug gesehen, Hauptmann«, meinte er dann.

»Also gut, dann bringen wir ihn zur Beerdigung nach Suzail zurück. Sollen wir auch die Axt mitnehmen?«

»Bitte, und schließt sie als Beweisstück weg.«

Die Soldaten wickelten Grodoveths Leiche in ein dünnes, aber festes Leintuch. Ich beneidete sie nicht darum, dieses tote Gewicht durch den Sumpf zur Straße schleppen zu müssen. Als wir die Stufen hochstiegen, betrachtete ich neugierig die Falltür. Ich wollte hinter ihren Mechanismus kommen.

Wir untersuchten ihn und stellten fest, daß er eigentlich ganz einfach funktionierte. Man grub seine Hand in das

Moos, und dann gab es da zwei Fingerbreit tiefer einen Riegel. Den hob man an, und die Falltür schwang auf. Ein Schloß war gar nicht nötig, ich konnte mir auch nicht vorstellen, daß jemand zufällig hierhergeriet. Fastred mochte ähnlich gedacht haben.

Und damit stellte sich eine neue Frage. Woher hatte Grodoveth überhaupt gewußt, wohin er gehen mußte? Wie war er in den Grabhügel und in die Gewalt des Mörders gekommen?

Der Marsch zurück durch den Sumpf schien noch länger zu sein als der Hinweg. Wir mußten langsamer gehen, damit wir die Soldaten mit der Leiche nicht hinter uns ließen. Und ich lernte nun doch noch, woher der Dornenschlinger seinen Namen hat.

Es geschah, als einer der Soldaten im Schlamm ausrutschte. Wir waren alle so leise wie möglich gelaufen, doch als der Mann vom Pfad abkam und bis zu den Knien ins ekelhaft schwarze Sumpfwasser rutschte, fluchte er. Nicht unbedingt laut, und es handelte sich bestimmt nicht um den schlimmsten Fluch, den ich je gehört hatte, aber er war doch so deutlich, daß wir anderen uns nach dem Soldaten umdrehten und den weit ausladenden Baum neben ihm erzittern sahen. Einer der Äste zuckte heftig – wie eine Hand, die einen unerwünschten Trunk wegschüttet.

Aber statt einer Flüssigkeit kam ein Dutzend fußlanger Dornen auf die Soldaten zugeflogen. Die meisten pfiffen vorbei, einer landete einige Fingerbreit neben dem letzten Mann. Aber ein Dorn versank mit einem nassen, häßlichen Geräusch ganz und gar in Grodoveths Körper. Die beiden Soldaten starrten entsetzt auf die Leiche. Der, der ausgerutscht war, krabbelte schließlich auf den Pfad zurück und hob sein Ende der Last wieder auf. Beide schlurften dann, so schnell sie konnten, durch den Matsch und beachteten nun Darviks aufgeregte, aber stumme Gesten genauestens.

Als unsere Gruppe weit genug entfernt war, hielt Darvik an. »Ich glaube, Eure Männer sollten nun lieber den Dorn da aus dem Körper ziehen, mein Herr«, sagte er zu Hauptmann Flim.

»Ihn rausziehen? Jetzt?« wunderte sich Flim. Das konnte doch wohl auch später noch geschehen.

»Ja, mein Herr. Sonst is' bald nich' mehr viel von dem Körper übrig, das Ihr nach Suzail schicken könnt.«

Hauptmann Flim zog die Augenbrauen hoch und befahl den Soldaten, die Leiche auszuwickeln. Tatsächlich, das Fleisch wurde bereits schwarz und faulig rund um die Stelle, an der der Dorn eingedrungen war.

»Zieht ihn raus!« ordnete Flim an, und die Soldaten gingen gleich ans Werk.

»Paßt bloß auf, daß er nich' eure Haut berührt, meine Herren«, warnte der Gnom, worauf der Eifer der Soldaten beträchtlich nachließ.

Bald war der Dorn heraus und landete im Sumpf. Als er langsam unterging, fragte ich mich, welche Wirkung er wohl auf einen lebenden Menschen haben würde, und schätzte mich glücklich, daß ich es nicht wußte. Nachdem die Leiche wieder eingewickelt war, zogen wir weiter.

Ich kann mich nicht erinnern, je so froh gewesen zu sein, den Fuß wieder auf trockenes Land zu setzen, auch wenn dieses Land von der Dürre gezeichnet war. Der Kontrast zwischen dem Sumpf und der harten, ausgedörrten Erde des restlichen Landes um Ghars herum war kraß. Es hatte von verschiedener Seite den Vorschlag gegeben, Wasser aus dem Sumpf auf das umliegende Ackerland zu leiten. Aber als man jene »Leute vom Fach« fragte, ob sie denn Gemüse und Getreide essen wollten, das mit Wasser aus dem Weiten

Sumpf begossen worden sei, hatten ihre Gesichter nur zu deutlich gesprochen. Das Sumpfwasser mochte bestenfalls giftig sein, darüber war man sich einig, und schlimmstenfalls würde es jeden, der davon trank, innerhalb weniger Tage in ein Reptil verwandeln. Obwohl mir das ein wenig übertrieben scheint. Meiner Meinung nach würde es mindestens einen Monat dauern.

Hauptmann Flim und seine Soldaten kehrten mit dem Leichnam in die Stadt zurück, Darvik lief zu Fuß nach Hause, und Lindavar und ich machten uns auf zu Benelaius' Haus. Auf dem Ritt zurück sprachen wir wenig. Wir behielten die meisten Gedanken für uns.

22

Als mein Meister uns die Tür aufmachte, rief er nach oben: »Ihr könnt Euch jetzt anziehen, Herr Bürgermeister. Eure Kleider hängen gleich vor der Tür am Haken.« Er sah uns an und lächelte nachsichtig. »Bürgermeister Tobald ist zwar sehr umgänglich, aber für meine Untersuchungen hat er ganz und gar nichts übrig. Aber bei jemandem in seinem Zustand habe ich das Gefühl, sehr gründlich vorgehen zu müssen. Doch kommt herein, setzt euch und erzählt mir, was ihr im Sumpf gesehen habt.«

Lindavar blickte an unseren schlammbesudelten Gestalten herab. »Dürfen wir uns erst umkleiden, Benelaius?«

»Oh, natürlich, natürlich! Wie dumm von mir. Es muß sehr unangenehm sein, wenn es in den Hosen nur so schmatzt. Ja, zieht euch um und werft die schmutzigen Kleider den Schacht im Gang hinunter. Aber wartet noch einen Moment, bis Tobald herunterkommt.«

Nach wenigen Minuten stieg ein bedrückter Bürgermeister Tobald die Treppe herab. Die Katzen huschten vor seinem Hinkefuß davon. Er sah drein, als hätte er nicht nur seinen besten Freund, sondern auch eine Menge Schlaf verloren. Da beschloß ich für mich, nie ein Amt anzustreben. Das hätte die Bevölkerung sicher beruhigt, wenn sie es nur gewußt hätte.

»Herr Bürgermeister, ich bedaure den Umfang meiner Untersuchungen, aber ich kann zu meiner Freude sagen, daß – abgesehen von Eurer Gicht – alles in Ordnung zu sein scheint. Ich benötige einen Tag Zeit, um das passende Heilmittel anzufertigen, aber ich werde Jasper gleich morgen früh mit den Tabletten in die Stadt schicken.«

»Danke, Benelaius«, erwiderte Tobald. Dann drehte er sich ungeduldig zu Lindavar und mir um. »Und, was habt Ihr da draußen gefunden? Irgendeinen Hinweis auf den, der dieses schauderhafte Verbrechen verübt hat?«

»Zwei Dinge wissen wir sicher«, sagte Lindavar. »Erstens, daß Grodoveth genauso geköpft wurde wie Dovo, und zweitens, daß wir nie wieder nach dem Grab von Fastred suchen müssen.«

Für einen Augenblick wirkte Tobald wie vom Donner gerührt. Dann sagte er: »Fastreds Grab? Ihr habt Fastreds Grab entdeckt?«

»Nicht wir, Grodoveth«, sagte ich. »Oder vielleicht auch sein Mörder. Jedenfalls, der Schatz, der früher dort war, ist weg.«

»Wirklich faszinierend«, meinte Benelaius seelenruhig. »Ich muß das Grab einmal besuchen. Nun, Tobald, ich finde, es wäre das beste, wenn Ihr nun nach Hause reitet und Eurem Fuß etwas Ruhe gönnt.«

»Keine Ruhe, keine Ruhe«, sagte Tobald. »Zuviel zu tun für morgen.«

»Macht wenigstens eine Pause«, wandte mein Meister ein, »ehe Ihr Euch wieder in die Arbeit stürzt. Und geht heute nacht früh zu Bett. Keine Gelage im *Kecken Barden*!«

»Na gut, Benelaius.« Tobald warf dem Zauberer einen flehentlichen Blick zu. »Du wirst den Mörder doch finden, oder? Schon das Wissen, daß dieser Teufel immer noch in der Gegend ist . . .«

»Wir tun natürlich unser Bestes. Jetzt laßt Euch von Jasper beim Aufsitzen helfen.«

Ich zog die Augenbrauen hoch, was jedoch niemand bemerkte.

Tobald war nicht leicht in den Sattel zu befördern, aber ich bekam es irgendwie fertig. Wir blieben stehen und sahen ihm nach, wie er mit eingesunkenen Schultern und hängendem Kopf davonritt. Ich fühlte Mitleid mit ihm – er hatte einen Freund verloren, seine Stadt war entehrt, weil sie zugelassen hatte, daß ein Gesandter des Königs ermordet worden war, und dann mußte er trotz allem bei Ankunft der Gildenvorsteher am nächsten Tag eine fröhliche Miene aufsetzen. Obwohl seine Aufgabe in erster Linie repräsentativ ist, hat ein Bürgermeister nicht immer das glücklichste Los gezogen.

»Ich mache mir große Sorgen um Bürgermeister Tobald«, bemerkte Benelaius leise, als jener außer Hörweite war. »Seine Erregung ist ganz verständlich, aber ich fürchte, es ist mehr als das. Ich habe sogar sein Blut untersucht, aber wirklich gestoßen bin ich . . . auf das hier.«

Aus den Falten seiner Robe zog er ein kleines Glasröhrchen mit ein paar Tropfen einer blaßgelben Flüssigkeit. »Ich habe bereits eine kleine Menge analysiert, aber ich möchte, daß du mein Ergebnis gegenprüfst, Lindavar. Zuerst jedoch solltet ihr zwei eure nassen Sachen ausziehen.«

Lindavar und ich gingen nach oben und kleideten uns um.

Die verschlammten Gewänder warfen wir in den Schacht, durch den sie hinab in die Küche in einen Korb fielen. Als wir wieder unten waren, führte Benelaius uns in sein Studierzimmer, wo auf einer langen, breiten Bank eine Reihe wissenschaftlicher Instrumente standen. Trotz der ungewohnten Umgebung führte Lindavar die Untersuchung unbeirrbar sicher durch. Wahrscheinlich ist ein Destillierapparat wie der andere, wenn man weiß, wie man damit umzugehen hat.

Der junge Magier fügte einen Tropfen von einer Flüssigkeit aus einem der bunten Gläschen hinzu, die auf Regalen über der Bank aufgereiht waren. Dann befestigte er sein Reagenzglas in einer Zentrifuge. Er trat die Pedale, ließ den Apparat mehrere Minuten lang rotieren, entnahm dann einen Bodensatz aus dem Gefäß und gab diesen auf eine Glasscheibe. Dann kamen noch verschiedene Tropfen anderer Chemikalien dazu, unter deren Einfluß die Substanz eine Vielzahl unschöner Schattierungen annahm. Schließlich richtete Lindavar sich auf und sah Benelaius ernst an.

»Schwarzkraut«, sagte er, und Benelaius nickte. »Wenn das ins Blut gelangt, tötet es binnen vierundzwanzig Stunden.«

»Keine Sorge«, sagte Benelaius. »Wir haben es rechtzeitig gefunden. Ich ... habe ihm dafür etwas gegeben. Er weiß nichts davon.«

»Aber wer sollte Tobald vergiften wollen?« fragte ich. Soweit ich es beurteilen konnte, war der Bürgermeister harmlos und unfähig. Welche Bedrohung konnte er schon für jemanden darstellen?

»Und wem sollte Dovos oder Grodoveths Tod nützen?« gab Benelaius zurück. »Und doch sind sie tot. Und nun«, fuhr er fort, während er zur Tür des Studierzimmers ging, »möchte ich hören, was ihr in diesem ... Grab gefunden habt. Und wenn ich mich nicht irre, ist die Zeit für unser Mittagessen bereits vorüber.«

Ich kochte eine herzhafte Suppe, die ich zusammen mit Schwarzbrot servierte, und beim Essen erzählten wir Benelaius alles, was wir an diesem Morgen im Sumpf gesehen hatten. Er beobachtete uns dabei genau, und ich stellte mir vor, wie jedes Wort, jede ins Leere gehende Fährte in sein mächtiges Gehirn aufgenommen und bewertet wurde, bis sich aus den Einzelinformationen die geniale Lösung ergab, die er uns schon bald mitteilen würde.

Als ich in meinem Bericht an die Stelle mit dem weißen Pulver auf dem Gruftboden kam, händigte ich ihm das Stück Papier aus. Er faltete es auseinander, feuchtete einen Finger an und probierte das Pulver, wie ich es in der Höhle getan hatte. Seine Lippen verzogen sich kurz wegen des bitteren Geschmacks, und er grunzte und legte das Papier wieder zusammen.

»Das analysieren wir nach dem Essen«, sagte er, während er den Zettel in eine seiner Innentaschen steckte.

Lindavar und ich beendeten unsere Geschichte, und ich lehnte mich atemlos vor, um zu sehen, welche Schlüsse Benelaius ziehen würde.

»Also«, sagte er langsam, nachdem er Mund und Bart mit seiner Serviette abgewischt hatte, »es scheint, als wäre Grodoveth in Fastreds Gruft von einem linkshändigen Mörder geköpft worden. Das wirft die Frage auf, was hatte er überhaupt in Fastreds Gruft zu suchen?«

Lindavar legte seine Fingerspitzen aneinander und blickte beim Sprechen auf seine Hände. »Er hat doch in der Bibliothek über Fastred nachgelesen.«

»Aber schon *bevor* der Geist auftauchte«, erinnerte ich ihn.

»Ja. Aber einmal angenommen, das war nur Zufall. Als

Dovo dann als Geist aufzutreten begann, wurde Grodoveth neugieriger. Je mehr er liest, desto mehr erfährt er über Fastred, er bekommt heraus, wo die Gruft sein könnte und natürlich, was für ein Schatz dort verborgen liegen soll.

Dann findet man Dovo ermordet auf, und für Grodoveth wird es mehr als eine Schatzsuche. Trotz seiner Fehler ist er schließlich Gesandter des Königs, und er sieht die Möglichkeit, einen Mörder der Gerechtigkeit zuzuführen. Wenn er die Gruft fände, so war vielleicht sein Gedankengang, könnte er auch die Person finden, die Dovo getötet hat – und dazu noch einen Schatz als Beute heimtragen.

Indem er also die Hinweise auswertet, die er in den alten Büchern aufgeschnappt hat, gelingt es Grodoveth tatsächlich, nicht nur die Lage der Gruft auszumachen, sondern auch hinter das Geheimnis zu kommen, wie sie zu öffnen ist.«

»Wäre das denkbar?« warf ich ein. »Ich meine, konnten denn diese Räuberhauptmänner nicht normalerweise ihre Gräber besser geheimhalten? Ihr wißt schon, von wegen ›Tote reden nicht‹.«

»Da ihr keine Skelette von denen gefunden habt, die Fastred damals bestatteten«, sagte Benelaius, »halte ich es für wahrscheinlich, daß irgend *jemand* ihn dort beigesetzt hat und lebend entkommen ist. Vielleicht hat sein Fluch die, die das Geheimnis kannten, vom Grab ferngehalten.«

»Aber nicht davon abgehalten, über die Gruft zu reden«, sagte Lindavar, »zumindest in Andeutungen, wenn jemand – der Mörder oder Grodoveth oder womöglich beide – sie finden und öffnen konnte.«

»Mhm.« Benelaius nickte. »Also glaubst du, daß Grodoveth und möglicherweise der Mörder durch die Verfolgung der verschiedenen Hinweise, die über die Jahre hinweg hier und da auftauchten, die Gruft fanden.«

»Ja«, sagte Lindavar. »Doch als Grodoveth auf sie stieß, lag der Mörder leider schon im Hinterhalt und tötete ihn.«

»Oder«, meinte ich, »vielleicht hat der Mörder das Grab gar nicht gefunden, sondern ist Grodoveth dorthin gefolgt, hat ihn umgebracht und den Schatz an sich genommen.«

Lindavar dachte einen Moment über meinen Einwurf nach, dann nickte er. »Stimmt. Wir haben keine Informationen, daß sonst noch jemand diese Bücher in der Bibliothek zu Rate zog.«

»Das Fehlen eines Hinweises beweist nichts«, sagte Benelaius. »Der Mörder könnte die Information anderswo bekommen haben. Bei allem gebührenden Respekt für Phelos Marmwitz, es gibt größere Quellen der Weisheit als die Bibliothek von Ghars. Zum Beispiel möchte ich wetten, daß meine eigene, bescheidene Sammlung genügend Werke zur Lokalgeschichte und den hiesigen Legenden bietet, um einem systematischen Leser die Lokalisierung von Fastreds Grab zu ermöglichen.« Er seufzte. »Wie auch immer, glaubt ihr, daß wir einer echten Lösung des Falls jetzt näher sind als vorher?«

»Eher noch weiter entfernt davon«, erwiderte Lindavar. »Zuerst war Grodoveth unser Hauptverdächtiger, doch daß er zum Opfer wurde, hat ihn definitiv aus dem Rennen geworfen.«

»Oh, ich weiß nicht«, warf ich leichthin ein. »Vielleicht war er doch der Mörder, und vor lauter Schuldbewußtsein hat er sich selbst geköpft.«

Weder Benelaius noch Lindavar lachten. Statt dessen sahen sie mich mit gequälten Mienen an, und ich begriff, daß mein Witz nicht gerade umwerfend komisch gewesen war. »Entschuldigung«, brachte ich hervor.

»Angenommen«, sagte Benelaius. »Nun, wir müssen weiterkommen. Irgendwelche Vorschläge?«

»Ich könnte doch erneut in die Stadt reiten«, meinte ich. »Durch diesen Mord landen wir wieder geradewegs bei dem angeblichen Geist. Wenn Grodoveth in seinem Zimmer in der *Sumpfratte* getötet worden wäre oder auf der Straße zur Stadt oder wo sonst auch immer, gäbe es keine weitere Verbindung zu dem Geist. Aber da er in Fastreds Gruft umgebracht wurde ... Also, wenn nicht jemand den Schatz mitgenommen hätte, wäre ich der Überzeugung gewesen, der Geist selbst hätte ihn getötet. Deshalb: Mehr über den Geist zu erfahren heißt, mehr über den Mörder zu erfahren. Sie scheinen unzertrennlich miteinander verbunden zu sein.«

»Und wie willst du mehr über den ... Geist herausbekommen?« fragte Benelaius.

»Indem ich mit jedem spreche, der Dovo als Gespenst erlebt hat. Ich habe ja die Liste. Vielleicht erinnert sich einer der Zeugen an etwas, was mehr Licht in diese düstere Angelegenheit bringt. Ich möchte schwören, daß die ganze Geschichte ein größeres Schlammfeld ist als der ganze Weite Sumpf.«

»So, so, Schlamm«, sagte Benelaius. »Schön, Jasper, reite in die Stadt. Aber dieses ›Schlammfeld‹ erinnert mich an etwas ... Bevor du gehst, wäschst du bitte noch. Es ist ein windiger Tag, die Wäsche müßte schnell trocknen. Lindavar hat nicht so viele Kleider dabei.«

Ich wette, Camber Fosrick mußte vor seinen Untersuchungen niemals waschen. Jedenfalls dachte ich das, als ich mich in die Küche trollte.

23

Die schmutzigen Kleider lagen am Boden des Schachts. Doch zuerst mußte ich mehrere Katzen verscheuchen, die sich auf den wenigen saubergebliebenen Partien der Gewänder niedergelassen hatten. Dann kratzte ich Seife in den Waschzuber, füllte ihn mit kochendheißem Wasser und wusch die Kleider.

Es war erstaunlich, fand ich, wie der Sumpfschlamm von meinen und Lindavars Kleidern alles andere in dem Wäschehaufen verseucht hatte, selbst Benelaius' Robe von letzter Nacht. Aber nach einiger harter Arbeit und viel Schweiß hatte ich bald alle Flecken entfernt, schüttete das Seifenwasser weg und spülte die Gewänder in klarem Wasser aus.

Schließlich hatte ich alle Kleider auf der Leine hängen und verabschiedete mich von Benelaius und Lindavar, die inzwischen im Studierzimmer am Werk waren. Hoffentlich untersuchten sie das Pulver, das ich gefunden hatte. Ich überließ sie ihrer Arbeit und zog nach Ghars.

Es war Nachmittag, als ich dort ankam, und obwohl ich vorhatte, mit einer ganzen Reihe von Personen zu sprechen, bevor es dunkel wurde, bezweifelte ich, daß mir das gelingen würde. Benelaius hatte mir Geld zum Übernachten mitgegeben, falls mir die Heimkehr bei Nacht nicht geheuer war. Doch Jenkus hatte schon einmal seine Verfolger hinter sich gelassen, und es gab keinen Grund, weshalb ihm das nicht wieder gelingen sollte.

Zuerst hielt ich an der Bibliothek an und fragte Marmwitz, ob ihm außer Grodoveth sonst noch jemand einfiel, der sich in die Geschichte von Fastred vertieft hätte. »Ach was, seit Jahren nicht«, sagte der kopfschüttelnd. Dennoch sah ich die Leihzettel der meisten Bücher durch. Vielleicht war ja doch eines von ihnen in den letzten Monaten ausgeliehen worden.

Marmwitz hatte recht. Die letzte Ausleihe hatte vor acht Jahren stattgefunden, veranlaßt durch Frau Barnabas Hinkel, die inzwischen bereits sieben dieser Jahre tot und begraben war.

Als ich wieder auf der Straße stand, zog ich meine Liste heraus, konzentrierte mich darauf und versuchte die Menschenmassen zu übersehen, die auf Barthelm Wiesenbachs Befehle lauschten. Das war schwierig. Ständig rannten Leute rund um mich herum, hängten Willkommensfahnen für den Rat der Kaufmannsgilde auf, schlangen Girlanden und Kränze um die Laternenpfosten, putzten alle Schaufensterscheiben, ja, fegten sogar den Pferdemist aus den Rinnsteinen. Das schläfrige, schäbige, kleine Ghars erlebte eine Verwandlung, doch ich achtete nicht darauf.

Die ersten beiden Namen auf meiner Geisterzeugenliste waren schnell abzuhaken. Dovo war tot, und der Kaufmann aus Arabel befand sich höchstwahrscheinlich wieder in Arabel. Ich strich sie aus. Der nächste »Prüfling« war ein komplizierterer Fall – Bürgermeister Tobald. Im Augenblick mochte jedes weitere Gerede über Geister bestimmt das letzte sein, was er gebrauchen konnte.

Als ich die Straße hochschaute, entdeckte ich ihn neben Barthelm. Er mißachtete demnach Benelaius' Empfehlung, sich etwas Ruhe zu gönnen. Tobald blickte nach oben und machte Handzeichen. Offenbar lenkte er jemanden, der eine Girlande oder Fahne aufhängte, aber selbst nicht zu sehen war. Nein, den Bürgermeister überließ ich wohl am besten den Freuden seines Amtes und ging die Liste weiter durch.

Diccon Picard hatte den Dovogeist am siebenundzwanzigsten Kytorn gesehen, deshalb band ich Jenkus an und ging zu seinem Juwelierladen. Die schwere, mit Stahlbändern verstärkte Holztür stand offen, und aus ihr drang die Musik der Selgaunter Fiedel, auf der Picard spielte, wenn er gerade keine Kunden bediente. Ich glaube, die Melodie war entweder »Des Kriegers Klage« oder »Der Rothaarige« – für mich klingen alle Geigenstücke nahezu gleich.

Kaum hatte Diccon Picard mich gesehen, rief er auch schon meinen Namen, als wäre er entzückt, daß ich sein Geschäft betrat, obwohl ich noch nie etwas bei ihm gekauft hatte und mir das auch kaum leisten konnte. Sein Lächeln war so breit wie das Drachenmeer und sein dichter Haarschopf strahlend weiß.

»Jasper, aber natürlich! Der Gefolgsmann von Benelaius! Wer könnte sich einen besseren Gefährten vorstellen! Benelaius ist wirklich ein Glückspilz!« Diccon Picard war der geborene Verkäufer. Wenn er soviel Duftöl auch über die Leute versprühte, die sich seine Waren leisten konnten, würden seine kostbaren Juwelen regelrecht aus dem Laden tanzen.

»Seid gegrüßt, Diccon Picard«, sagte ich. »Ihr seid sicher schon bereit für die Ankunft der Gildeherren, wenn Ihr Zeit habt, so schön zu spielen.« Eigentlich spielte er gar nicht besonders gut, aber Schmeicheleien gibt man gern zurück.

So ging es eine Weile hin und her, und als wir zum Tagesgespräch, den neuesten Mord, kamen (der ihn nur eine Sekunde die Stirn runzeln ließ, denn er hatte Grodoveth nicht gekannt), konnte ich endlich auf mein Anliegen eingehen.

»Ach ja, der Geist«, sagte er mit einem Lächeln, als wäre Dovos Scherz der eines Edelmanns gewesen. »Ich gebe bereitwillig zu, daß er mich erschreckt hat, ziemlich erschreckt sogar, obwohl doch alles nur Lug und Trug war. Als ich diese furchtbare Erscheinung sah, begann ich am ganzen Leib zu zittern. Wir sind davongeritten, so schnell uns unsere Pferde tragen konnten.«

»Wir?« sagte ich. »Ihr wart nicht allein?«

Er wirkte schuldbewußt, als hätte er gerade ein Versprechen gebrochen. »Ich, äh ... oh, verflixt, ich habe gesagt, ich würde es nicht verraten ...«

»Ganz gewiß ist Eure Pflicht als Bürger wichtiger als ein Geheimnis, das Ihr für einen Freund bewahrt. Ich versichere Euch, niemand außer meinem Meister und mir wird es erfahren, jedenfalls solange sich diese Information nicht als zwingend notwendig zur Festnahme des Mörders erweist.«

»Also gut. Ich bin damals mit Barthelm von der *Sumpfratte* zurückgekommen.«

»Barthelm Wiesenbach?«

»Ja. Wir waren gemeinsam hinausgeritten, um uns das Haus wenigstens einmal anzusehen – und ich war nicht beeindruckt. Aber er wollte nicht, daß jemand erfährt, daß er dort war, denn er fürchtete, wenn Kurzbein dahinterkäme, würde der Zwerg Barthelms Schnapsbestellung für das Gildetreffen hintertreiben. Also behauptete ich, ich wäre allein gewesen, als ich den Geist ... ähm, Dovo entdeckte.«

»Völlig verständlich, Diccon Picard. Und vielen Dank für Eure Ehrlichkeit.«

»Gern geschehen, Jasper. Meine Ehrlichkeit erstreckt sich auch auf die Geschäfte, wenn Ihr also einmal meine Dienste benötigt, vielleicht wegen eines schönen Steins für eine verehrte junge Dame oder ...« Und so ging es weiter, bis ich mich ihm endlich entziehen konnte.

Die nächste auf der Liste war Elizabeth Dornenklaue, allgemein als Liz, die Irre bekannt, aber sie lebte im Süden von Ghars, und deshalb wollte ich sie erst auf dem Heimweg aufsuchen. Also kam Lukas Löffelschwund an die Reihe.

Ich freute mich nicht unbedingt auf die Begegnung mit

ihm. Er war in der *Weizenähre* mein Dienstherr gewesen und hatte es nicht gut aufgenommen, als ich seine miese Arbeit hinter mir gelassen hatte, um zu Benelaius zu ziehen. Dies, zusammen mit der Gewißheit, daß er genau wie jeder in Ghars für den morgigen Besuch der Gilde wahrscheinlich alle Hände voll zu tun hatte, ließ mich einen nicht gerade begeisterten Empfang erwarten.

Löffelschwund war ein Koloß von einem Mann, der einen Großteil der eigenen Gewinne verfraß. Doch das konnte er sich leisten, besonders bei dem Umsatz, den das Treffen der Kaufmannsgilde mit sich bringen würde. Barthelm Wiesenbach setzte als Gastgeber einen Großteil seines eigenen Geldes dafür ein, und es war damit zu rechnen, daß die Gildeherren dazu noch eine Menge mehr ausgeben würden.

Der Wirt war draußen, wo er das Entladen des Fleischerwagens überwachte und jedes Huhn, jeden Fisch, jedes Viertel Rind und Lamm genau registrierte, bevor es über die Küchenschwelle getragen wurde. Er blieb stehen und untersuchte einige der geschlachteten Tiere, als hätte er es mit verdorbenem Fleisch zu tun, dabei genoß Schlachter Skedmoor einen untadeligen Ruf. Der Fleischer stand neben ihm und runzelte jedesmal die Stirn, wenn Löffelschwund seine Männer beim Abladen aufhielt.

Ich wartete, bis das letzte Stück aus dem Wagen genommen und die Quittung unterschrieben war. Als Löffelschwund in die Küche zurückkehren wollte, verließ ich den Schutz der Fässer, hinter die ich mich zurückgezogen hatte, und ging auf ihn zu.

»Herr Löffelschwund«, fragte ich höflich, »könnte ich Euch kurz sprechen?«

Als er sah, wer ich war, wurde sein Gesicht noch kälter als zuvor schon. Zuviel Zeit in den Fleischkammern, dachte ich.

»Mit mir sprechen, Küchenjunge?«

»Ich bin nicht mehr Küchenjunge«, sagte ich mit aller Würde, die ein ehemaliger Handlanger aufbringen konnte. »Wie Ihr wißt, arbeite ich nun für den Zauberer Benelaius.«

»›Wie Ihr wißt‹«, äffte er mich nach. »Hei, was sprechen wir jetzt fein und gebildet. Wo hast du denn diesen netten Umgangston her, Küchenbursche?«

»Mein Meister hat mich unterrichtet«, erwiderte ich, während ich mich um Beherrschung bemühte. Meine rechte Gesäßbacke wird für immer die Narbe von einem der Schläge Löffelschwunds tragen.

»Ist es nicht schön«, sagte er sarkastisch, »daß manche Dienstherren die Zeit haben, ihre Dienstboten zu unterweisen. Ich jedenfalls hab' für solche Kinkerlitzchen keine Zeit. Ich führe hier ein Wirtshaus, keine Schule.«

Ich sah schon, dieses Gespräch würde nirgendwo hinführen, deshalb versuchte ich dem alten Schlitzohr um den Bart zu gehen. »Nichtsdestotrotz habe ich durch die Arbeit bei Euch eine Menge gelernt. Unbezahlbare Lektionen über das Leben wurden mir zuteil.« Wie zum Beispiel, in Zukunft jede Arbeit für solche abscheulichen Schweine wie Löffelschwund zu verweigern.

»Was willst du?« bellte er.

»Wie Ihr vielleicht bereits gehört habt, versuche ich meinem Meister dabei zu helfen, gewisse Dinge über die jüngsten Morde bei Ghars herauszufinden.«

»Aha, der Küchenjunge ist jetzt der große Camber Fosrick, ja?«

Ich zwang mich zu einem Lächeln. »Das wohl kaum. Aber ich würde gern erfahren, wie Ihr auf den Geist Dovo gestoßen seid.«

»Hör mal, Söhnchen, wenn du wirklich wissen willst, wer Dovo und den Gesandten umgebracht hat, dann brauchst du mich nur zu fragen.«

Ich hatte ja keine Ahnung gehabt, daß die Sache so leicht werden würde. »Na schön«, sagte ich. »Wer, meint Ihr denn, hat es getan?«

»Ich meine nicht, ich weiß es. Es war der Sohn des Dachdeckers, dieser Rolf. Der ist hitziger als eine Wüste im Sommer zur Mittagszeit und in Barthelms Tochter verliebt, und sowohl Dovo als auch der Gesandte haben ihr unziemliche Anträge gemacht. Jetzt sind sie beide tot. Und wo war er, während sie ermordet wurden, hm? Wenn ich du wäre, Herr Jasper Fosrick, dann würde ich da mal nachforschen und nicht lauter blöde Fragen über eingebildete Geister stellen. Jetzt lauf weiter und spiel deine Spielchen. Ich habe zu arbeiten.« Und damit ging er ins Wirtshaus und schlug die Küchentür hinter sich zu.

Es wäre doch sehr ärgerlich, wenn es so einfach sein sollte. Und was mich wirklich aufregte: Es konnte tatsächlich so einfach sein. Ein junger Mann, voll wütender, mörderischer Eifersucht, zieht aus, die Ehre seiner Liebsten zu rächen.

Allerdings war Rolf Rechtshänder, aber vielleicht irrten wir uns. Vielleicht hatte er sich Dovo und Grodoveth von hinten genähert. Niemand überwachte Rolf, wenn er nicht arbeitete. Er konnte in der Nacht von Dovos Tod auf der Sumpfstraße gewesen sein, er konnte Grodoveth früh am Morgen zur Gruft gefolgt und mit dem Schatz davongelaufen sein. Vielleicht sollte man einfach in Ruhe abwarten, bis Rolf begann, Runden zu schmeißen.

Hinter mir hörte ich Schritte, und als ich mich umsah, erblickte ich Schlachter Skedmoor. Seine Männer hatten noch die Pferde getränkt und würden nun den Wagen zum Geschäft zurückfahren.

»Auf ein Wort, junger Mann«, sagte der Fleischer, und ich nickte respektvoll. »Eines solltest du noch wissen, bevor du dem Gehör schenkst, was der alte Löffelschwund sagt – er kann den Jungen nicht leiden, weißt du. Rolf, meine ich. Hat vor sechs Monaten einen Teil des Gasthauses neu decken lassen, hatte aber zu lange gewartet. Das alte Dach war leck und einige Deckenbalken darunter durchgefault. Rolf hat dann die Holzschindeln aufs Dach geschafft, ein paar Kisten über Nacht stehengelassen, und um Mitternacht – kracks! Ihr Gewicht war zuviel für die morschen Balken, die Kisten krachen durch das Dach, durch den Boden des Speichers, und es regnet Schindeln direkt auf das Bett von Löffelschwund und seiner Frau. Löffelschwund hat natürlich einen großen Wirbel darum gemacht.«

Fleischer Skedmoor lachte verächtlich. »Mehr, als für den alten Bohnenfresser normal ist. Aber Rolf sagt, das Holz war morsch, also kann man ihm nicht die Schuld geben, und Löffelschwund sagt, er hätte halt nicht soviel Gewicht auf das Dach packen sollen, und so weiter. Schließlich schlägt Rolfs Vater vor, sich die Kosten für die Reparatur von Boden und Dach zu teilen, aber das reicht Löffelschwund nicht, dabei hätte er sein Dach schon vor Jahren instand setzen lassen müssen. Sie streiten immer noch vor dem Magistrat in Weloon. Jedenfalls solltest du deshalb einiges von seiner Geschichte abstreichen – mindestens eine Kiste Schindeln.«

Ich dankte dem Fleischer, der mir noch freundlich zuwinkte, als sein Wagen sich knarrend in Bewegung setzte. Seine Aussage entlastete Rolf nicht, erklärte aber wenigstens Löffelschwunds Böswilligkeit.

Seufzend betrachtete ich meine Liste. Aus Lukas Löffelschwund würde ich nichts mehr herausbekommen. Jetzt war Bauer Bortas an der Reihe, aber mit dem hatte ich bereits gesprochen. Abgesehen von mir stand Bryn Goldzahn, der Halbling, als letzter auf der Liste, also ging ich hinüber in sein Geschäft.

24

Bryn Goldzahn wollte bereits schließen. Er hatte nicht teil an den fieberhaften Vorbereitungen der andern Einwohner von Ghars, denn er war kein Mitglied der Kaufmannsgilde. Sein Geschäft war ein Ort zum Kaufen und Verkaufen, wo man entweder genau das fand, wonach man suchte, oder überhaupt nichts. Ein wahres Labyrinth aus schlecht beleuchteten Regalen, in denen ein ausgestopfter Leucrottakopf neben einem Paar goldener Kerzenhalter und einem Sortiment gebrauchter Schädelbohrer lag.

Und weil seine Waren eher von seinen Kunden als von Großhändlern stammten, fühlte er sich der Gilde nicht verpflichtet. Außerdem hätte es seinem Halblingwesen widersprochen, menschlichen Kaufleuten Geld zu zahlen und dafür nichts als eine nebulöse Mitgliedschaft zu erhalten.

Während ich bei Diccon Picard noch nie etwas erworben hatte, hatte ich bei Bryn Goldzahn durchaus schon eingekauft. Ich glaube, er machte mir bessere Preise, weil ich ihm einmal von meinem Halblingblut erzählt hatte. Kein Kauf, kein Geschäft ging je über die Bühne, ohne daß er mich ansah, mir zuzwinkerte und meinte: »Wir Halblinge müssen doch zusammenhalten, nicht?«

Gegenüber Vollblutmenschen zeigte er jedoch keine Gnade. Er lebte dafür, sie auszutricksen, und wenn einer sein Geschäft geschlagen verließ, weil er bei einem Handel den Kürzeren gezogen hatte, war der Tag für Bryn gerettet.

Offensichtlich hatte er heute einen guten Tag gehabt, denn er begrüßte mich fröhlich und wirkte überhaupt nicht enttäuscht, als ich ihm erzählte, ich wäre nicht geschäftlich hier, sondern um ihn nach seiner Begegnung mit Dovo zu fragen.

Er lachte herzlich. »Darüber kann ich dir nicht das Geringste erzählen, mein Junge! Als ich diesen Kerl mit seinem leuchtenden Gesicht und der geschwungenen Axt da stehen sah, hielt mich nichts mehr. Ich habe Bupkin in die Seiten getreten, bin die Straße runtergefegt, ohne mich einmal umzusehen, bis ich sicher in Ghars war.«

»Das scheint die Reaktion der meisten Leute gewesen zu sein. Mir ging's genauso«, sagte ich, ohne mich für dieses Eingeständnis zu schämen.

»Mit Ausnahme von einer«, sagte Goldzahn, »Liz, der Irren.«

»Elizabeth Dornenklaue? Ich wollte noch zu ihr.«

»Mach das. Wir gesunden Leute drehen durch, wenn wir einen Geist sehen. Aber die alte Liz ist viel zu verrückt, um davonzurennen. Das hat sie jedenfalls behauptet, als sie hierherkam, um eine tote Katze gegen ein leinenes Tischtuch einzutauschen. Bin natürlich nicht auf das Geschäft eingegangen. Klar, vielleicht ist sie auch nicht gerannt, weil sie einfach uralt ist. Kannst du dir vorstellen, daß die alte Krähe schneller vorwärts kommt als im Schneckentempo?«

»Hat sie denn mehr gesehen als wir?«

»Frag sie selbst auf dem Heimweg. Vielleicht war es auch nur wieder eine ihrer Geschichten. Sie ist schon komisch – manchmal kommt sie einem ganz klar vor, das nächste Mal könnte man schwören, sie hätte eine Rübe auf den Schultern anstelle eines Kopfes. Wo wir gerade bei Rüben sind, ich habe heute ein Büschel hereinbekommen. Ich weiß ja nicht, ob du Rüben magst, aber ich würde dir einen guten Preis machen ...«

Zufällig war ich kein Rübenliebhaber und konnte entkommen, nachdem ich nur drei Kupferstücke für eine zwei Jahre alte Zeitschrift ausgegeben hatte, die zufällig eine mir noch unbekannte Folge einer Camber-Fosrick-Geschichte enthielt. Leider war es der dritte Fortsetzungsteil von vieren, so daß ich keine Ahnung hatte, was vorher geschehen war und wie die Sache ausging, ganz ähnlich wie in meiner jetzigen Situation.

Der Himmel wurde bereits dunkel, deshalb verließ ich Ghars eilig in Richtung Süden. Nach einer Meile erreichte ich das kleine baufällige Häuschen, in dem Liz Dornenklaue lebte. Das Haus, das weitab von der Straße lag, mußte dringend gestrichen werden, und die Fensteröffnungen waren mit schmierigen Häuten bespannt. Kränze aus toten Blumen, deren lange Stengel zu komischen Formen gewunden waren, schmückten Tür und Wände, und unter einem welken Baum lag ein toter Hund. Na, vielleicht wollte sie auch dieses Tier Bryn Goldzahn anbieten.

Neben dem Haus befand sich ein kleiner Garten, in dem Liz, die Irre, Gemüse und Kartoffeln zog. Doch die Tomaten hingen verdorrt an den Ranken, und der Salat war durch die Dürre braun und mickrig geworden. Ich fragte mich, wie es ihr nur gelang, hier zu überleben.

Nachdem ich Jenkus an einem toten Apfelbaum festgemacht hatte, ging ich zur Tür und klopfte. Das geschah nur aus Höflichkeit, denn die besagte Tür hing nur noch an einer Angel – wie das Grinsen eines Idioten an einem Mundwinkel.

»Wer kommt, wer kommt?« krächzte die Alte von drinnen. Die Tür wurde holpernd aufgezogen, und Liz Dornenklaue lächelte mich mit ihrer Reihe gelber, schwarzer oder völlig verschwundener Zähne an. Ich selbst war schon klein, doch sie noch um einiges winziger, fast nur zwergengroß, und das für einen Menschen. Ein Rock, der vielleicht im letzten Winter zuletzt gewaschen worden war, ging ihr vom Hals bis zu den Füßen, und das lange filzige Haar verdeckte außer ihren unschönen Gesichtszügen alles.

Ich hatte Benelaius einmal gefragt, ob er sie für eine Hexe

hielt, aber der hatte nur sanft den Kopf geschüttelt. »Ach was. Eine arme Frau mit wirrem Verstand, weiter nichts.« Und obwohl es Leute gab, die ihm da widersprochen hätten, möchte ich behaupten, daß er recht hatte.

Als ich auftauchte, schien Liz Dornenklaue allerdings einen ihrer klaren Tage zu haben. Sie kam auf mich zu, als hätte sie Mühe, mein Gesicht zu erkennen, doch dann, zu meiner großen Überraschung, erinnerte sie sich tatsächlich an mich.

»Ach, der Jasper«, sagte sie. »Benelaius' Bursche. Komm rein, komm rein, raus aus der schlechten Todesluft.«

Ich wußte nicht, was sie meinte, denn die Luft drinnen war viel schlechter als draußen. Ich trat also ein und gab ihr die Tasche voll Gemüse und den Laib Brot, den ich für sie gekauft hatte. »Ein Geschenk für dich, Mutter Dornenklaue«, sagte ich, und ihr Lächeln wurde breiter.

»Bist ein guter Junge, Jasper. Ich danke dir. Setz dich.« Sie hielt einen Bund Karotten hoch. »Schöne Orangen«, verkündete sie, bevor sie das Gemüse auf einen betagten, schmutzigen Tisch legte. »Nun, suchst du hier Wahrheit oder Lügen oder Tee? Tee hab' ich nicht, das andere schon.«

»Wahrheit, glaube ich, Mutter«, antwortete ich, um auf ihr Spiel einzugehen.

»Du warst mir immer ein guter Sohn, Jamie«, sagte sie, worauf ich sofort beschloß, sie nie wieder Mutter zu nennen. »Deshalb werde ich aufrichtig zu dir sein.« Ah. Nun, in diesem Fall würde ich es bei »Mutter« belassen.

»Du hast vor einer Weile einen Mann gesehen, der sich als Fastreds Geist verkleidet hatte, stimmt's, Mutter Dornenklaue? Einen Mann namens Dovo?«

»Ich habe den Geist selbst gesehen, keinen Dovo. Es war Fastreds Geist, aber als ich ihn erblickt habe, Jamie, da dachte ich, es sei dein Vater. Ja, Friede seiner Seele, der Geist deines armen Vaters. Er hat eine Axt geschwungen, ja, genau wie dein armer Vater, als er den Baum fällte, weißt du, den mit dem Seil, an dem du geschaukelt hast, als du klein warst. Und ich habe geglaubt, er wäre hinter mir her, wirklich, und erst bin ich weggerannt, aber dann fiel mir ein, daß ich ihm gar nichts von dem Eimer gesagt hatte, weil der doch ein Loch hatte, und daß er ihn heil machen sollte, bevor er Wasser holen ging, darum bin ich zurück, und dann sah ich ihn mit seiner goldenen Hand.

Dein Vater, Jamie, hat keine goldene Hand gehabt, darum wußte ich, daß es ein Geist war. Und er ging in den Sumpf, und ich folgte ihm, wirklich. Dann blieb er stehen, ich blieb auch stehen, weil ich dachte, wenn er mich da sehen würde, würde er mich fressen, und ich wollte nicht gefressen werden, deshalb habe ich mich versteckt und war ganz leise und habe ihm zugeschaut.«

Ihre Augen wurden groß, starrten ins Leere. Sie sah wieder das, was sie in jener Nacht erblickt hatte.

»Und was hat er getan?« fragte ich leise.

»Er winkte mit seiner goldenen Hand«, sagte sie, das Bild noch vor Augen. »Er winkte immer hin und her. Und weit weg auf der anderen Seite des Sumpfes winkte ein anderer Geist mit *seiner* goldenen Hand zurück, und sie haben einander lange zugewinkt . . .«

»Wirklich eine goldene Hand?« fragte ich.

»Ja«, sagte sie scharf, wobei sie sich so schnell zu mir umwandte, daß ich zusammenzuckte. »Ich sehe sie immerzu, die goldenen Hände. Nachts leuchten sie ganz golden. Im Dunkeln. Es wird gerade dunkel«, sagte sie, und ich glaubte, einen drohenden Unterton in ihrer Stimme zu hören. Vielleicht wollte sie einfach Jamie Angst einjagen, wo und wer er auch immer war. »Bald sehe ich wieder die goldenen Hände. Sie kommen mit dem Mond und mit den Sternen.«

Ich redete noch ein Weilchen mit ihr, bis es in der Hütte düster wurde und sie zu meiner Erleichterung eine Kerze anzündete. Ob harmlos oder nicht, ich wollte mit der verrückten Alten nicht unbedingt im Dunkeln sitzen.

Als ich nichts weiter mehr aus ihr herausholen konnte, bedankte ich mich und stand auf.

»Du kannst doch noch nicht gehen, Jamie«, sagte Liz, die Irre.

»Ich bin Jasper«, erinnerte ich sie. »Nicht Jamie.«

»Oh«, sagte sie mit unendlicher Enttäuschung in der Stimme. »Also gut, du mußt wahrscheinlich zu Benelaius zurück.« Ihre lichten Augenblicke kamen und gingen – eine flackernde Laterne im Sturm. Ich war nur noch darauf aus, aufzubrechen. Es war dunkel, als ich die Tür aufstieß. Vom Norden her sah ich einen Wagen die Straße herunterkommen, ein Bauer, der aus Ghars nach Hause zurückkehrte. Von einer Stange hing eine Laterne, die über seinem Kopf hin und her pendelte und die Straße vor ihm beleuchtete.

»Eine goldene Hand«, sagte Liz Dornenklaue hinter mir. Ich drehte mich um und blickte sie an.

»Was?«

»Eine goldene Hand«, meinte die Alte. »Da winkt sie.«

Ich sah mich nach dem Wagen um, dann wieder schaute ich auf sie. »Meinst du den Wagen?« fragte ich.

»Wagen? Nein, nur die goldene Hand, sie winkt.«

Wir sahen zu, wie der Wagen fünfzig Schritt von uns entfernt vorbeizog und lauschten dem Rattern der Räder. Elizabeth Dornenklaues alte Augen mußten wie eine beschlagene Linse funktionieren. Für sie würde eine Laterne wie ein heller Fleck und deren Strahlen wie goldene Lichtfinger aussehen.

Eine goldene Hand – eine Laterne. Und noch eine, weit weg auf der anderen Seite des Sumpfes.

Ich verabschiedete mich von ihr, und sie bettelte um einen Kuß von ihrem »Jamie«. Ich gab ihr einen, etwas widerwillig, und machte mich auf nach Süden zur Sumpfstraße. Unterwegs dachte ich an den großen Marschsee im Sumpf und die Lichter, die darüber hin- und herblinkten.

25

Dovo mußte damals im Sumpf eine Laterne dabeigehabt haben. Aber wonach hatte er gesucht? Und aus welchem Grund sollte er den Marsch zu jenem Sumpfsee wagen, in dessen Nähe wir Fastreds Grab gefunden hatten?

Und, was am wichtigsten war, wer hatte die andere Laterne gehalten?

Alle diese Gedanken und noch einige mehr rasten durch meinen Kopf, als ich mich der Abzweigung nach links näherte, die mich auf die Sumpfstraße und zu Benelaius' Haus führen würde. Ja, mein Kopf war so beschäftigt, daß ich die Schrecken der vorherigen Nacht völlig vergaß, bis ich den Ort erreichte, an dem ich Dovo als Fastreds Geist gesehen hatte.

Wieder an den Alptraum erinnert, stieß ich Jenkus die Hacken in die Seiten, um seinen gemächlichen Trott etwas zu beflügeln. Er gehorchte, jedoch mit einem klagenden Wiehern, als hätte die Jagd der letzten Nacht nie stattgefunden. Tiere vergessen alte Furcht und Schmerzen allzu rasch. Vielleicht sind sie deshalb auch imstande, mit unserer Grausamkeit zu leben.

Wir trabten die Straße hinunter und an der *Sumpfratte* vorbei, vor der nur wenige Pferde angebunden standen. Vermutlich waren die üblichen Stammgäste auf ihren Höfen geblieben. Nach zwei grausamen Morden in so kurzer Zeit konnte ich ihnen das nicht verdenken.

Zweihundert Längen hinter der *Sumpfratte* glaubte ich wieder die Verfolgergeräusche zu vernehmen. Zuerst hielt ich alles nur für Einbildung, weil ich in der letzten Nacht so entsetzt gewesen war. Doch als ich lauschte und mich bemühte, aus den Lauten raschelnden Wind im Sumpfgras oder das Quaken von Ochsenfröschen zu machen, wurde mir schnell bewußt, daß es wirklich das vertraute und furchterregende Stampfen war.

Da-da-bumm ...

Da-da-bumm ...

Da-da-BUMM ...

Was es auch immer sein mochte, dieses monströse Wesen (oder die Wesen) war wieder hinter mir her. Aber wenn Jenkus und ich ihm einmal entkommen waren, konnten wir das auch ein zweites Mal tun.

»Hüa!« schrie ich, und Jenkus ging ab wie ein Pfeil. Ich hätte vor Erleichterung fast aufgelacht, als die bedrohlichen Geräusche hinter uns zurückblieben. Bald würden wir zu Hause in Sicherheit sein.

Und dann verlor Jenkus ein Eisen.

Ich hörte es klappern, als es sich löste. Er stolperte, fing sich, taumelte wieder. Da ich auf den abrupten Geschwindigkeitswechsel nicht vorbereitet war, rutschte ich nach links vom Sattel und fiel. Unwillkürlich hatte ich meine Füße aus den Steigbügeln gezogen, um nicht mitgeschleift zu werden. Am Boden machte ich noch ein paar Rollen, bis ich schließlich liegenblieb. In der Dunkelheit konnte ich Jenkus nicht sehen, was ich aber erkennen *konnte,* war das Ding, das mich verfolgt hatte und sich jetzt näherte.

Mein Traum von den vier Reitern auf vier Pferden war nicht sehr wirklichkeitsnah gewesen. *Fünf* Köpfe jagten auf mich zu, doch gehörten sie nicht zu fünf verschiedenen Reitern. Statt dessen saß jeder einzelne dolchzahnbewehrte Reptilienkopf auf dem einen massiven Körper einer einzigen Hydra, eines drachenartigen Ungeheuers, das sich unaufhaltsam auf vier dicken Beinen näherte. Die Klauen klickten auf dem Boden auf, gefolgt einen Augenblick später vom Aufprall der riesigen Beine ...

Da-da-BUMM ...

Ich rappelte mich auf, aber Jenkus, der Feigling, hinkte bereits die Straße hinunter nach Hause. Das Monster war weniger als zwanzig Fuß entfernt, und ich konnte nicht darauf hoffen, ihm zu entkommen. Keine Waffe, keine Kraft, keine Zukunft mehr. Hätte ich einen Spiegel gehabt, so hätte ich mich zum Abschied geküßt.

Da hörte ich hinter mir Hufschlag erklingen und dachte schon, Jenkus käme vielleicht in einem pferdeuntypischen Anfall von Heldenmut zurück. Als ich mich aber umsah, erblickte ich nicht Jenkus, sondern einen einzelnen Reiter, der sich mit erhobenem Langschwert auf mich stürzte. Dann hörte ich sie schreien.

Ja, *sie*. Es war eine Frauenstimme, die da in berserkerhafter Wut brüllte – das konnte niemand anderes sein als Kendra. Einen endlosen Augenblick lang stand ich einfach nur da, auf der einen Seite von einer wildgewordenen Schwertkämpferin angegriffen, auf der anderen von einem grausamen Monster bedrängt.

Kendra erreichte mich zuerst, aber ihr Schwert sauste nicht auf mich herab. Statt dessen fegte sie an mir vorbei. Als ich herumfuhr, zügelte sie ihr Pferd gerade, unmittelbar vor der Hydra, und schlug dieser mit einem einzigen Hieb den vordersten Kopf ab.

Die anderen vier Köpfe heulten auf, als ihr Kamerad über die Straße und in die Böschung flog. Kendra ließ dem ersten sofort einen zweiten Schlag folgen, der einen weiteren Kopf vom dicken Schlangenhals trennte. Aber ehe sie zum nächsten Hieb ansetzten konnte, fuhr einer der scheußlichen Köpfe herunter und erwischte ihr linkes Bein.

Ihre Rüstung milderte zwar den Biß, aber aus ihrem zugleich wütenden wie schmerzvollen Stöhnen entnahm ich, daß sie verletzt war. Der vorwitzige Reptilienschädel büßte seine Tat sogleich, denn ein neuerlicher Schwertstreich hackte ihn fast vom Hals. Der Schädel blieb an einem fingerdicken Strang ledrigen Fleisches hängen, die Kiefer schnappten ziel- und kraftlos weiter.

Ich wäre ihr zur Hilfe gekommen, doch zwei Dinge hielten mich davon ab. Erstens besaß ich kein Schwert und zweitens, selbst wenn ich eines gehabt hätte, hätte ich nicht gewußt, was ich damit anstellen sollte. Ich zweifelte nicht daran, daß mich einer der verbliebenen Köpfe, während ich die Waffe noch richtig zu packen versuchte, schnappen und festhalten würde, zum Vorteil des anderen Reptilienschädels, der unterdessen wahrscheinlich bereits fröhlich an meinem zarten Fleisch knabberte.

Also unternahm ich das Zweitbeste. Ich sammelte alle Steine auf, die ich auf der Straße finden konnte, und bewarf die Hydra damit aus sicherer Entfernung. Zugegeben, das war nicht gerade meine heroischste Stunde, aber viel fehlte nicht. Bei meinem dritten Wurf habe ich wohl sogar einen der Köpfe getroffen. Ich glaube, er mußte zwinkern.

Aber Kendra hielt sich auch ohne meine Hilfe wacker. Inzwischen war sie bis an den Körper des Monsters vorgedrungen, und nachdem sie sich den letzten beiden brüllenden Köpfen gewidmet und sie aus dem Weg geschlagen hatte, stach sie ihr Schwert bis zum Heft in die Schuppenbrust.

Danach mußten keine Köpfe mehr vom Körper getrennt werden. Das Ungeheuer brüllte einmal (zweimal, wenn man jeden Kopf als einzelnen Beller zählt) und fiel auf den Boden. Kendra hatte sein Herz durchbohrt. Das Untier wankte und hätte beinahe die Kämpferin unter sich begraben, aber ihr Pferd war gut trainiert und rechtzeitig beim Herausziehen des Schwertes zurückgewichen.

Der Aufprall der Hydra wirbelte eine Staubwolke auf, welche die Nacht noch finsterer machte. Die zwei übriggebliebenen Köpfe geiferten, stöhnten und schnappten noch einen Moment, doch als sich der Staub gelegt hatte, waren sie still. Kendra hatte ihr Pferd neben mich getrieben. Blut tropfte von ihrem linken Bein herab.

»Und für wessen Rettung habe ich nun mein Leben riskiert?« fragte sie, während sie auf mich herabsah.

»Ich bin Jasper«, antwortete ich. »Der Diener von Benelaius. Ich habe Euch neulich im Sumpf gesehen.«

»Und«, meinte sie, »am Abend zuvor in der Schenke. Du warst einer der Schüchternen, wenn ich mich nicht irre.«

»Nun, wenn Ihr damit sagen wollt, daß ich keine unerwünschten Annäherungsversuche gemacht habe, ja, dann gehöre ich wohl wirklich zu dieser Kategorie.«

»Dein Glück«, sagte sie. »Wenn du dich benommen hättest wie der Großteil deiner ungehobelten Geschlechtsgenossen, hätte ich dich vielleicht sterben lassen.«

Zuerst wollte ich sagen: »Oh, das hättet Ihr nicht getan«, aber dann fiel mir ein, daß sie womöglich zu noch ganz anderem fähig war. Es gab keinen Beweis dafür, daß sie nicht sowohl Dovo wie auch Grodoveth ermordet hatte. Aber vielleicht doch ein doppelter Glücksfall für mich. Diese schöne Kriegerin hatte mir das Leben gerettet, und jetzt konnte sie mir noch Rede und Antwort stehen.

»Danke«, sagte ich. »Ihr habt mir jedenfalls das Leben gerettet. Aber Ihr seid verletzt. Warum kommt Ihr nicht mit mir zu Benelaius' Haus? Er hat große Erfahrung in den

Heilkünsten, und wenn Ihr so blutet, könnt Ihr nicht weit reiten.«

»Das hat nicht zufällig etwas damit zu tun, daß du zurücklaufen mußt, hm?«

»Meine Dame, ich werde unterwegs neben Eurem Pferd hergehen, wenn Euch das beliebt. Ihr habt mich vor dem Tod bewahrt, und ich wünsche Euch nur das Beste.«

Sie stieß ein leises Lachen aus und klopfte hinter sich auf den Sattel. »Komm hoch und setz dich hinter mich«, sagte sie. »Darrun kann uns leicht beide zum Haus deines Meisters tragen.«

Dreifaches Glück, dachte ich, als ich hinter ihr aufsaß und Kendra meine Hände um ihre schlanke Taille zog. »Halt dich gut fest«, sagte sie, »aber laß deine Hände da, wo ich sie hingetan habe, wenn du auf heile Finger Wert legst. Und stoß nicht gegen mein verletztes Bein.«

Obwohl ich krampfhaft stillsaß wie eine Statue, genoß ich den Ritt. Sie war so groß, daß ich mein Gesicht an ihren Rücken legen konnte; einige ihrer roten Haare quollen hinten aus dem Helm und streiften meine Wange. Sie waren sehr weich und dufteten nach Gewürzen. Kendra hatte hart gekämpft, und ihr Körper roch nach Schweiß, was ich jedoch ganz und gar nicht als unangenehm empfand. Im Gegenteil, ich wäre gern für immer mit ihr weitergeritten. Schließlich sprach sie mich wieder an.

»Ist schon mutig von dir, daß du mit mir reitest. Bei allem, was Hauptmann Flim von mir denkt.«

»Was geht ihm denn durch den Kopf?«

»Na zum Beispiel, daß ich Dovo getötet habe, weil er mich neulich abend beleidigt hat. Und daß ich wahrscheinlich auch für den Tod des Gesandten des Königs, Grodoveth, verantwortlich bin, aus demselben Grund. Und es gibt weitere Beweise, die auf mich hindeuten.«

Wurde das nun eine Beichte? »Und die wären?«

»Ich war im Weiten Sumpf auf Schatzsuche. Grodoveth wurde in Fastreds Grab ermordet, und nun ist der Schatz fort. Natürlich muß da der Verdacht auf mich fallen.«

»Dürfte ich Euch fragen, woher Ihr das alles wißt? Ich meine, natürlich immer angenommen, Ihr habt Grodoveth wirklich nicht getötet.«

»Ein Abenteurer bekommt fast alles mit. Und es ist meine Aufgabe, von Dingen zu wissen, die mich betreffen. Nebenbei, nur weil der Schatz gestohlen wurde, ist er noch lange nicht verloren. Ich persönlich halte es nicht für ein Verbrechen, von einem Dieb zu stehlen.«

»Immer vorausgesetzt, Ihr habt ihn nicht gleich von vornherein genommen und sagt das jetzt nur, um den Verdacht von Euch abzulenken.«

»Auch möglich. Aber wenn ich mit deinen Verdächtigungen aufräumen wollte, gäbe es einen viel leichteren Weg dazu.«

»Und welchen?«

»Ich könnte dich töten, wie ich es mit Dovo und Grodoveth gemacht habe. *Wenn* ich sie wirklich umgebracht habe.«

Ich schluckte hörbar. »Allerdings«, gestand ich ein. »Mein Tod würde mit meinem Verdacht sehr gründlich Schluß machen. Aber wenn Ihr mein Ableben wünscht, hättet Ihr mir gewiß nicht das Leben gerettet.«

»Mitunter tut man törichte Dinge, nur weil sie einem soviel Freude bereiten. Es macht nämlich Spaß, Monster zu erschlagen.«

»Und ist es auch spaßig, dabei verwundet zu werden?«

»Vielleicht. Wenn man mit jemandem unterwegs ist, der einem diese Tat zutraut. Das gefällt mir irgendwie. Muß der Prahlhans in mir sein.«

»Ich glaube nicht, daß Ihr mich töten würdet«, sagte ich mit mehr Kühnheit, als wirklich vorhanden war.

»Wir sind aber noch nicht zu Hause«, wandte sie ein, und darauf hatte ich keine Antwort. Ich hielt mich einfach an ihr fest. Wenn sie mich nun unterwegs umbrachte, hatte ich sie wenigstens einmal in den Armen gehalten.

26

Als wir dann bei Benelaius eintrafen, war ich unversehrt, Kendra hingegen vom Blutverlust erschöpft. Benelaius und Lindavar standen besorgt vor dem Haus, seit Jenkus allein zurückgekommen war. Als wir angeritten kamen, begrüßten sie uns erleichtert.

»Kendra hat mir das Leben gerettet«, sagte ich beim Herabsteigen. »Eine Hydra hat mich angegriffen und Jenkus ein Eisen verloren. Aber Kendra hat das Monster getötet.«

»Und dabei selbst eine kleine Wunde davongetragen, wie ich befürchte«, ergänzte sie. »Jasper erzählte mir, Ihr wärt ein erfahrener Heilkundiger.« Sie versuchte ihr verletztes Bein über den Sattel zu schwingen, schaffte es aber nicht und klammerte sich am Hals des Pferdes fest. Wir drei kamen ihr auf der Stelle zur Hilfe und hoben sie von ihrem Roß auf den Boden. Schwer stützte sie sich auf Lindavar und schonte beim Gehen ihr linkes Bein.

»Das sieht ziemlich übel aus, meine Liebe«, konstatierte Benelaius. »Aber ich zweifle nicht daran, daß wir Euch schnell wieder zusammenflicken können.«

Wir halfen ihr ins Haus und auf ein großes, bequemes Sofa vor dem Feuer.

Benelaius schwatzte in einem fort. »Eine Hydra, sagst du? Eine gewöhnliche Hydra wahrscheinlich. Die Kryohydra gibt es hier nicht, und die Pyrohydra ist recht selten. Da Ihr nicht angesengt seid, nehme ich an, es war ein gewöhnliches mehrköpfiges Exemplar. Auch keine Lernäische Hydra, wette ich.«

»So eine, der immer wieder die Köpfe nachwachsen?« fragte ich. »Nein, einmal abgeschlagen, kamen keine neuen nach, den Göttern sei Dank.«

»Muß sehr hungrig gewesen sein, wenn sie sich aus dem Sumpf gewagt hat«, fuhr Benelaius fort. »Sind aber dumme, langsame Viecher. Im Sumpf sehr beweglich, aber an Land ungeschickt. Um so besser für euch zwei, was?«

»Immer noch schnell genug, um mein Bein zu erwischen«, bemerkte Kendra, als wir sie vorsichtig zurechtlegten. Trotz der Schmerzen, die ihr die Schweißperlen auf das blasse, liebliche Gesicht trieben, grinste sie beim Anblick der Katzen. »Macht mit mir, was Ihr wollt. Ich vertraue einem Mann, der Tiere liebt.«

»Lindavar, stell bitte Wasser auf den Herd, während ich meine Salben und Tinkturen hole. Jasper, du sorgst dafür, daß es Jenkus und dem Pferd der Dame an nichts fehlt, dann kommst du hierher zurück. Schnell jetzt.«

Ich tat, was mein Meister befohlen hatte, obwohl ich ihn um seine Aufgabe beneidete. Einen Patienten wie dieses Prachtexemplar von einer Frau zu haben! Ich fragte mich, ob er von Kendra ebenso hingerissen war wie ich, verwarf den Gedanken jedoch wieder. Benelaius war zweifellos kein Gefangener seiner Leidenschaften. Das einzige, was ihn an Kendra interessieren würde, war ihr Wissen um die Kampfgewohnheiten der Hydra. Ich seufzte. Was für eine verpaßte Chance!

Ich fütterte die Pferde und rieb sie ab. Als ich wieder

hereinkam, schlief Kendra. Ihr verwundetes Bein war von einem makellos weißen Tuch bedeckt, und Benelaius und Lindavar hatten gerade die Instrumente zusammengepackt. Mein Meister winkte mich in sein Studierzimmer, wo wir drei uns niederließen. Er stopfte eine Pfeife mit Tabak, zündete sie an und ließ seine Worte durch den Rauch strömen.

»Ich habe die Wunde genäht und ihr einen Schlaftrunk verabreicht«, sagte mein Meister. »Morgen früh wird es ihr viel besser gehen, aber sie sollte sich hier ein oder zwei Tage ausruhen. Sie hat viel Blut verloren und muß wieder zu Kräften kommen.« Er lächelte bewundernd. »Eine schöne Frau und tapfer obendrein, allerdings wohl ohne allzu große Geduld bei Dummköpfen.«

»Du meinst, bei Dovo und Grodoveth«, warf ich ein.

»Ich glaube, die wären gut als Dummköpfe durchgegangen«, bestätigte Benelaius. »Jetzt erzähl mal, Jasper, was du heute in der Stadt herausbekommen hast. Haben sich die Geisterseher überhaupt als wertvolle Informanten erwiesen?«

Ich berichtete alles, was ich in Erfahrung hatte bringen können, und stellte erfreut fest, daß ein Teil der Informationen gut aufgenommen wurde. Benelaius und Lindavar interessierten sich besonders dafür, daß Diccon Picard in Begleitung von Barthelm Wiesenbach gewesen war, als er den verkleideten Dovo sah, und zogen die Augenbrauen hoch bei dem, was ich ihnen von Lukas Löffelschwunds Theorie über Rolf als den Mörder erzählte. Was meinen Meister aber am allermeisten aufmerken ließ, war die Geschichte der irren Liz Dornenklaue von den leuchtenden Händen.

»Ich kenne die Frau«, meinte Benelaius nachdenklich. »Sie hat den Star, einen Schleier über den Augen, der alle Bilder verschwimmen läßt. Wenn sie sagt, sie hat zwei winkende Hände gesehen ...«

Er überließ es mir, den Satz zu beenden. »Laternen«, sagte ich. »Sie hat zwei Laternen gesehen. Dovo muß die eine gehabt haben, aber wer die andere?«

»Derjenige, dem Dovo Signale gegeben hat«, sagte Lindavar aufgeregt. »Dieser große See, an den wir heute morgen gekommen sind, dürfte einer der wenigen Orte im Weiten Sumpf sein, wo man über weite Entfernungen hinweg Signale übermitteln kann. Allerdings«, meinte er wissend, »haben wir bei Dovos Leiche keine Laterne gefunden.«

»Aber Laternenglas«, erinnerte ihn Benelaius. »Und das bedeutet . . .«

Aber ich sollte Benelaius' Schlußfolgerung nicht erfahren, denn heftiges Flügelschlagen vom Fenster her schreckte uns auf. Benelaius hatte es geöffnet, damit der schwere Tabakrauch abziehen konnte. Ich schnappte nach Luft, als ich erkannte, was sich da auf dem Fensterbrett niedergelassen hatte.

Es sah aus wie ein Rabe, aber der Körper war gut eineinhalbmal so groß und die Flügel entsprechend länger. Die Augen zeigten im Kerzenschein einen unheimlichen, grünlichgelben Glanz, und sie waren genau auf Benelaius gerichtet. Die Beine waren bedrohlicher als die eines normalen Vogels, denn sie besaßen lange Krallen an den Enden blasser, fleischiger Klauen, die wie Totenfinger aussahen. Um den Hals dieser Kreatur hing ein zugeknoteter Beutel aus dickem Leder.

Mit einem Satz, der mich die Luft anhalten ließ, hüpfte der unheimliche Vogel in den Raum und hockte sich dann auf Benelaius' Schulter. Es war ein Zeichen für die Gelassenheit meines Meisters, daß er dabei nicht einmal mit der Wimper zuckte. Dann drehte Benelaius seinen Kopf zu dem Schnabel hin, der ihm mit einem einzigen Zustoßen den Augapfel hätte heraushacken können, und lächelte in die glänzenden Augen.

»Guten Abend, Mycrest. Ich hoffe, Vangerdahast, deinem Meister und meinem guten Freund, geht es gut.«

Der Vogel nickte langsam mit dem Kopf, und ein kehliges Krächzen entrang sich seinem dicken Hals. Das Geräusch ließ mir Schauer über den Rücken laufen, als hätte jemand mit Fingernägeln über Schiefer gekratzt. Selbst Lindavar zuckte zusammen.

Aber Benelaius machte der Laut nichts aus. Er zog die Augenbrauen hoch und wirkte angenehm berührt. »Das freut mich zu hören«, sagte er. Dann wies er auf den Lederbeutel. »Und ich nehme an, hierin befindet sich eine Nachricht für mich?«

Mycrest nickte wieder langsam und feierlich, wie einer jener Spielzeugvögel, die immer wieder ihre Schnäbel ins Wasser tauchen.

»Wenn du also freundlicherweise gestattest ...« Benelaius hob die Hände und löste den Beutel vom Hals des großen Vogels, während er ihn kräftig streichelte. Im Kerzenlicht fiel mir auf, daß Mycrests Federn überhaupt nicht glänzten. Sie warfen kein Licht zurück, sondern schienen es einzusaugen und abzutöten. Ich hatte noch nie einen so fahlen, glanzlosen Vogel gesehen. Das Tier mußte meine Neugier gespürt haben, denn es fixierte mich nun mit seinen Knopfaugen. Ich konnte dem Blick nicht lange standhalten und sah schnell auf Benelaius' Hände.

Der hatte inzwischen den Beutel gelöst und zog die Schnur auf, die ihn verschloß. Heraus nahm er ein schweres, vielfach gefaltetes Papier. Doch als er das Blatt auseinanderbreitete, verschwanden die Knitterfalten, und es war so glatt, als käme es frisch auf der Presse.

Während Benelaius las, gab sein gefaßtes, ernstes Gesicht keinen Hinweis auf den Inhalt des Briefes. Als er fertig war, nickte er dem dämonischen Vogel auf seiner Schulter zu.

»Bitte richte Vangerdahast aus, daß seine Botschaft angekommen ist und daß die Anweisung befolgt werden wird. Möge das Glück ihm hold sein und dich rasch nach Hause tragen, guter Mycrest.«

Der Vogel nickte wieder graziös wie ein Höfling. Dann breitete er seine Flügel weit aus, und ich hob schützend die Hände beim ersten, plötzlichen Schlagen, obwohl die Federn weit von meinem Gesicht entfernt waren.

Er sprang aufs Fensterbrett und hinaus, seine Schwärze schien sofort von der Nacht aufgesogen zu werden. Er verschwand so abrupt, daß ich zunächst kaum glauben konnte, er sei je hier gewesen.

Doch das Papier, das Benelaius in der Hand hielt, war der Beweis. Mein Meister schaute Lindavar und mich an und sagte: »Das solltet ihr hören.« Dann las er vor:

Benelaius, mein zauberkundiger Freund!

Laßt öffentlich bekanntgeben, daß Azoun, König von Cormyr, und ich, Vangerdahast, Hofmagier und Ehrenvorsitzender des Kollegiums der Kriegszauberer von Cormyr, unser absolutes Vertrauen in Dich setzen, was die Festnahme des Mörders von Grodoveth, dem Gesandten des Königs, und von dem anderen Opfer angeht.

Wenn Du die Identität dieses Mörders, dessen Tat den Frieden dieses schönen Landes bedroht, zu Deiner Zufriedenheit festgestellt hast, soll Hauptmann Flim, oder wer auch immer zu diesem Zeitpunkt Kommandant der ansässigen Garnison der königlichen Purpurdrachen ist, seinen Männern sofort Befehl geben, den Mörder hinzurichten.

Vangerdahast

»Nun«, meinte Benelaius, der sich wieder setzte und einen tiefen Zug aus seiner Pfeife nahm, »das klingt ziemlich endgültig, nicht wahr?«

27

»Keine Haft? Kein Prozeß?« fragte Lindavar. »Warum sollte der König eine solche ... Abweichung vom üblichen Gang der Rechtsfindung befürworten?«

»Das hat *nicht* der König befohlen«, meinte Benelaius. »Vangerdahast hat es angeordnet, und es liegt durchaus in seiner Macht. Es ist sogar gut möglich, daß König Azoun von diesem Befehl gar nichts weiß. Vielleicht findet Vangerdahast es besser für alle Beteiligten, wenn er nichts davon erfährt.«

»Aber warum?« fragte ich wie das Echo von Lindavar. »Ich verstehe das nicht. Ich dachte, der König würde so jemandem den Prozeß machen und ein Exempel statuieren, damit jeder weiß, was ihm droht, wenn er die königliche Autorität so offen angreift und den königlichen Gesandten umbringt.«

»Außer«, gab Benelaius zu bedenken, »wenn dieser Gesandte ein angeheiratetes Mitglied der königlichen Familie ist ... und wenn die Lösung des Verbrechens Schatten auf die Ehre des Gesandten werfen könnte. Und damit auch auf die Ehre des Königs selbst.«

»Also versucht Vangerdahast den König zu schützen?« fragte Lindavar.

»Das halte ich für wahrscheinlich«, meinte der alte Zauberer. »Er liebt den König mehr als seine Magie, und Azoun ist ein guter Mann und ein guter König. Ich bezweifle, daß er einen solchen Befehl geben würde, der auf reinen Selbstschutz hindeutet.« Er nahm die Pfeife aus dem Mund und klopfte sie über einer Metallschale aus. Der Tabakrest fiel heraus, und er legte die Pfeife neben die Schale. »Aber dieser Befehl«, fuhr er fort, »hat erst dann Konsequenzen, wenn wir den Missetäter finden, und das haben wir noch nicht, obwohl ich annehme, daß wir alle nötigen Informationen bereits besitzen. Wir müssen diese Hinweise nur noch in den richtigen Zusammenhang stellen und aus der richtigen Perspektive betrachten.« Er lächelte mich an. »Ich schätze, dein Camber Fosrick wäre schneller soweit gekommen. Natürlich hat er den Vorteil, eine erfundene Figur in einer erfundenen Geschichte zu sein, während wir leider in der gewöhnlichen Realität festsitzen. Dennoch wollen wir unser Bestes tun.«

»Und was hältst du von dem allen?« fragte ich ihn, denn ich wollte unbedingt erfahren, wie er die verschiedenen Teile dieses Rätsels zusammensetzte.

»Ich habe mir noch kein rechtes Bild gemacht«, gab Benelaius zur Antwort. »Aber selbst meine Überlegungen im Vorfeld wären ohne deine Sorgfalt und harte Arbeit nicht möglich gewesen, mein lieber Jasper. Du hast deine Sache ausgezeichnet gemacht. Doch du wirst von den vielen Mühen des Tages sehr müde sein, und es ist schon spät in der Nacht. Ich schlage vor, du gehst jetzt zu Bett. Kendra kann die Nacht bequem auf der Liege verbringen, und ich möchte noch kurz mit Lindavar reden.«

Ich hatte keine Wahl, ich mußte gehorchen. Liebend gern wäre ich eine Fliege an der Wand gewesen, um ihr Gespräch mitanzuhören, und als ich in meinem Raum war, versuchte ich zu lauschen. Da mein Zimmer jedoch am anderen Ende des Hauses lag, hörte ich nur leises Gemurmel und konnte keine einzelnen Worte unterscheiden.

So lag ich im Finstern und beschloß, nicht einzuschlafen, bis ich getan hatte, was Benelaius für den Bereich des Möglichen hielt. Ich würde herausfinden, wer Dovo und Grodoveth ermordet hatte. Am Morgen würde ich mit dieser Nachricht nach unten gehen und sie alle mit der Zauberkraft meines genialen Verstandes verblüffen und mich an der erstaunten Bewunderung in Benelaius' Augen weiden.

Also zermarterte ich mir fieberhaft das Hirn – volle drei Minuten lang, bis mich vor Erschöpfung der Schlaf übermannte.

Doch das Rätsel verfolgte mich bis in die Träume. Und als ich einmal kurz aufwachte, war ich überzeugt, ich hätte die Lösung und den Täter gefunden. In der Dunkelheit tastete ich verschlafen nach Notizblock und Stift und schrieb mir einige Worte auf, die den Schlüssel zu dem Rätsel enthielten, das sogar die Aufmerksamkeit des Königs erregt hatte. Selbst wenn ich bis morgen früh diese erstaunlichen Enthüllungen vergessen hätte, würden die Worte noch da sein, und wenn ich sie der Welt mitteilte, würde mir das Ruhm, Ehre und Reichtum einbringen. Ich fiel wieder ins Bett zurück, lächelte, und der Schlaf umfing mich von neuem.

Um acht Uhr erwachte ich und hatte das Waschen schon fast hinter mich gebracht, als mir einfiel, daß ich mitten in der Nacht ja die Morde gelöst hatte. Und genau wie befürchtet, erinnerte ich mich nicht mehr an das Ergebnis. Deshalb schnappte ich mir das Papier und las:

Sonnenhaar – D macht Dreck – Kampf – G – verschüttet? Kein Trinkgeld?

Aha, da war es, sauber herausgearbeitet. Ich war sicher, Benelaius würde sich freuen zu hören, daß Sonnenhaar, die gut fünf Fuß große, hundertzehn Pfund schwere Kellnerin, sowohl Dovo wie auch Grodoveth mit einem Schlag enthauptet hatte. Dovo, weil er bei seinem Kampf mit Rolf eine chaotische Unordnung hinterlassen hatte, und sie aufräumen mußte; Grodoveth, weil er vielleicht etwas verschüttet oder ihr kein Trinkgeld gegeben hatte. Bei einer so durchschlagenden Beweisführung würden die Purpurdrachen sie zweifellos sofort hinrichten und der Bedrohung des Königreichs damit ein Ende setzen.

Was für ein Unsinn!

Ich beschloß, nicht länger auf meine Träume zu vertrauen, ganz gleich, wie genial sie einem Dummkopf wie mir im Halbschlaf auch erschienen.

Als ich hinunterging, um Frühstück zu machen, erlebte ich eine echte Überraschung. Da saßen doch Benelaius und Kendra in der Stube zusammen und schwatzten und lachten wie alte Freunde. Kendra saß aufrecht auf dem Sofa, das sie mit einem Dutzend zufriedener Katzen teilte, und mein Meister neben ihr. Beide hielten Teetassen und waren so in ihre Unterhaltung vertieft, daß ich mich zweimal räuspern mußte, bevor sie aufblickten.

»Ach, Jasper, guten Morgen«, begrüßte mich Benelaius. »Ich muß dir danken, daß du gestern nacht einen so reizenden Gast an unsere Tür geführt hast. Die liebe Kendra war schon an so vielen Orten und hat mehr faszinierende Dinge gesehen als manch alter Abenteurer. Sie hat meinen Wissensschatz um viele Kenntnisse über die verschiedenen Tierarten in den Teilen von Faerun bereichert, in die ich niemals vorgedrungen bin.« Strahlend drehte er sich wieder zu ihr um. »Meine Liebe, du weckst in mir den Wunsch, diese Dinge mit eigenen Augen zu sehen.«

»Warum nicht?« meinte Kendra. »Man ist nie zu alt für eine neue Reise. Und neue Erfahrungen.«

»Ach, aber ich habe womöglich schon zuviel Sitzfleisch angesetzt. Ich habe mich hier tief verwurzelt, wie ein alter Pilz.«

»Aber Pilze besitzen üblicherweise flache Wurzeln«, sagte sie, und ihre kokette Antwort erstaunte mich. War das die Frau, die Männern damit gedroht hatte, sie aufzuschlitzen, wenn sie ein zweites Mal zu ihr hinschauten? Vielleicht sah sie in Benelaius ja einen wenig bedrohlichen väterlichen Freund und nahm sich deshalb die Freiheit, etwas mit ihm zu flirten. Aber Benelaius? Flirten?

»Du führst mich in Versuchung«, sagte er, »aber ich fürchte, ich kann nicht zu neuen Horizonten aufbrechen, ehe die gegenwärtige Krise in Ghars gelöst ist. Und deshalb, Jasper«, sagte er und drehte sich zu mir um, »muß ich dich wieder in die Stadt schicken, sobald du uns ein köstliches, herzhaftes Frühstück gemacht hast, damit unsere Halbinvalide hier wieder auf die Beine kommt.«

Ich brauchte keinen weiteren Wink. In der Küche stellte ich ein heißes, gesundes Mahl zusammen, und als es auf dem Tisch stand, gesellte sich auch Lindavar zu uns. Er hatte tiefe Ränder unter den Augen, vermutlich waren er und Benelaius noch die halbe Nacht im Gespräch zusammengesessen.

Sein Appetit jedoch war gut, und ich habe noch nie eine Frau so zugreifen sehen wie Kendra. Benelaius half ihr persönlich an den Tisch. Noch mußte sie ihr verletztes Bein schonen, aber mein Meister versicherte ihr, daß nur eine kleine Narbe von ihrem Kampf mit der Hydra zurückbleiben würde.

Nach dem Frühstück händigte Benelaius mir einen langen dünnen Kurierbeutel aus Leder aus, dazu einen kleinen Sack.

»Reite nach Ghars«, sagte er, »und liefere die Briefe in diesem Beutel ab. Der eine, adressiert an Bürgermeister Tobald und Hauptmann Flim, enthält den Befehl von Vangerdahast. Überzeuge dich davon, daß sie ihn beide lesen, und lass ihn dann Hauptmann Flim, denn er ist derjenige, der den Befehl ausführen muß . . ., sollte der Mörder gefaßt werden. Falls beide die Sache öffentlich bekanntmachen wollen, sag ihnen, daß ich davon abrate, obwohl mich Barthelm Wiesenbachs Reaktion interessieren würde. Vielleicht kannst du ihn unter vier Augen informieren. Der andere Umschlag ist für Hauptmann Flim persönlich, und hier noch einer für dich, zusammen mit diesem Sack.«

»Für mich?«

»Ja. Mach den Brief auf und lies ihn, sobald du hierher zurückkehren willst. Zu diesem Zeitpunkt wirst du verstehen, warum du die Sachen in dem Sack brauchst. Oh, und fast hätte ich's vergessen ...« Er griff in seine Robe und zog mit trockenem Lächeln eine Flasche mit kleinen weißen Pillen heraus. »Bürgermeister Tobalds Gichtmedizin. Gib ihm das bitte nicht vor Zeugen. Ich möchte nicht, daß jemand Doktor Braum erzählt, daß ich seinen Patienten behandle. Braum ist ein guter Mann, wenn auch nur ein durchschnittlicher Arzt. Ich möchte ihn nicht beleidigen.«

Benelaius und Lindavar gingen mit hinaus, um mich zu verabschieden, während Kendra auf ihr Sofa zurückkehrte – und zu den Katzen, die sie ziemlich ins Herz geschlossen hatten. Als ich Jenkus wendete und losreiten wollte, hielt Benelaius seine fleischige Hand hoch.

»Eines noch, Jasper. Ich schlage vor, du trinkst heute Bier.« Und er drückte mir noch ein paar Münzen in die Hand, damit ich seinem Wunsch auch entsprechen konnte.

Ich dachte, ich hätte mich verhört, und bat ihn, seine Worte zu wiederholen.

»Bier, Jasper. Wenn du Durst hast, trink nur Bier. Frag nicht, warum. Tu's einem alten Mann zuliebe.«

Obwohl dies eine der exzentrischeren Bitten meines Meisters war, nickte ich zustimmend und ritt nach Ghars. Unterwegs fragte ich mich, ob die geistigen Fähigkeiten des großen Gelehrten zeitweise durch eine Mirtul-Eleint-Vernarrtheit in Kendra oder durch die anhaltende, aufreibende Beschäftigung mit den Morden geschwächt worden waren.

Doch im nachhinein fand ich, daß seine Anweisung leicht zu befolgen sein und obendrein noch Spaß machen würde. Wer hat schon einen Meister, der seinem Untergebenen sagt: »Geh und trink ein Bier, mein Junge!« Deshalb nahm ich es als glückliche Fügung und ritt fröhlich nach Ghars.

28

Ich hörte die Stadt schon summen, als ich noch eine Viertelmeile südlich von ihr war. Wenn gestern die Vorbereitungen schon einen gehörigen Wirbel ausgelöst hatten, war heute ein Wirbelsturm an Aktivität ausgebrochen. Obwohl angeblich alles von langer Hand organisiert war, gab es offenbar jede Menge unerwarteter Widrigkeiten, derer man sich annehmen mußte.

Ich fand Hauptmann Flim auf seinem Pferd am Marktplatz. Hinter ihm beobachtete ein Dutzend Purpurdrachen das geschäftige Treiben, zweifellos bereit, jedem Zhentarimspion das Handwerk zu legen, wenn er nur frech genug war, seine Absichten offen kundzutun. In Wirklichkeit waren sie hier, um die Ordnung aufrechtzuerhalten, obwohl solch eine Aufgabe momentan ein Ding der Unmöglichkeit darstellte.

Ich berichtete Hauptmann Flim, daß Benelaius eine Nachricht aus Suzail für ihn und Tobald bekommen hätte. Hauptmann Flim nickte kurz und führte mich zur *Weizenähre*, bei der Tobald und Barthelm die letzten Vorbereitungen für die Ankunft der Gildeherren überwachten. Der Hauptmann und ich saßen ab, und Flim winkte Tobald herüber. Diesem Zeichen kam der Bürgermeister rasch nach, wenn auch unter eiligem Humpeln. Seine Gicht hatte sich verschlimmert.

Wundersamerweise fanden wir einen ruhigen Raum im Gasthaus. Nach unserem Eintreten schloß ich die Tür und las dann Vangerdahasts Anweisung vor und zeigte ihnen die Botschaft selbst.

»Ausgezeichnet!« meinte Tobald. »So sehr ich Gewalt hasse, nur ein derart extremes Vorgehen kann unserer Stadt die Reputation zurückgeben. Hauptmann Flim, seid Ihr bereit, diesen Befehl zu befolgen?«

Flim verzog keine Miene. »Das bin ich. Was von Vangerdahast kommt, gilt, als käme es vom König selbst. Ein Purpurdrache befolgt die Befehle seines Königs, und ich habe keinen Mann in meiner Garnison, der nicht die eigene Mutter abstechen würde, wenn Benelaius sie zur Mörderin erklärte.«

»Oh, nein«, sagte Tobald kopfschüttelnd. »Wollen wir hoffen, daß es nicht soweit kommt.«

»Das möchte ich bezweifeln«, meinte ich leichthin. »Ich glaube nicht, daß eine Mutter der Drachen zu den Verdächtigen zählt. Ach übrigens, Hauptmann, Benelaius möchte, daß Ihr diesen Brief in Verwahrung nehmt. Und da ist noch etwas für Euch von meinem Meister.« Ich händigte ihm den anderen Brief aus.

»Soll ich ihn gleich lesen?« fragte er, als ob jetzt oder später für ihn keinen Unterschied machte.

Ich zuckte mit den Schultern, worauf Flim das Siegel erbrach und las. Sein Gesicht blieb ohne Regung. »Sag Benelaius, daß ich seiner Bitte nachkommen werde«, erklärte der Hauptmann, ging hinaus und ließ mich mit Tobald allein.

»Herr Bürgermeister«, sagte ich, »ehe Ihr an Eure Aufgaben zurückeilt, auch für Euch habe ich noch etwas von meinem Meister.« Ich gab ihm das Pillengläschen.

Er strahlte vor Erleichterung. »Den Göttern sei Dank«, stieß er hervor, öffnete den Deckel und schluckte eine Pille ohne Umstände hinunter, wobei er das Gesicht verzog. »Und deinem Meister ebenfalls. Die habe ich schon sehnsüchtig erwartet.«

Dann stürzte er sich wieder ins Gewühl. Ich glaube, als Küchenjunge habe ich weniger hart gearbeitet.

Da ich mich nun schon allein in dem kleinen Nebenzimmer der *Weizenähre* befand, dachte ich, ich könnte mich einfach einmal hinsetzen und selbst das Haus genießen, in dem ich für so wenig Geld so viel gearbeitet hatte. Also ließ ich mich in einen der gemütlichen Sessel am jetzt kalten Kamin sinken, zog Benelaius' Brief heraus und machte ihn auf.

Er war kurz gehalten. Ich sollte in Ghars bleiben und mich Hauptmann Flim unterstellen, der am späten Abend eine Gruppe zu Benelaius' Haus führen würde. Dann sollte ich heimkehren. Außerdem wurde ich angewiesen, an dem Willkommensfest teilzunehmen, das an diesem Abend in der *Weizenähre* stattfand. Hauptmann Flim würde dafür sorgen, daß man mich einließ. In dem Beutel waren meine besten Kleider. Der Brief endete mit den Worten: »Beobachte jeden.«

Nicht schlecht, dachte ich, nachdem schon Hunderte von Menschen durch die Straßen eilten und noch Dutzende heute eintreffen würden. Aber ich würde mein Bestes tun. Bevor ich mich jedoch Hauptmann Flim unterstellte, hatte ich noch etwas vor.

Ich fand Barthelm Wiesenbach an einem langen Tisch vor der *Weizenähre*. Er ging große Säcke aus Silbergarn durch, die jedem Gast überreicht werden sollten. Sie enthielten

Muster der Waren aus Ghars, handwerkliche wie kulinarische Produkte, und Barthelm spähte in jeden einzelnen hinein, als ob er Schlangen darin vermutete.

Er sah auf, als ich ihn grüßte, und runzelte die Stirn. »Was willst du?« bellte er mich an und richtete seine Aufmerksamkeit auf den nächsten Sack.

»Nur Euch Erleichterung verschaffen, mein Herr«, sprach ich. »Ich weiß, wie sehr Ihr die Festnahme und Bestrafung des Mörders von Dovo und Grodoveth ersehnt.« Er runzelte seine Stirn noch stärker, als ich diese beiden Namen erwähnte. »Ihr werdet Euch freuen zu hören, daß aus Suzail der Befehl gekommen ist, den Mörder nach seiner Entlarvung auf der Stelle durch die Purpurdrachen zu exekutieren.«

Er hörte einen Augenblick auf, die Säcke durchzusehen, starrte nachdenklich in die Weite und drehte sich dann ruckartig zu mir um. »Gut, *das* sollte als Abschreckung ausreichen, um zu verhindern, daß so etwas noch mal vorkommt. Verdammt schlechter Zeitpunkt für diese Morde, wo doch gerade der Gilderat kommt und das alles ...« Er murmelte weiter vor sich hin, während er seine Aufmerksamkeit wieder den Säcken zuwandte.

Ich fragte mich, ob das die Reaktion war, die Benelaius erwartet hatte. Verdächtigte mein Meister Barthelm als Mörder? Dann hätte der Kaufmann sich bei dieser Nachricht an den Hals greifen und »Urgh« oder etwas Ähnliches stammeln müssen. Aber schließlich würde wohl ein Mörder seine Gefühle besser verstecken. Jedenfalls ein *erfolgreicher* Mörder. Deshalb waren sie ja so schwer zu fassen.

Ich beschloß, Benelaius' Befehl zu befolgen, meldete mich bei Hauptmann Flim und fragte nach seinen Anweisungen.

Der aber schüttelte nur den Kopf. »Ich brauche dich erst heute abend nach dem Fest. Ich werde dafür sorgen, daß du

Einlaß erhältst. Bis dahin kannst du tun und lassen, was du willst.«

Das tat ich denn auch. Ich hing auf dem Marktplatz herum und sah den anderen bei der Arbeit zu, was für mich etwas ganz Neues war. Gegen Mittag ging ich in den *Kecken Barden*, aß eine Schale Suppe und trank ein Bier, streng nach Befehl von Benelaius. Dann ging ich hinaus und beobachtete weiter die emsigen Bienen.

Der Rat der Kaufmannsgilde traf am Nachmittag ein, und jetzt machte das Zuschauen erst wirklich Spaß. Fast alle Ratsmitglieder waren beleibt (Reichtum bedeutete anscheinend vor allem gutes Essen), und jeder einzelne wurde von einem Gefolge aus Dienern und Schaulustigen begleitet. Die Kaufleute von Ghars überstürzten sich förmlich in ihrem Bestreben, diese Oberreichen angemessen zu begrüßen. Und ich schwöre, ich habe den alten Menchuk, den Stoffhändler, den Pferdedung wegschaufeln sehen, der hinter der Kutsche des einen Abgeordneten liegengeblieben war, damit der Gestank nicht den danach eintreffenden Würdenträger störte. Ich mußte lachen, denn er bewegte sich so hurtig, als ob er Diamanten aufschaufelte.

Einige der Ratsherren wurden zur *Weizenähre* geschickt, andere zum *Silbernen Krummschwert*, aber zuerst bekamen alle von Mayella Wiesenbach das zeremonielle Willkommensmahl gereicht, ein Stück frisches Elfenbrot, das heute morgen von der Insel Immerdar eingetroffen war, und einen silbernen Kelch mit frischem Wasser. Nach dieser Erfrischung händigte Mayella jedem seinen Silbersack voller Geschenke aus, während Barthelm die Willkommensgrüße sprach.

Aus den begehrlichen Blicken, die einige Ratsmitglieder dem Mädchen zuwarfen, schloß ich, daß ihnen die schöne Mayella als Geschenk lieber gewesen wäre. Doch keiner von ihnen machte irgendwelche offensichtlichen Vorstöße in diese Richtung, der beschützerische Barthelm konnte sich also im Zaum halten.

Am späten Nachmittag war der letzte Ratsherr mit seinem Gefolge eingetroffen. Alle hatten sich entweder in der *Weizenähre* oder im *Silbernen Krummschwert* in ihre Zimmer zurückgezogen, um sich zu waschen und frische Gewänder anzulegen. Ich tat es ihnen nach und schlüpfte in die Kleider, die Benelaius mir eingepackt hatte.

Um sieben Uhr versammelten sich alle im großen Saal der *Weizenähre*. Da das *Silberne Krummschwert* Ort des morgigen Treffens sein sollte, durfte der Wirt der *Weizenähre* bei diesem großen Empfang den Gastgeber spielen.

Silberne Medaillen, die jeder Gast bei seiner Ankunft erhalten hatte, fungierten als Eintrittskarten. Hauptmann Flim hatte mir über Bürgermeister Tobald eine besorgt. Unten an jeder Medaille war ein Stück Pergament befestigt, auf dem Name, Heimatstadt und Rang des Besitzers standen, also Dinge wie »Ratsmitglied« oder »Ratspräsident«. Auf meinem hieß es »Ehrengast des Rates«. Hoffentlich durfte ich die Medaille hinterher behalten, denn das Silber darin wog mindestens soviel wie fünf Falken.

Lukas Löffelschwund bewachte die Tür höchstpersönlich, damit nur diejenigen durchkamen, die den richtigen Ausweis an ihrer Brust hängen hatten. Als mein früherer Boß mich erblickte, lächelte er ziemlich höhnisch, wahrscheinlich brannte er schon darauf, diesem offensichtlich ungeladenen Gast einen Tritt zu verpassen.

»Und wo willst du hin, Tellerwäscher?« fragte er in ziemlich ungastlichem Ton.

»Nicht Tellerwäscher«, stellte ich mit bedeutungsvollem Hinweis auf meine Medaille richtig. »Ehrengast des Rats der Kaufmannsgilde von Cormyr. Und jemand, der großzügige

Gastlichkeit erwartet. Ich hoffe um Euretwillen, Löffelschwund, daß die Qualität der heute gereichten Gerichte den üblichen Standard der *Weizenähre* übertrifft. Ich habe vor, heute abend von jeder Speise zu kosten, um etwaige Eurer altbekannten Schummeleien aufzudecken – sei es der Hammel in der Lammfleischsuppe oder das Pferdefleisch im Rindfleischtopf. Während meiner Fron bei Euch war ich schließlich nicht vollkommen blind. Und jeder derartige ›Einsparungsversuch‹ soll dem Rat zu Ohren kommen, dessen«, ich warf wieder einen bedeutungsvollen Blick auf meinen Titel, »Ehrengast ich bin.«

Sein Gesicht zuckte lange Zeit, aber schließlich gelang es ihm, seinen Haß auf mich zu unterdrücken. Er lächelte mit der abstoßendsten, falschesten Miene, die ich je gesehen habe. Aber zumindest war es ein Versuch, ehrlich zu wirken, und das übliche herablassende Grinsen war verschwunden: Ich hatte ihn erwischt.

»Ich bitte um Verzeihung . . . Herr«, meinte er. Jedes Wort kam wie ein gezogener Zahn heraus. »Willkommen in diesem . . . bescheidenen Gasthaus, und wenn ich irgendwie zu Diensten sein kann, laßt es mich wissen.«

Dann verbeugte er sich, und ich konnte mir gerade noch das Lachen verbeißen. Sich selbst zu erniedrigen fiel Löffelschwund nicht leicht. Ich machte ebenfalls einen Diener und ging an ihm vorbei auf den großen Empfang.

29

Barthelm Wiesenbach hatte ganze Arbeit geleistet, denn er hatte Löffelschwund wirklich dazu gebracht, nur das Beste aufzutischen. Es gab mehrere Büfettafeln, dazu kleinere

Tische, an denen die Ratsherren sitzen konnten, wenn sie nicht im Stehen essen wollten. Die meisten hatten denn auch Platz genommen. Die Gerichte waren erstklassig, und ich probierte nahezu von allem. Kein Pferdefleisch in diesen Hirschwürsten, aber ich meinte, in der Lammfleischsuppe ein Stück Hammelfleisch zu entdecken.

Andererseits war alles so gut zubereitet und so elegant präsentiert, daß ich es für angebracht hielt, den Hammel zu übergehen. Das Bedienungspersonal wurde zum größten Teil von der *Weizenähre* selbst gestellt, doch viele hübsche Mädchen aus der Stadt halfen ebenfalls; darunter die atemberaubende Mayella Wiesenbach, die eine Speise aus Austern und wildem Reis ausgab. Der langen Schlange nach zu schließen – offenbar das köstlichste Gericht des Abends.

Einige Ratsmitglieder schlangen das Essen hinunter, als hätten sie seit Wochen nichts mehr zu sich genommen, nur um sich noch einmal anzustellen und der strahlenden Mayella gegenüberzustehen. Ich muß gestehen, auch ich bin zweimal gegangen, obwohl ich Austern verabscheue.

Irgendwann einmal stand ich direkt hinter Bürgermeister Tobald, der vor Gesundheit und – vermutlich – von einigen Krügen Suzbräu oder Elmünster Spezial nur so strahlte. »Großartiger Abend, Jasper«, sagte er und schlug mir auf die Schulter. »*Großartiger* Abend.« Und da mußte ich ihm recht geben.

Einige Ratsherren hatten ihre Frauen mitgebracht. Die meisten waren alt, dick und eingebildet, aber ein paar auch jung und ausgesprochen attraktiv. Überraschenderweise stellten die letzteren gewöhnlich die Begleitpersonen der ältesten und körperlich abstoßendsten Männer, und ich konnte nicht umhin, zynisch festzustellen, daß Geld zwar keine Liebe kaufen kann, aber einen recht anständigen Ersatz.

Für den Großteil der Anwesenden jedoch war es ein reiner Herrenabend. Sie aßen und lachten und tranken und erzählten – für Pfeiler der Gesellschaft von Cormyr erstaunlich derbe Geschichten. Doch durch die lange Anreise früh erschöpft, hatten sich gegen zehn Uhr, zum offiziellen Ende des Empfangs, die meisten bereits in ihre Zimmer zurückgezogen. Nur einige Hartgesottene trieb es noch an die Theken der *Weizenähre* und des *Silbernen Krummschwerts*, je nachdem, in welchem Gasthaus sie wohnten. Manche hatten ihre Schlafmütze sogar am anderen Ende der Stadt im *Kecken Barden*.

Ich hörte, wie Barthelm Wiesenbach zu Mayella sagte, er wolle sich noch drüben in Kurzbeins Schenke mit einigen Ratsherren treffen, aber das war, bevor Hauptmann Flim zu ihm kam und leise mit ihm sprach. Ich konnte nicht mitbekommen, um was es ging, aber Barthelms Reaktion zumindest war unüberhörbar.

»Was? Flim, Ihr seid wohl verrückt! Ihr könnt doch nicht von mir erwarten, daß ich jetzt gehe und zu ... zu diesem alten Zauberer reite! Ich habe hier Geschäfte abzuschließen, Kontakte zu knüpfen ...«

Da diese Unterhaltung zweifelsohne meinen Meister betraf, rückte ich näher heran und hörte Hauptmann Flims Erwiderung: »Ich bitte um Entschuldigung, Herr, aber den Befehlen des Zauberers Benelaius ist von meiner Seite aus Folge zu leisten, als kämen sie von König Azoun persönlich. Und wenn Benelaius sagt, ich soll Euch und Eure Tochter heute abend in sein Haus bringen, dann geschieht es so.«

»Das wird es, verdammt noch mal, *nicht!*« grollte Barthelm. »Ich bin hier der Gastgeber, und ...«

»Und der Gastgeber müßte in Ketten zu Benelaius geführt werden, wenn er nicht freiwillig mitkommt«, warnte Flim. »Kaum das Bild, das Ihr Euren Kaufmannskollegen bieten wollt.« Oh ja, Hauptmann Flim konnte recht überzeugend sein, wenn es sein mußte.

»Wollt Ihr mir drohen?« fragte Barthelm.

»Ich erkläre Euch nur, Herr, daß ich meine Befehle befolgen und Euch zu Benelaius bringen werde, auf welche Art auch immer.«

Barthelm schäumte noch eine Weile, dann nickte er schließlich kühl. »Also gut. Ich brauche nur noch einen Moment, um mich zu verabschieden und nach dem Wagen zu schicken.«

»Laßt Euch Zeit«, sagte Hauptmann Flim. »Ich muß ein paar weitere Bürger zusammensuchen. Benelaius erwartet uns um Mitternacht.«

»Mitternacht«, grummelte Barthelm. »Oh, ich werde morgen zur Versammlung ja so wach sein . . .«

Danach knöpfte Hauptmann Flim sich Bürgermeister Tobald vor, der gerade drauf und dran schien, sich mit ein paar lebenslustigen Kaufleuten zu weiterem Zechen abzusetzen. Sein gerötetes Gesicht verlor schnell an Farbe, und er nickte. Er schien sich zu sorgen, ob auch nur den Ratsherren nichts von diesem mörderischen Skandal zu Ohren kam.

»Ich muß noch vier Leute holen«, verriet mir Flim nach dem Gespräch mit Tobald. »Rolf und Kurzbein werden im *Kecken Barden* sein, und zu den Häusern von Marmwitz und Khlerat habe ich bereits meine Männer geschickt.«

Phelos Marmwitz und der alte Khlerat? Na, das war ein Gespann. Der betagte Bibliothekar und der Alte, der sich für den Hilfssheriff hielt. Vielleicht war es ja eine Senioren-Verschwörung.

»Sei in zwanzig Minuten mit deinem Pferd am *Kecken Barden* startbereit«, schloß Hauptmann Flim. »Wir reiten zusammen zu Benelaius.«

»Nehmt Ihr Purpurdrachen mit?« fragte ich.

»Ein Dutzend guter Männer«, erwiderte Hauptmann Flim und verließ den Raum.

Ein Dutzend Männer. Das bedeutete auf jeden Fall, daß bei Benelaius etwas geschehen würde. Ich erinnerte mich an die aufregenden Szenen in den Camber-Fosrick-Geschichten, wenn Fosrick alle Verdächtigen versammelte, sie mit den Beweisen konfrontierte und den Mörder bloßstellte. Jetzt beschwor also Benelaius die gleiche Situation herauf, jedoch in Wirklichkeit. Sosehr er auch über die Fosrick-Krimis die Stirn runzeln mochte, mußte ich nun doch annehmen, daß er sie gelesen – und aus ihnen gelernt – hatte.

Minuten später hatte ich Jenkus fertig und wartete ungeduldig auf das Auftauchen der übrigen Beteiligten. Barthelm Wiesenbach und Mayella waren schon da. Barthelm wirkte verärgert, seine Tochter so, als würde sie alles hinnehmen, was das Leben und ihr Vater mit ihr im Sinn hatten. Tobald kam auf seiner kräftigen, wenn auch nicht allzu schnellen Stute angeritten, und kurz darauf tauchten vier berittene Soldaten mit Rolf in ihrer Mitte auf. Rolf schien kurz vor der Weißglut zu stehen. Ich glaube, er wäre durchgebrochen und davongeritten, wenn sie ihn nicht auf ein sehr altes, sehr müdes Pferd gesetzt hätten.

Dann entstand unten an der Straße Unruhe – Unruhe in Gestalt eines Mannes, oder besser eines Zwerges. Kurzbein ritt auf einem kleinen Pferd zwischen Hauptmann Flim und einem seiner Purpurdrachen. Ich habe selten einen so aufgebrachten Zwerg erlebt.

»Mich aus meiner Taverne wegzuholen! In der besten Nacht während all der Jahre, die ich schon dort bin! Dafür verliert Ihr Eure Streifen, Flim, dafür werd' ich sorgen! Von allen idiotischen Sachen, die ihr Soldaten je angestellt habt – das schlägt dem Faß den Boden aus, einen Zwerg seines Lebensunterhalts zu berauben ... Wenn ich ein Mensch wäre, würdet Ihr mir das nicht antun, darauf möcht' ich wetten!«

»Ihr irrt Euch, Zwerg«, sagte Hauptmann Flim. »Ich verfahre mit dem einflußreichsten Mann der Stadt auf dieselbe Art und Weise, also haltet Euer kleines Maul, bevor ich etwas tue, was ich hinterher bereuen könnte.«

»Klein! Er hat mich klein genannt! Habt ihr das gehört?«

»Ja«, sagte Flim erschöpft. »Sie haben es alle mitbekommen, genau wie sie jetzt hören werden, was ich Euch zu sagen habe: Wenn Ihr Euch nicht sofort abregt, werdet Ihr wahrscheinlich bald noch kürzer sein – um genau einen Kopf.« Kurzbein funkelte ihn an, sagte aber nichts mehr. »Außerdem«, fuhr Hauptmann Flim fort, »ist unser schlimmster Unruhestifter bereits hier bei uns und nicht in Eurer Taverne, also habt Ihr nichts zu befürchten. Ah ... da kommen ja die letzten für unser kleines Fest.«

Zwei weitere Drachen kamen angeritten, zwischen sich eine Kutsche. Der alte Khlerat lenkte die beiden Pferde, Marmwitz saß neben ihm.

»Also, auf zu Benelaius«, rief Hauptmann Flim, trieb sein Pferd an, und unsere Karawane brach auf. Die Drachen ritten vorn, hinten, links und rechts, um die Flucht eines jeden der unfreiwilligen Reisenden von vornherein auszuschließen, wie ich annahm.

Während wir nach Süden zu Benelaius' Haus und zum Weiten Sumpf zogen, hatte ich einiges zum Nachdenken. Hauptmann Flim, Tobald und die Drachen waren als offizielle Amtspersonen dabei, doch über die anderen wunderte ich mich sehr.

Barthelm mochte als besorgter Vater ein Motiv besessen haben, beide zu töten. Und Rolf konnte sowohl Dovo als auch Grodoveth aus Eifersucht ermordet haben. Kurzbein hatte durch den Tod keines der beiden viel zu gewinnen, außer natürlich, wenn Dovo auf sein Geheiß hin Kunden von der *Sumpfratte* verscheucht und nun darüber zu reden gedroht hatte. Der Zwerg war vielleicht Grodoveth sogar zur Gruft hin gefolgt. Aber das konnte auch jeder andere getan haben.

Kendra war schon bei Benelaius, und ich fragte mich, ob mein Meister andernfalls die Drachen aufgefordert hätte, sie zu holen. Ich bezweifelte, daß sie freiwillig mitgekommen wäre, und hielt es für einen glücklichen Umstand – sofern sie unter Verdacht stand –, daß sie sich am Abend zuvor ihre Wunde zugezogen hatte.

Was Marmwitz und Khlerat anging, war ich einfach überfragt. Zwei harmlose alte Männer in meinen Augen. Aber ich mußte erst noch lernen, daß offenbare Harmlosigkeit täuschen kann.

30

Wir waren schon eine richtige Beerdigungsprozession, wie wir da durch die Nacht zogen. Wir sprachen nicht, lachten nicht, flüsterten nicht. Wir ritten, und die einzigen Geräusche waren das Klappern der Pferdehufe auf der Straße, das Knarren der Ledersättel und das Rattern der Kutschenräder.

In der Gesellschaft eines ganzen Dutzends von Purpurdrachen spürte ich keine Angst, als wir an der Stelle vorbeikamen, an der ich den »Geist« gesehen und am anderen Tag seinen Körper gefunden hatte. Ja, ich blickte sogar angestrengt in jene undurchsichtige Finsternis am Sumpfrand, um das Erscheinen von Geist oder Hydra oder Zombie geradezu zu provozieren. Ich war nervös und schreckhaft, am liebsten hätte ich mich irgendeiner Herausforderung gestellt. Aber ich sah nichts als die Finsternis der Nacht und den Rand des Sumpfes, eine tiefere Schwärze im Schwarzen.

Die *Sumpfratte* war nahezu verlassen, aber wer sich dort befand, kam heraus und schaute uns nach. Ich sah den alten Bauer Bortas mit seinen zwei Zechkumpanen, Rob und Will, und er winkte mir zu. Rob und Will winkten nicht. Vermutlich hatten sie es immer noch nicht so mit mir.

»Sag mal, junger Mann«, rief Bauer Bortas, »was hat denn diese große Parade zu bedeuten, hm?«

»Wir reiten zu meinem Meister, Benelaius.«

»Ach so? Wußte gar nicht, daß er gern feiert. Na, dann amüsiert euch mal alle gut, Junge, und trink nicht so viel, hm?«

Die anderen von uns warfen dem Bauern einen verdrießlichen Blick zu, worauf diesem schnell das Lächeln verging.

Er wandte sich an Rob und Will, und ich hörte ihn noch leise sagen: »Also, für so'n Fest hätte ich keine halbe Kupfermünze übrig. Was feiern sie denn, wird jemand hingerichtet?«

Er wußte nicht, wie recht er hatte. Wir ritten weiter, zu Benelaius und zur Wahrheit.

Die letzte halbe Meile schien die längste zu sein. Alle Pferde wurden nervös, als wir uns dem Körper der Hydra näherten, der von der Straße gezerrt worden war und dort zu verrotten begann. Man konnte sie schon von weitem riechen. Ich nahm mir vor, später noch einmal herzukommen und sie zu verbrennen, denn wenn der Wind von Westen wehte, würde der Fäulnisgestank das Haus erreichen und für Wochen verpesten. Dann schon lieber den schärferen Gestank beim Verbrennen ertragen, aber dafür nur einmal.

Aber vielleicht bliebe auch gar nicht soviel zum Verbrennen übrig? Als wir auf den schweren Körper der Hydra zuritten, sahen wir Dutzende von Raubtieren sich aus dem Staub machen, die bereits während der Nacht über das Aas hergefallen sein mußten – genauso, dachte ich, wie die Ratsmitglieder über ihre Köstlichkeiten in Ghars. Die abgetrennten Köpfe der Kreatur waren wahrscheinlich schon verschwunden, zu einem genüßlichen Mahl in den Sumpf geschleppt. Ich erschauerte und schaute wieder vor mich auf die Straße.

Als wir um die letzte Kurve bogen, sah ich, daß im Haus alle Lichter brannten, einschließlich der großen Laterne auf dem Pfosten an der Straße. Auch hinter dem Haus war alles hell, als ob ringsum Kohlebecken stünden. Das Licht schien matt auf den Weiten Sumpf, der noch nie so nahe am Haus gelegen zu haben schien wie in dieser Nacht. Er wirkte wie ein riesiger Klumpen bösartigen Lebens, das nur ein bißchen höher steigen mußte, um das Haus zu zermalmen und alles Licht in und um es herum für immer auszulöschen.

Aber vielleicht bildete ich mir das nur ein.

Mir war wirklich etwas mulmig, und ich brannte darauf, zu erfahren, was Benelaius zu sagen hatte. Man schleppt schließlich nicht ein Dutzend Purpurdrachen und eine Wagenladung wichtiger oder leicht zu verärgernder Städter mitten in der Nacht zum Sumpf hinaus, wenn man ihnen nicht etwas Wichtiges zu sagen hat.

Lindavar trat aus der Vordertür, als unsere Karawane heranzog und verneigte sich geschmeidiger, als ich es von ihm gewohnt war. »Seid gegrüßt«, sagte er.

Barthelm Wiesenbach war nicht in der Stimmung für Freundlichkeiten. »Was hat das alles zu bedeuten? Wieso hat dieser verrückte Zauberer uns alle mit dem Schwert hierhertreiben lassen?«

»Unsere Schwerter«, sagte Hauptmann Flim leicht pikiert, »stecken alle noch in ihren Scheiden.«

Lindavar hielt beruhigend die Hand hoch, um weitere Diskussionen zu unterbinden. »Benelaius erwartet uns auf der ›Piazza‹ hinter dem Haus. Dort wird er erklären, weshalb Eure Anwesenheit vonnöten ist.«

Zwei der zwölf Soldaten blieben bei den Pferden, und ich erlaubte ihnen, auch auf Jenkus aufzupassen. Ich konnte ihn ja später abreiben. Lindavar ging voran ins Haus. Die übrigen Soldaten flankierten uns, und Bürgermeister Tobald und ich bildeten die Nachhut.

Obwohl die Katzen an solche Scharen von Besuchern nicht gewöhnt waren, liefen sie auseinander wie die Wasser eines verzauberten Sees, als wir durch sie hindurchgingen. Mayella murmelte: »Hübsche Kätzchen«, und beugte sich hinunter, um ein paar zu streicheln, was mit tiefem, zufriedenem Schnurren beantwortet wurde.

Doch dieses weiche Grollen wurde vom Fauchen einer Katze überlagert. Als ich mich umdrehte, sah ich nur Bürgermeister Tobald, der sein Gesicht verzogen hatte. Er lächelte schnell, als ob er zeigen wollte, daß nichts passiert sei, und wir gingen weiter durch den Wohnraum und Benelaius' Studierzimmer auf die Piazza an der Rückseite des Hauses.

Dort saß Benelaius auf einem großen Stuhl neben Kendra, die immer noch das Sofa besetzt hielt, das wohl Lindavar hinausgeschleppt hatte. Dazu standen hier neun Holzstühle, die in diesem Haus noch nie benutzt worden waren, seitdem ich dort arbeitete. Man konnte sie übereinanderstapeln, und sie wurden immer in einem Wandschrank aufbewahrt. Vier Kohlebecken standen auf dem Geländer und spendeten so viel Licht, daß ein jeder den anderen sehen konnte. Neben jedem Becken saßen zwei von unseren Katzen, was ein ziemlich malerisches Bild ergab.

Benelaius erhob sich und lächelte seine vielen Gäste gewinnend an. »Bitte vergebt mir, daß ich Euch alle Eurer wohlverdienten Ruhe beraubt habe«, sagte er, »oder Eurer fröhlichen Gesellschaft, wie es eine so illustre Versammlung wie der Große Rat der Kaufmannsgilde von Cormyr sein muß. Ich versichere Euch, daß jeder einzelne wirklich heute abend hier gebraucht wird. Alles wird binnen kurzem erklärt werden, aber was die meisten von Euch wahrscheinlich bereits vermuten, ist wahr. Es geht wirklich um die Morde, die in Ghars soviel Schmerz verursacht haben.«

»Dann sagt uns, was Ihr zu sagen habt, Benelaius«, forderte Barthelm, »und laßt uns nach Hause gehen!«

»Geduld bitte, mein lieber Barthelm. Dies ist nichts, was übereilt vonstatten gehen kann. Es mag ein wenig Zeit kosten, alle Teile des Mosaiks einzeln zu betrachten und wieder zu einem Bild zusammenzusetzen.« Er sah Hauptmann Flim an, der ungerührt dastand, die Hand am Schwertgriff. »Ich glaube nicht, daß wir Eure Soldaten zur Zeit benötigen, Hauptmann Flim.«

»Ist egal, Herr. Ich habe sie lieber hier und ›benötige‹ sie nicht, als daß ich sie brauche und nicht hier habe.«

»Eine kluge Antwort, Hauptmann«, sagte Benelaius, »und ich beuge mich Eurer größeren militärischen Erfahrung. Stellt Eure Männer auf, wo und wie Ihr es für richtig haltet. Und nun«, meinte er, während er sich wieder setzte, »möchte ich alle bitten, sich einen Platz auszusuchen – außer den Soldaten im Dienst natürlich. Ja, so ist es gut. Jasper, an meine rechte Seite. Bürgermeister Tobald, links von mir, wenn Ihr nichts dagegen habt.«

Ich setzte mich auf den Platz, der mir zugewiesen war, und Tobald machte sich mit leichtem Hinken auf den Weg an Benelaius' linke Seite. Die anderen ließen sich nun ebenfalls nieder.

»Gut, sehr gut. Habt Ihr es alle bequem? Ausgezeichnet. Wie Ihr vielleicht wißt – oder nicht wißt –, wurde ich zuerst von Bürgermeister Tobald, dann in offiziellerer Form von Vangerdahast, dem Hofmagier König Azouns, dazu ausersehen, die kürzlich begangenen Morde im Weiten Sumpf zu untersuchen. Ich soll das Geheimnis um die Identität des Mörders lüften. Glücklicherweise werde ich dabei von zwei ausgezeichneten Helfern unterstützt – Jasper, der mir viel Lauferei abgenommen hat, teilweise unter Gefahr für Leib und Leben, und Lindavar, jüngstes Mitglied des Kollegiums der Kriegszauberer. Jasper hat einen ungeheuren und aufschlußreichen Schatz an Informationen zusammengetragen, und Lindavar hat mir sehr geholfen, diese Hinweise zu sichten und zu einer Theorie zusammenzufügen ... nein, zu mehr als einer Theorie. Wir sind im Besitz des absoluten Beweises dafür, wer Dovo und Grodoveth umgebracht hat.«

»Ihr habt den Mörder gefunden?« fragte Barthelm, der fast vom Stuhl hochgefahren war.

»Ich ... wir haben es«, sagte Benelaius, um Lindavar mit einzubeziehen. »Und in diesem Fall ist ein solcher unwiderlegbarer Beweis notwendig, denn wir haben aus Suzail Befehl erhalten, den Mörder nach seiner Identifizierung auf der Stelle durch die Miliz hinrichten zu lassen.« Der Zauberer zeigte auf die unbeweglich dastehenden, aber wachsamen Purpurdrachen. »Und deshalb sind sie heute nacht hier.«

»Wollt Ihr damit sagen«, fragte Kurzbein, dessen Beine von seinem Stuhl baumelten, »daß diese Soldaten mit dem Mörder gleich hier abrechnen werden?«

»Da bin ich mir nicht sicher«, antwortete Benelaius. »Hauptmann Flim, was werdet Ihr tun?«

»Ihn aufhängen«, sagte Hauptmann Flim. »Am nächsten Baum.«

»Aa-hah«, meinte Benelaius milde. »Und es wird ihm

vermutlich keine Gelegenheit gegeben, seine Unschuld zu beteuern?«

»Keine.«

»Deshalb«, sagte mein Meister nun in genau dem pedantischen Ton, den er manchmal bei meinem Unterricht anschlug, »darf es keinen Fehler geben. Und wenn Ihr unseren Beweis und unsere Schlußfolgerungen kennt, glaube ich, daß niemand von uns, nicht einmal der Mörder, die Richtigkeit der Anklage bezweifeln wird. Den Löwenanteil an der Darlegung muß ich allerdings Lindavar zugestehen. Er war es, der die meisten der Schlußfolgerungen gezogen hat, und ich glaube, wenn Ihr diese erst einmal vernommen habt, werdet Ihr die stringente Logik seiner Überlegungen nicht abstreiten können.«

»Werden wir heute noch davon hören?« fragte Rolf. »Oder wollt Ihr uns alle zu Tode reden?«

Benelaius lächelte nur gutmütig. »Ich kann Euch Eure Ungeduld nicht verdenken, junger Mann. Aber wenn es um das Leben eines Menschen geht, können wir es uns nicht leisten, übereilte Schlüsse zu ziehen. Ich möchte nun Lindavar bitten, unsere Ergebnisse darzulegen, und vielleicht findet Ihr seine Ansprache etwas weniger langatmig als meine.«

Benelaius nickte dem jungen Zauberer zu, der aufstand, sich nervös räusperte und die versammelten Menschen anblickte. Dann begann er zu reden, jedoch so leise, daß selbst ich, der ich gute Ohren habe, nicht alle Worte verstehen konnte.

»Lauter!« rief Barthelm. »Ich hör' nichts!«

Lindavar räusperte sich erneut und verbeugte sich entschuldigend. Als er wieder sprach, war die Lautstärke nicht gerade betäubend, aber wenigstens konnte ich ihn hören.

»Die meisten von Euch sind hier«, sagte er, »weil Ihr für

die Morde an Dovo und Grodoveth als Verdächtige in Betracht kamt.«

»Was?« rief Rolf und sprang auf. »Ich habe nichts mit dem Mord an diesem Schleimer zu tun, genausowenig wie mit dem an dem Alten! Und wer was anderes behauptet, den ...«

Rolf brach rasch ab, als zwei der Purpurdrachen ihn auf seinen Stuhl zurückverpflanzten und dort festhielten.

»Noch so ein Ausbruch, junger Freund«, erklärte Hauptmann Flim, »und ich lasse Euch in Ketten legen mit einem Knebel vor dem Mund. Eigentlich könnte ich Euch sowieso gleich mithängen. Und jetzt Ruhe.«

Rolf blickte den Hauptmann finster an, sagte aber nichts mehr. Sein Atmen klang zornig wie ein ganzer Schwarm aufgestörter Bienen.

»Wie ... ich schon sagte«, fuhr Lindavar fort, »viele von Euch waren verdächtig. Die junge Dame hier, unser unfreiwilliger Gast«, er sah zu Kendra hin, die kalt lächelte und eine der drei Katzen streichelte, die es sich auf ihrem Schoß gemütlich gemacht hatten, »wurde ... von Dovo wie vom königlichen Gesandten auf eine Weise angesprochen, die nicht gerade ... höflich war.«

»Ihr meint, sie haben sich aufgeführt wie Schweine«, sagte Kendra trocken.

»Sozusagen«, gestand Lindavar ein, jedoch ohne in ihre Richtung zu schauen. »Jasper hat uns über alles informiert, was in jener Nacht von den verschiedenen Beteiligten gesagt wurde. Und Ihr *seid* recht schnell mit dem Schwert.«

»Die beiden wurden mit einer Axt erschlagen«, erinnerte uns Kendra.

»Und ich nehme an, so ein Ding habt Ihr noch nie zuvor gesehen«, warf Hauptmann Flim ein, der Kendra mißtrauisch musterte.

»Und ich?« fragte Barthelm. »Weshalb stehe ich unter

Verdacht? Ich, ein Mitglied des Großen Rats der Kaufmannsgilde?«

»Weil ein jeder Mann zu einem wütenden Vater und Beschützer werden kann«, erklärte Benelaius, um die Wogen zu glätten. »Beide Opfer haben Eure Tochter, Mayella, ebenso beleidigt wie Kendra. Aber während Kendra darin geübt ist, solche plumpen Annäherungsversuche abzuwehren, scheint Eure Tochter, lieber Barthelm, das nicht zu sein. Es ist doch nicht unvorstellbar, daß Ihr versucht haben könntet, ihre Ehre zu verteidigen. Ein solches Verhalten würde man schließlich von einem guten Vater erwarten.«

»Oder von einem ernsthaften Verehrer«, sagte Lindavar zu Rolf, »was Eure Anwesenheit hier heute nacht erklärt, junger Mann. Dazu habt Ihr noch ein hitziges Temperament, das Ihr uns bereits demonstriert habt.«

»Na schön, verstanden«, fluchte Rolf. »Ihr glaubt, ich war es? Dann führt mich ab und hängt mich – ich würde tausend Tode sterben, um Mayellas Ehre zu verteidigen!«

»Das mag vielleicht nötig sein oder auch nicht«, sagte Benelaius. »Fahr fort, Lindavar.«

»Was ist mit mir?« unterbrach Kurzbein. »Warum bin *ich* hier? Ich hatte mit dem Mädchen nichts zu tun!«

»Nein«, erwiderte Lindavar. »Aber Ihr habt von Dovos Spuk im Sumpf profitiert. Das Volk wurde von der *Sumpfratte* ferngehalten und statt dessen zum *Kecken Barden* gebracht. Und ohne vorgreifen zu wollen – ich glaube, der Zwerg ist noch nicht geboren, den es nicht nach geheimen Schätzen verlangt, wie man sie in Fastreds Gruft finden konnte. Außerdem war eine Axt im Spiel, und für jeden Zwergenkrieger ist diese Waffe die erste Wahl.«

»Tja, aber ich bin kein Krieger, oder, Herr Kriegszauberer Klugscheißer? Ich bin Wirt, falls Ihr es noch nicht bemerkt habt. Kommt runter von Eurem Elfenbeinturm und rein in meine Taverne, da servier' ich Euch ein Bier, wenn Ihr Manns genug seid, damit fertig zu werden.«

»Und was hat Dovo wohl bekommen«, fragte Lindavar, der allmählich in Fahrt kam, »damit er die Leute vom Sumpf fernhielt? Jasper, erzähl Herrn Kurzbein, was du auf dem Abtritt von Meister Kurzbeins Wirtshaus gefunden hast.«

»Ich habe Dovos Mantel und seinen Hut entdeckt«, antwortete ich.

»Was einen mißtrauischen Zeitgenossen auf den Gedanken bringen könnte, daß Dovo den *Kecken Barden* als Ausgangsbasis benutzt hat.« Lindavar hielt eine Hand hoch, um Kurzbeins vorhersehbares Aufbrausen abzuwehren. »Aber darauf kommen wir später.«

»Was ist mit den zwei?« fragte Barthelm und deutete auf Khlerat und Marmwitz, die beide extrem nervös wirkten. »Haben sie auch etwas damit zu tun? Oder stecken wir etwa alle unter einer Decke?« endete er verächtlich.

»Ihre Anwesenheit hier wird in Kürze zur Sprache kommen«, sagte Lindavar. »Doch jetzt vom Verdacht zum Beweis. Von allen rätselhaften Umständen an diesen Morden war einer der erstaunlichsten nicht das Vorhandensein eines bestimmten Beweisstücks, sondern dessen Fehlen. Oder zumindest das Fehlen des Großteils davon.

Ist es nicht sehr seltsam beziehungsweise unwahrscheinlich, daß Dovo – oder irgend jemand anderer – ohne Laterne nachts in den Weiten Sumpf zieht? Zugegeben, das Gebiet am Rand des Sumpfes ist weniger gefährlich als weiter innen. Dennoch wäre es verrückt, bei Nacht ohne Licht loszugehen. Es gibt dort draußen Treibsand, klebrigen Schlamm, bodenlose Löcher, Hunderte von natürlichen Gefahren, die für den Unvorsichtigen zur Falle werden können.

Doch als Dovos Leiche gefunden wurde, entdeckte man keine erloschene oder ausgebrannte Laterne bei ihm, nur ein paar Stücke gewölbtes Glas von einer zerbrochenen Laterne, wahrscheinlich seiner eigenen. Der Mörder hat die Laterne nicht bei der Leiche liegengelassen, sondern mitgenommen. Weshalb?

Das Fehlen dieser Laterne ist das Indiz, das dem anderen allen erst einen Sinn gibt. Die Laterne wurde mitgenommen, weil der Mörder uns nicht wissen lassen wollte, daß Dovo überhaupt eine mit sich geführt hatte. Das heißt, er muß dieses Instrument zu etwas anderem verwendet haben als nur zum Leuchten. Und darüber hat uns Elizabeth Dornenklaue Aufschluß gegeben.«

»Die irre Liz?« fragte Rolf. »Wer sollte der schon ein Wort glauben?«

»Jasper. Und ich. Jasper, erzähl uns, was Frau Dornenklaue beobachtet hat.«

»Sie ist Dovo in den Sumpf gefolgt«, sagte ich, »zu dieser offenen Stelle, in deren Nähe Darvik Grodoveths Körper und Fastreds Gruft fand. Sie hat bemerkt, wie Dovo mit seiner Laterne jemandem jenseits des Sumpfes Zeichen gab. Und sie hat Signale zurückkommen sehen.«

»Demnach wurde die Laterne zum Signalisieren benutzt«, sagte Lindavar. »Zeichen für jemanden auf der anderen Seite des Weiten Sumpfes. Oder jemanden, der von dort kam. Und was liegt im Südosten des Sumpfes?«

»Sembia«, sagte Bürgermeister Tobald. »Ihr meint, er gab jemandem in Sembia Signale?« Der Bürgermeister überlegte einen Augenblick. »Es gibt eine ganze Menge Spione der Zhentarim da drüben, nicht wahr, Hauptmann Flim?«

Aber Flim hatte keine Gelegenheit für eine Antwort, denn Lindavar sprach sofort weiter. »Das ist richtig, Herr Bürgermeister, und andere Schurken obendrein. In dieser Gegend wurden in letzter Zeit nicht nur Zhentarimspione festgenommen.«

»Der Eisenthron«, murmelte Hauptmann Flim.

»Genau«, sagte Lindavar. »Der Eisenthron.«

»Wartet mal«, warf Rolf ein. »Ihr wollt mir wirklich weismachen, eine Bande von Kaufleuten habe Dovo und den Gesandten getötet?«

»Mehr als nur eine ... Bande von Kaufleuten, junger Mann«, sagte Benelaius. »Sie bilden eine gefährliche Geheimorganisation, die von Unbekannten gesteuert wird, ihre wichtigsten Hintermänner jedoch in Sembia haben soll.« Benelaius streichelte Grimalkin, der auf seinem Schoß lag, und nickte. »Sembias Kaufleute sind skrupellose Geschäftemacher.«

»Wie schon das Sprichwort sagt«, fügte Lindavar hinzu, »›Wenn du einem Sembianer in die Augen siehst, kannst du die Münzen sehen, die er im Geiste zählt.‹ Sembia ist eine Handelsnation, es lebt davon und stirbt daran. Und wenn es um Leben und Tod geht, verlieren manche Leute alle Skrupel. Elduth Garnmeister, der Obermeister von Sembia, war in der Vergangenheit eine Stimme der Vernunft, doch er wird alt und überlebt vielleicht nicht einmal mehr die jetzige Legislaturperiode. Inzwischen hat der Eisenthron vieles getan, was die gewählte Regierung nicht wagen würde, selbst wenn ihre Anführer dazu fähig wären, Elduths weisen Rat in den Wind zu schlagen.«

»Zum Beispiel?« fragte Kurzbein.

»Konkurrenten ermorden, erpressen, verbotene Substanzen verkaufen, Waffen an nichtmenschliche Stämme verschieben ... Die Liste scheint endlos. Das Problem ist, daß die Hintermänner des Eisenthrons nicht bekannt sind. Sie bedienen sich größtenteils weniger wichtiger Strohmänner. Dennoch wurde das Benehmen ihrer Vertreter so abscheulich, daß König Azoun den Eisenthron für ein Jahr ganz aus Cormyr verbannt hat. Weil das Handelsgleichgewicht zwischen Cormyr und den anderen Königreichen leicht durch die Manipulationen des Eisenthrons und der sembianischen Handelsherren gestört werden kann, wurde es unumgänglich für den Eisenthron, sich entsprechende Informationen zu verschaffen. Und da nun die Agenten verhaftet wurden, sobald sie einen Fuß nach Cormyr setzten, wurde dies immer schwieriger. Der Eisenthron mußte sich also Wissen, das er nicht auf legalem Weg erlangen konnte, heimlich beschaffen.«

»Jetzt mal einen Moment«, warf Kurzbein ungeduldig ein. »Wollt Ihr damit sagen, diese Morde seien nur geschehen, weil ein Haufen Kaufleute wissen will, wieviel Hafer und Gerste angebaut und gehandelt wird?«

»Genau das habe ich gesagt«, antwortete Lindavar. »Wenn Ihr es auch etwas zu simpel formuliert. Genauer: Es ging hierbei wahrscheinlich um die Erntemenge, die Handelsrouten, die betreffenden Exportgüter und die Beschaffenheit der Infrastruktur in Cormyr. Daß das Land um Ghars vor allem landwirtschaftlich genutzt wird, war anscheinend die Hauptinformation, die dem Eisenthron in Sembia von hier mitgeteilt wurde.

Aus anderen Gebieten des Königreiches, gerade von dort, wo das Handwerk vorherrschend ist, melden ohne Zweifel Agenten des Eisenthrons ihren Herren, wie viele Schwerter und Töpfe, Sättel und Stiefel hergestellt und wohin sie geschickt werden. Das mag sich für Euch nach einer Menge nebensächlicher Informationen anhören, doch für ein Land, dessen Existenz vom Handel abhängt, ist dieses Wissen lebenswichtig. Für ein Land wie Sembia und eine Organisation wie den Eisenthron.«

»Wenn Dovo also Signale mit dieser Laterne übermittelte, die dann der Mörder mitgenommen hat«, sagte Hauptmann Flim, als wolle er sich den Sachverhalt noch einmal klarmachen, »arbeitete er im Auftrag des Eisenthrons?« Lindavar nickte. »Aber woher wißt Ihr das? Und wozu die ganze Spukerei?«

»Wie wir auf den Eisenthron kamen, dazu gleich mehr«, meinte Lindavar. »Der Geist diente nur zur Tarnung. Wenn Dovo mit einer Laterne in der Hand die Sumpfstraße entlanggelaufen wäre, das hätte schon Fragen aufwerfen können. Die beste Strategie – und eine, die funktionierte – war, sich als Fastreds Geist zu verkleiden, eine wahrlich furchterregende Erscheinung und beinahe für jeden ein Grund zur sofortigen Flucht. Wenn Dovo Pferdehufe oder andere Geräusche in der Nacht kommen hörte, gab er sich als Geist aus und jagte den Ankömmlingen einen Schrecken ein. Dann ging er in den Sumpf und tat, was man von ihm erwartete.«

»Dovo?« fragte Rolf ungläubig. »Also, ich weiß ja, Ihr seid Kriegszauberer und all das, aber glaubt Ihr wirklich, uns weismachen zu können, jemand so Blödes wie Dovo habe all die angesprochenen Informationen beschafft und sei auch noch auf die Idee mit dem Geist gekommen? Der hatte doch kaum genug im Kopf, um ein Pferd zu beschlagen!«

»Er mußte nur den Kode lernen«, sagte Lindavar. »Vielleicht war ihm noch nicht einmal klar, was er tat. Womöglich hatte man ihm gesagt, er würde Schmugglern Informationen übermitteln oder sonst jemandem, der weniger verwerflich ist als der Eisenthron. Was auch immer man ihm erzählte, man verschaffte ihm all die Informationen, die er an den Eisenthron weitergab.«

»Wer hat das getan?« wollte Barthelm wissen. »Welcher Mann aus Cormyr würde seinen König und sein Land verraten?«

»Und die Kaufleute der Gegend, hm?« ergänzte Kurzbein mit höhnischem Grinsen.

»Die Informationen stammten von jemandem, der leichten Zugang zu ihnen hatte, jemandem, dessen offizielles Amt ihm dieses Wissen nicht nur erlaubte, sondern für das es geradezu erforderlich war, und der unserem Lord, Sarp Rotbart, in Weloon Bericht erstattete. Dieser Mensch war eine Nachrichtenfundgrube, was den Export und den Handel vom Donnerstein bis zum Mantikorweg betraf, überall zwischen dem Lindwurmwasser und dem Weiten Sumpf. Und von ihm kamen die Informationen, dieselben, die Dovo dann an die Spione des Eisenthrons jenseits des Weiten Sumpfs weitergab.«

»Grodoveth ...«, sagte Bürgermeister Tobald leise. »Grodoveth – ein Spion im Dienst des Eisenthrons.« Und er schlug die Hände vors Gesicht und erschauerte.

Mich überkam Mitleid mit diesem Mann, dessen Freund sein Land verraten hatte.

»Grodoveth«, stöhnte Tobald wieder.

31

Es herrschte einen Moment Schweigen, denn aller Augen waren auf den Bürgermeister und sein Leid gerichtet. Aber dann meldete sich Lindavar wieder zu Wort.

»Nein, nicht Grodoveth. In dieser Beziehung braucht Ihr Euch keine Gedanken zu machen, Herr Bürgermeister. Grodoveth war nichts als der unschuldige Übermittler dieser Nachrichten. Er erzählte einfach jemandem, dem er nicht zu mißtrauen brauchte, was er gesehen hatte und was er wußte.

Daß Grodoveth die Quelle der Informationen ist, geht aus einem Blick auf bestimmte Daten hervor. Die Geistererscheinungen und demnach die Geheimsignale traten stets kurz nach Grodoveths Besuchen in Ghars auf. Es gibt eine Ausnahme, einmal wurde kein Geist gesichtet, und die logische Schlußfolgerung dafür ist einfach die, daß in dieser einen Nacht eben niemand Dovo von der Straße aus gesehen hat.

Die geheimen Nachrichten gelangten also von Grodoveth über den Agenten des Eisenthrons zu Dovo. Es war dieser Agent, der Dovo für seine Pläne rekrutierte. Vielleicht hat er ihn mit einer romantischen Geschichte über Schmuggler oder gar Spione aus Cormyr eingewickelt. Zu dem aufregenden Wagnis kam der Spaß, die ganze Stadt in Angst und Schrecken zu versetzen, und natürlich das Geld.

Aber Dovo beging einen Fehler. Er wurde leichtsinnig, obwohl ich vermute, daß er dies auch vorher schon war. Als er sich Kendra näherte, verriet er ihr, daß an ihm mehr dran sei, als sie dächte – ›viel mehr‹. Als sein geheimer Auftraggeber diese Bemerkung hörte, geriet er in Panik, und zwar aus gutem Grund. Von dem Zeitpunkt, da Dovo einer etwaigen Geliebten enthüllen würde, daß er der Geist sei, war es nur ein kurzer Schritt bis zur Aufdeckung der ganzen Geschichte, einschließlich der Identität des Agenten. Er wußte, daß Dovo zum Schweigen gebracht werden mußte, bevor er zuviel redete, und der beste Weg hierzu war einfach die Beendigung seiner Geisterkarriere durch Mord.

Der Agent traf sich am Sumpf mit Dovo, gab vor, er müsse die Axt untersuchen, und köpfte ihn, damit es wie die Tat eines rachsüchtigen Geistes aussah, der keine Verhöhnung duldete. Grodoveth hatte schon immer Interesse an der Geschichte der Gegend gezeigt, nicht wahr, Marmwitz?«

»O ja«, bestätigte Marmwitz mit heftigem Nicken. Dies war nun sein Auftritt. »Er sah immer die Bücher über unsere Legenden durch, besonders die, die mit dem Weiten Sumpf zu tun hatten.«

»Und er konnte das alles unmöglich gelesen haben, ohne auf die Legende von Fastred zu stoßen, nicht wahr?«

»O nein«, sagte Marmwitz, immer noch nickend wie ein Korken in stürmischer See. »Ich meine, ja . . . ich meine, ich bin sicher, er muß auf Fastred gestoßen sein, aber ja doch.«

»Und da er die Geschichten über den kampfeswütigen alten Räuber kannte, argwöhnte er vielleicht – wie die meisten von uns –, daß Dovos Tod nicht einem Geist zuzuschreiben war, sondern falschem Spiel und, wie sich zeigte, aus den schlimmsten Motiven heraus geschehen war. Sein Studieneifer bezüglich der Legende von Fastred ging so weit, daß er das Rätsel löste, das viele Leute über Jahre hinweg beschäftigt hatte – die Lage von Fastreds Gruft. Welchen besseren Platz konnte es als Versteck für den Mörder geben, dachte er. Und falls der Mörder das Grab doch nicht kannte, würde seine Entdeckung für die Historiker von Cormyr doch ein gefundenes Fressen sein.

Und er fand es. Aber er fand auch den Mörder. Oder der Mörder ihn. Er schlug schnell zu, Grodoveth hatte keine Chance, sich zu verteidigen. Für die Abergläubischen mochte es nach einem weiteren Racheakt von jenseits des Grabes aussehen, diesmal wegen des Betretens von Fastreds Gruft und der Störung seiner Ruhe. Hätte es sich so verhalten, wäre Fastreds Schatz unangetastet geblieben. Doch der ist verschwunden, wurde vom Täter mitgenommen, entweder zu diesem Zeitpunkt oder bereits lange vorher, falls der Mörder die Lage des Grabes wirklich vor Grodoveth entdeckt hatte.

Aber der Täter machte einen Fehler, einen dummen Fehler, der schon viel gewieftere Schurken zu Fall gebracht hat. Er hinterließ etwas – einen Hinweis, den unser aufmerksamer Jasper gefunden hat. Etwas, was uns deutlich genug auf ihn aufmerksam machte, um weitere Nachforschungen zu rechtfertigen.

Wir durchsuchten heimlich seine persönliche Habe und

fanden ein gewisses Fläschchen. Als wir den Inhalt dieses Fläschchens untersuchten, stellten wir fest, daß es Gift war. Schwarzkraut, extrem giftig, aber von langsamer Wirkung. Nach Verabreichung des Mittels dauert es noch mindestens zwölf Stunden, bis beim Opfer die Schmerzen einsetzen, zuerst schwach, später werden sie qualvoll. Doch niemand überlebt nach der Einnahme die nächsten vierundzwanzig Stunden.«

Meine Gedanken überschlugen sich, während ich Lindavars Geschichte lauschte. Kein Wunder, daß Benelaius mir geraten hatte, in Ghars nichts anderes als Bier zu trinken. Schwarzkraut, genau das Gift, auf das Benelaius bei Bürgermeister Tobald gestoßen war. Aber wer sollte Tobald vergiften wollen, und außerdem ...

Plötzlich fiel es mir auf. *Er sei auf es gestoßen,* hatte Benelaius bei dieser Gelegenheit gesagt. Was hatte er eigentlich genau damit gemeint?

»Es war genug Schwarzkraut in dem Fläschchen«, fuhr Lindavar fort, »um die gesamte Bevölkerung einer Stadt wie Ghars umzubringen und alle gerade auf Besuch weilenden wichtigen Gäste mit.«

»Der Rat!« schrie Barthelm und sprang auf.

»Bitte, Barthelm«, sagte Benelaius. »Es ist alles unter Kontrolle. Setzt Euch und laßt Lindavar den Fall abschließen.« Barthelm setzte sich, zitterte aber, und sein Gesicht war aschfahl.

»Der Eisenthron will Rache an Cormyr nehmen wegen seiner Verbannung. Und was könnte er Besseres anstellen«, fuhr Lindavar fort, »um diesem Königreich einen Pfahl ins Herz zu stoßen und die eigene Handelsmacht zu stärken, als den gesamten Großen Rat der Kaufmannsgilde von Cormyr zu ermorden? Und dazu noch durch ein so einfaches und sicheres Mittel wie den zeremoniellen Begrüßungstrunk, den jedes Mittel des Rates bei der Ankunft in Ghars erhielt? Das Schicksal von Königreichen hängt von mehr ab als nur vom Schicksal der Könige. Cormyrs Handelsmacht würde vernichtet, und der Eisenthron könnte sich so fest etablieren, daß er vielleicht nie wieder zu vertreiben wäre.«

Kurzbein hob die Hand. Ihm schien schlecht zu sein, er hielt sich den Magen. Alle anderen wirkten ähnlich abgelenkt, und selbst die sonnenverbrannten Gesichter der Purpurdrachen sahen blaß aus.

»Was habt Ihr mit dem Gift gemacht?« fragte Kurzbein.

»Wir haben das Fläschchen dem Verräter wieder zugesteckt, damit er nicht merkte, daß wir es gefunden hatten.«

»Wartet mal!« sagte Rolf, blickte den alten Khlerat an und zeigte auf ihn. »Für den Anschlag mußte das Gift in den Wassertank gelangen, und er ist schließlich für das Wasser verantwortlich.«

»Khlerat ist nicht der Mörder«, sagte Benelaius. Anscheinend zog er es vor, sich nur dann zu Wort zu melden, wenn jemand zu beruhigen war. »Und keine Sorge. Niemand von Euch ist vergiftet. Bevor wir das Fläschchen zurücksteckten, wurde es gründlich gereinigt und das Gift durch harmlosen Kristall ersetzt.«

»Einen Kristall?« fragte Rolf. »Hätte der Mörder das nicht bemerkt?«

»Kristallpulver«, stellte Lindavar richtig, während ich darüber nachsann, daß Rolf andere Leute wohl kaum als dumm bezeichnen durfte. »Eines, das im Wasser genauso unsichtbar wird wie das Gift. Also«, sagte er, »wer hat heute von dem Wasser in Ghars getrunken?«

Alle außer Benelaius, Lindavar, Kendra und mir erhoben die Hand, alle mit ungutem Gefühl. Selbst der, von dem ich inzwischen wußte, daß er der Mörder war. Wahrscheinlich glaubte er, das wäre seine letzte Chance.

»Benelaius, Kendra und ich«, sagte Lindavar, »weilten heute nicht in Ghars, und Jasper war geheißen, dort kein Wasser zu trinken.«

Der junge Magier ging zu einem Becken und deckte es teilweise ab, bis nur noch wenig Licht hervordrang. Dasselbe tat er mit den übrigen Feuerpfannen. Die Lichtausbeute entsprach nun der eines fast erloschenen Feuers. Es war genug Helligkeit vorhanden, daß wir uns gegenseitig sehen konnten, doch zuwenig, um die Mimik der anderen oder Details der Kleidung zu erkennen.

»Der Kristall, den wir als Ersatz verwendet haben«, sagte Lindavar zu uns, die wir nun beinahe im Dunkeln saßen, »wurde von Benelaius entdeckt.«

»Das alles hat nichts mit Magie zu tun«, sagte mein Meister, und ich hörte dabei den Stolz aus seiner Stimme heraus. »Es handelt sich hierbei um einen absolut ungefährlichen, natürlichen Stoff aus kristallinem Gestein. Seine Haupteigenschaft ist die Lumineszenz.« Er öffnete weit den Mund, und eine geisterhafte blaugrüne Scheibe leuchtete auf. »Wie Ihr seht, ist es auf den Schleimhäuten deutlich zu erkennen, desgleichen in der Mundhöhle und in den Eingeweiden. Wenn man mich obduzieren und mein Innerstes nach außen kehren würde, wäre ich sicherlich ein interessanter Anblick.«

Ich überlegte, daß er das in diesem Zustand bestimmt auch ohne das Leuchten wäre, behielt diese Feststellung jedoch für mich.

»Also öffnet bitte alle den Mund«, sagte nun Lindavar. »Und dann werden wir ja sehen. Derjenige, dessen Mund nicht leuchtet, hat heute nicht aus dem Wassertank von Ghars getrunken, obwohl – abgesehen von den genannten Ausnahmen – jeder hier dies behauptet hat. Die besagte Person hat nicht nur versucht, den gesamten Rat der Kaufmannsgilde von Cormyr einschließlich der Bürger von

Ghars zu ermorden, sondern ist auch der Mörder von Dovo und Grodoveth. Also aufmachen. Weit aufmachen, wenn ich bitten darf . . .«

Seine Anweisung wurde befolgt. Einer nach dem anderen ließ nun seinen blaugrünen Mond in der Finsternis der Piazza aufgehen. Nur eine Person blieb mit geschlossenem Mund sitzen. Die Purpurdrachen waren eine Reihe leuchtender Kreise, und die Sitzenden bildeten eine unregelmäßige Konstellation aus kaltem Feuer.

Doch rechts von Benelaius war nur Dunkelheit, der Umriß einer Gestalt, einer geduckten Gestalt, die Angst, Ablehnung und – doch – Bosheit ausstrahlte.

Dann meldete sich Benelaius kalt zu Wort: »Was ist los, Herr Bürgermeister? Fürchtet Ihr, ein Moskito könnte Euch in den Mund fliegen?«

32

»Macht das Maul auf, sonst werden das meine Männer für Euch erledigen«, drohte Hauptmann Flim mit rauher Stimme.

Bürgermeister Tobald zögerte noch, dann jedoch sperrte auch er den Mund auf – ein dunkles Loch vor den schattenhaften Umrissen seines Gesichts. Ich hörte seine Zähne aufeinanderschlagen, als er den Mund wieder zuklappte.

»Khlerat«, sagte Lindavar, »als ich vorhin von dem Gift sprach, erschrakt Ihr als einziger. Lag das daran, weil Ihr noch von jemand anderem wißt, der heute Zugang zur Zisterne hatte?«

»Ja . . . ja, mein Herr«, stotterte Khlerat.

»Und wer war das?«

»Bürgermeister Tobald. Er wollte sichergehen, daß für die Ankunft des Rats alles vorbereitet ist.«

»Und, laßt mich raten, er sagte, Ihr solltet Euch nicht die Mühe machen, ihn zu begleiten, er würde allein zurechtkommen.«

»Ja, Herr. Richtig. Es ist genau, wie Ihr sagt.« Khlerat zeigte nun dasselbe Nickverhalten wie vorher schon Marmwitz. Und ich sagte mir, hoffentlich würde mich einmal nicht die Autoritätsangst befallen, falls ich so alt wie die beiden würde.

»Hatte heute sonst noch jemand Zugang zur Zisterne?«

»Nein, mein Herr.«

»Hätte eine Person an den Wasservorrat gelangen können, ohne daß Ihr davon erfahrt?«

»Absolut nicht, Herr!« Das war schon eher etwas. Jetzt kam Leben in den alten Burschen.

»Wie eigenartig«, sagte Lindavar mit mehr als einem Hauch von Sarkasmus, »daß der einzige Mensch, der die Gelegenheit hatte, den Wasserspeicher zu vergiften, auch der einzige ist, der nicht von dessen Wasser getrunken hat. Ein schwarzer Rachen gereicht Euch heute abend nicht zum Vorteil, Bürgermeister Tobald.«

»Genausowenig wie Euer unübersehbares Hinken beim Eintreten, Herr Bürgermeister«, meinte Benelaius. »Ihr habt nämlich die Gichtmedizin nicht genommen, die ich Euch verschrieb und die Jasper Euch brachte. Kann es sein, daß Ihr die restlichen Pillen deshalb nicht genommen habt, weil Ihr sie nicht mehr hattet? Weil Ihr sie in der Höhle verloren habt, in der Grodoveth getötet wurde und Jasper sie später zertreten fand? Ihr behauptet, Ihr wärt noch nie dort gewesen, Herr Bürgermeister. Wie also kamen die Pillen an diesen Ort?«

Die Gestalt neben meinem Meister hatte zu zittern begonnen. Ihre Schultern waren eingesunken, als hätte eine schreckliche Wut sie erfaßt. Die Purpurdrachen, die ganz von der Dramatik der Situation gefangen gewesen waren, griffen nun ebenso zu ihren Schwertern wie Hauptmann Flim, der näher an den Bürgermeister heranrückte.

»Ist das alles?« fragte Flim mit vor Zorn bebender Stimme.

»Eines noch«, sagte Benelaius, der Grimalkin gerade lange genug absetzte, um in seine Robe zu greifen und ein kleines Oval aus Metall herauszuziehen. Er hielt es hoch, doch im schwachen Licht konnte ich nur das Symbol erkennen, das in seine Oberfläche eingraviert war.

»Dies wurde bei dem Giftfläschchen gefunden. Es ist das Siegel des Eisenthrons.«

Tobald sprang auf, einen Wutschrei unterdrückend. Zunächst unverständliches Gestammel verwandelte sich in Worte: ». . . du, du Schuft! Überall mischst du dich ein, du alter Narr! Du hättest als erster sterben sollen!«

»In diesem Fall wäre die Sache wohl glatter für Euch verlaufen«, erwiderte Benelaius sanft.

»Hier steht der Mörder und Verräter«, erklärte Lindavar. »Ein Mann, der bereit war, nicht nur den Rat zu ermorden, sondern die gesamte Stadt – all die Menschen, die ihm als Anführer vertraut haben –, und das alles, um dem Eisenthron zu helfen.«

»Der Befehl aus Suzail«, brachte Barthelm mit schicksalsschwerer Stimme in Erinnerung, »lautete auf sofortige Hinrichtung dieses Ungeheuers.«

»So heißt es im Befehl vom Hof des Königs«, bekräftigte Benelaius.

»Und so soll es geschehen«, sagte Hauptmann Flim und wandte sich Tobald zu. Dieser ähnelte in seiner schäumenden Wut einer blutgesättigten Spinne, die der herabsausenden Faust entfliehen will.

Dann geschah eine ganze Menge auf einmal. Plötzlich sprangen alle Katzen an den Becken gleichzeitig auf und die flachen Schalen kippten aus ihren Ständern. Die Kohlen leuchteten eine Sekunde auf, als sie in die Luft flogen. Doch ihr Licht verlosch rasch, sie fielen über das Geländer und landeten darunter auf dem Boden. Die Piazza und alles, was sich auf ihr befand, war sofort in zähe, schwarze Finsternis getaucht, und ich hörte das Waffenklirren, als die Purpurdrachen vorrückten, um Tobald den Fluchtweg abzuschneiden.

Sie kamen zu spät. Der Stuhl des Verräters hatte an der einzigen Öffnung der Brüstung zum Sumpf hin gestanden, und als die Becken umkippten, hatte Tobald auf der Stelle Reißaus genommen. Lieber lieferte er sich dem Sumpf und der Finsternis aus als seinen Henkern. Sosehr ich mich auch bemühte, konnte ich doch in all dem Durcheinander das Geräusch der sich entfernenden Schritte nicht verfolgen.

»Stillgestanden!« rief Hauptmann Flim. »Licht! Jemand soll Licht machen!« Nach scheinbar einer Ewigkeit leuchtete ein schwacher Schein im Haus auf, und Lindavar kam mit einer Blendlaterne heraus, die langsam heller wurde, je mehr Öl in ihr Feuer fing.

Am Tor standen einige Purpurdrachen, die in die nun rasch zurückweichende Dunkelheit starrten. Hauptmann Flim streckte eine Hand aus und schrie: »Dort!«

Dann sah auch ich die schattenhafte Gestalt von Tobald. Er lief in den Weiten Sumpf hinein und war während unserer Suche nach Licht fast hundert Schritte weit gekommen. Er bewegte sich langsam, seine Füße schienen immer wieder in dem schwarzen Schlamm steckenzubleiben, doch er zog jedesmal die Stiefel heraus und stolperte weiter mitten in den Sumpf hinein.

»Ihm nach!« rief Hauptmann Flim, und seine Männer gehorchten. Sie liefen ihm die wenigen Stufen von der Piazza zum Boden nach, aber Benelaius rief sie zurück. Auch Flim blieb stehen.

»Wartet!« sagte Benelaius. »Nicht ohne Licht. Es gibt dort überall tiefe Löcher und Treibsand.«

Lindavar reichte Flim die Laterne, doch als ich jetzt in den Sumpf hinausblickte, mußte ich feststellen, daß Tobald schon fast in der Finsternis verschwunden war.

Das hielt Hauptmann Flim jedoch nicht zurück. Gefolgt von seinen Männern lief er, so schnell er konnte, durch den Matsch. Wenn er Tobald im Blick behalten konnte, würden seine Soldaten ihn zweifellos auch irgendwann festnehmen.

Aber dann begann das Licht der Laterne zu flackern, nicht durch den Wind, sondern als würde langsam die Ölzufuhr gedrosselt. Flim blieb stehen, um sie zu untersuchen, riß jedoch wieder den Kopf hoch, als Rolf rief: »Seht doch!«

Draußen im Weiten Sumpf, an der Stelle, an der ich Tobalds kleiner werdende Gestalt zum letzten Mal gesehen hatte, begann etwas zu leuchten. Es war die Erscheinung eines Mannes. Selbst aus hundert Schritt Entfernung konnte man erkennen, daß er ein Riese sein mußte.

In dem kalten blauen Licht, das von seiner ganzen Gestalt ausging, sah ich eine lange Haarmähne, die ihm über die Schultern fiel, ein glänzendes Kettenhemd über einem breiten, muskulösen Körper und Beine, so dick wie Baumstämme. Die Gesichtszüge leuchteten übernatürlich, gespeist von dem unheimlichen Licht, das den Riesen umgab. Die Wangen waren hager, der Mund wirkte, als habe ihn noch nie ein Lächeln gestreift, und die Augen ... Sagen wir einfach, sie schienen Dinge gesehen zu haben, die ich wirklich niemals zu Gesicht bekommen möchte.

Sein Anblick war schlimm, und die riesige Streitaxt, die er scheinbar mühelos in der Rechten trug, machte ihn auch nicht gerade weniger schrecklich.

»Fastreds Geist«, sagte Benelaius. Und wenn ich auch keine Furcht in seiner Stimme hörte, bemerkte ich doch, daß er über das Auftauchen der Erscheinung ebenso überrascht war wie wir anderen.

Beim Anblick des Geistes waren die Purpurdrachen wie angewurzelt stehengeblieben. Ihre Umrisse zeichneten sich klar vor dem ständig heller werdenden Licht ab, das von dem Geist ausging. Ich konnte auch Tobald deutlich sehen.

Er stand nur wenige Fuß von dem Geist entfernt. Meine Angst vor der Erscheinung war schon auf diese Entfernung gewaltig. Wie groß mußte erst Tobalds Entsetzen in unmittelbarer Nähe des Wesens sein? Er war von dem blauen Licht des Geistes hell erleuchtet, und ich sah, wie er die Hände hochwarf, als wolle er ihn abwehren. So stand er dem Gespenst Auge in Auge lange gegenüber. Dann machte der Geist einen Schritt auf ihn zu.

Tobald wich langsam zurück, immer noch wie gebannt vom haßerfüllten Blick der Erscheinung. Er hielt die Hände empor, als stünde er einem Wegelagerer gegenüber. Aber Fastreds Geist war viel schrecklicher, als es jeder sterbliche Räuber nur sein konnte.

Das Gespenst kam näher, und Tobald wich zurück, bis sein linker Fuß in den schwarzen Schlamm einsank. Die Angst hatte ihn gelähmt. Er konnte den Fuß nicht herausziehen, mußte sogar den rechten noch nachsetzen. Schließlich stak er vollkommen im klebrigen Schlamm fest.

Langsam sank er tiefer, die Augen immer noch auf das Gespenst gerichtet. Kein einziges Mal blickte er nach unten, sondern starrte unablässig den Geist von Fastred an, der jetzt genau über ihm stand und mit der Axt in der Hand zusah, wie der Mann tiefer und tiefer im Sumpf versank.

Bald waren nur noch Tobalds Kopf und Hände zu erkennen. Die Finger bewegten sich schwach, als würden sie einer nach dem anderen eingesogen. Dann gab es da nur noch sein Gesicht, und schließlich verschwand auch das wie ein kleiner Vollmond, der unendlich langsam von einer düsteren Wolke verschluckt wird.

Der Geist schaute auf den Sumpf, in dem Tobald mit Lungen voller Schlamm für immer versunken war. Dann begann das Leuchten, das den Geist umgeben hatte, nachzulassen, während das Flackern in Hauptmann Flims Laterne wieder zunahm, als fließe das Licht des Geistes in die Laterne des Lebenden über. Sekunden später war Fastreds Geist verschwunden und der Weite Sumpf wieder leer und schwarz wie je. Wir sahen nichts als Schlamm und tote Bäume und hörten nur die Stimmen der Nacht.

Schließlich wurde die Stille durch die leise, ruhige Stimme von Benelaius durchbrochen. »Ich nehme an, der Befehl aus Suzail ist nun vollstreckt.«

Keiner von uns konnte das bestreiten.

33

Ich brauche wohl kaum zu erwähnen, daß dann alles erheblich ruhiger zuging, nachdem Tobald auf den Grund des Weiten Sumpfes gesunken und Fastreds Geist dorthin zurückgekehrt war, wo Geister eben hingehen, sobald sie ihre übernatürlichen Rachefeldzüge beendet haben.

Hauptmann Flim und seine Purpurdrachen kehrten auf die Piazza zurück. Lindavar und ich brachten neue Kohlen und zündeten die Becken wieder an, damit wir Licht hatten. Als die gespenstische Kälte fort war, gratulierten alle Lindavar und Benelaius und sogar mir. Mayella Wiesenbach erklärte mir, sie fände, daß ich meine Sache »einfach wunderbar« gemacht habe. Aber weil Rolf mich etwas seltsam ansah, dankte ich ihr einfach, ohne die Unterhaltung in die Länge zu ziehen.

Barthelm war der Glücklichste von allen. Ich dachte, gleich werde er auf die Knie fallen und den beiden Zauberern den Saum ihrer Roben küssen, so dankbar war er, daß sie das Leben der Ratsherren gerettet hatten.

»Seid versichert, daß ich dafür sorgen werde, daß jedermann in Cormyr von Eurer Klugheit erfährt, junger Mann«, sagte er zu Lindavar, und ich vermutete, daß jeder negative Eindruck, den die anderen Kriegszauberer von ihrem neuen Kollegen wohl haben mochten, so schnell verschwinden würde wie ... nun, wie ein Geist, sobald nur die Nachricht vom Triumph seiner Logik sie erreichte. Sein Ruf würde um das Hundertfache gesteigert werden, besonders da Benelaius immer noch betonte, daß alle Schlußfolgerungen von Lindavar stammten.

Und wirklich, das hielt ich sogar für höchstwahrscheinlich, besonders wenn ich an den Teil davon dachte, der unlogisch war. Ich fieberte geradezu, Benelaius darauf anzusprechen.

Nachdem nun alle außer Lindavar und Kendra nach Ghars aufgebrochen waren, suchte ich ihn in seinem Studierzimmer auf.

»Meister«, sagte ich, »es gibt da immer noch etwas, was ich dich fragen möchte.«

Er hielt eine Hand hoch und schüttelte den Kopf. »Unsere Gäste reisen morgen früh ab«, antwortete er, »und es ist schon spät. Morgen haben wir reichlich Zeit, die ... losen Fäden zu verknüpfen, Jasper. Jetzt leg dich hin und hol dir deinen wohlverdienten Schlaf.«

Die Endgültigkeit seines letzten Satzes gestattete keinen Widerspruch. Müde ging ich nach oben. Aber trotz meiner Erschöpfung dauerte es lange, bis ich eingeschlafen war. Die Angst vor dem Geist erfüllte mich weiterhin, aber was mich wirklich wach hielt, war die sichere Überzeugung, daß Lindavars Schlüsse nicht ganz stimmig schienen. O ja, Tobald war tatsächlich der Verräter. Daß er die Zisterne mit dem vermeintlichen Gift versetzt hatte, genügte als Beweis. Bestätigt im übrigen durch den Ausfall gegen Benelaius nach seiner Entlarvung.

Aber was mich mehr verfolgte als jeder Geist, war der Gedanke an die Pillen, die ich Tobald doch erst an diesem Morgen überbracht hatte.

Der folgende Tag brach ohne die gewohnte Trockenheit und Sonne an. Dunkle Wolken ballten sich am Horizont über dem Sumpf zusammen, und ein kräftiger Wind trieb sie nach Nordwesten auf uns zu – und hoffentlich auf die Höfe hinter uns.

Ich war als erster wach, und als ich hinunterkam, sah ich Kendra unter einer Decke aus Katzen auf dem Sofa schlafen.

Sie schien sich wohl zu fühlen, denn ich hörte sie leise schnarchen.

In der Küche stieß ich das Fenster auf und ließ den starken Wind hereinblasen. Er brachte einen feinen Nebel aus Wassertropfen mit. Gut. Es hatte begonnen zu nieseln. Mit etwas Glück würde Regen folgen. Ich atmete die feuchte Luft ein, um richtig wach zu werden. Der Tag konnte beginnen. Sowohl Lindavar wie auch Kendra würden abreisen, deshalb wollte ich ihnen vorher noch ein gutes Frühstück servieren. Wenn sie sich dann auf der Straße befanden, konnte ich endlich mit Benelaius sprechen.

Bis die anderen aufgestanden und angezogen waren, hatte ich ein üppiges Mahl aufgetischt, das dann alle begeistert genossen. Ich hingegen hatte keinen rechten Appetit, denn meine Gedanken waren weit entfernt.

»Jasper«, sagte Benelaius herzlich, »da machst du uns so ein gutes Frühstück und rührst es selbst kaum an. Komm schon, iß auf, sonst kriegen die Katzen die besten Stücke.«

»Also gut, Meister.« Ich zwang mich zu lächeln und zu nicken und würgte ein paar Bissen hinunter, doch meine Fragen bekam ich nicht aus dem Kopf.

Lindavar brach gleich am Vormittag auf, obwohl inzwischen ein sanfter Regen eingesetzt hatte. Benelaius und sein ehemaliger Schüler verabschiedeten sich liebevoll voneinander, dann kletterte Lindavar in die Kutsche, und wir brachen auf. Kendra und mein Meister winkten zum Abschied.

Als ich den Kopf umwandte und Benelaius mit Kendra dort stehen sah, ganz unbefangen beieinander unter seinem Schirm, fiel mir ein, daß ich ja gar nicht wußte, ob Benelaius je verheiratet gewesen war oder ob eine Frau in seinem Leben eine Rolle gespielt hatte. Es gab vieles, was ich nicht von ihm wußte, und ein paar Dinge, die ich unbedingt erfahren mußte, wollte ich nicht verrückt werden.

Lindavar und ich sprachen unterwegs kaum. Das wenige, was er mir zu sagen hatte, erschöpfte sich in Dank für all meine Lauferei. »Ohne dich, Jasper«, meinte er, »wäre Ghars heute womöglich eine Totenstadt.«

Das war zuviel des Lobes, was ich ihm auch sagte, aber ich erwähnte nicht, was mich bewegte. Dies war nur für Benelaius' Ohren bestimmt.

Der Regen hielt die Menschen in Ghars in den Häusern, bis auf die wenigen, die vor Glück über dieses neue Ereignis ganz überwältigt waren. Der Rat steckte mitten in seinen Verhandlungen, so daß ich keinen von den ehrenwerten, um ein Haar ermordeten Gästen zu Gesicht bekam. Ich fragte mich, ob Barthelm ihnen gestehen würde, in welcher Gefahr sie gewesen waren, verwarf den Gedanken aber dann. Seinen Gästen zu erzählen, daß sie nur knapp einem langsamen, qualvollen Tod entronnen sind, ist nicht die beste Art und Weise, sie von der Gastlichkeit der eigenen Stadt zu überzeugen.

Ich wartete mit Lindavar bei sanftem Regen, bis die Kutsche nach Suzail ankam. Wir verabschiedeten uns freundlich voneinander.

»Kümmere dich um Benelaius, Jasper«, sagte er noch, als er meine Hand schüttelte. »Er ist ein großer Mann, gut und weise, aber er braucht jemanden wie dich. Und vielen Dank auch für deine Gastfreundschaft, nicht nur für seine. Es war ... ein interessanter Aufenthalt.«

Er grinste, kletterte in den Wagen und winkte mir zu, als die Kutsche in Richtung Suzail zum Kollegium der Kriegszauberer davonrollte.

Ich dagegen fuhr zum Haus zurück, so schnell die Pferde laufen konnten. Und als ich dann Jenkus und Stubbins in den Stall brachte, bemerkte ich, daß Kendras Pferd verschwunden war. Im Haus fand ich Benelaius allein vor dem Kamin auf Kendras Sofa sitzen. Geistesabwesend streichelte er die Katzen auf seinem Schoß. Er schien mein Eintreten kaum zu bemerken.

»Ist die Dame also schon fort?« fragte ich.

»Fort?« Es klang geistesabwesend, wie er das sagte, und als er mich ansah, schienen auch seine Augen in die Ferne gerichtet. »O ja, das ist sie.« Er berührte seine Wange, als ob er sich an etwas Weiches, Fremdes erinnerte, das dort geruht hatte. »Sie mußte weiterreiten. In die Anauroch, glaube ich. Irgend etwas mit einer verschollenen Stadt voller Schätze.« Er lächelte bittersüß. »Ich hatte ein erfülltes Leben, Jasper, aber manchmal wird mir bewußt, daß es Dinge gibt, die ich versäumt habe.«

Er atmete tief durch, wie um seinen Kopf klar zu machen. Als er mich dann wieder ansah, war sein Blick bei mir und nirgendwo anders. Er lächelte und schlug einen lebhafteren Ton an.

»Hast du Lindavar auf den Weg nach Suzail gebracht?«

»Ja, die Kutsche fuhr gleich ab. Er ist auf dem Nachhauseweg.«

»Gut, gut, und das mit einem viel besseren Ruf, als er ihn vorher hatte. Diese kleine Affäre sollte dazu führen, daß die eingebildeten Zauberer im Kollegium ihn eher als ihresgleichen akzeptieren. Und darüber hinaus hat er den ganzen Fall mit seinem Verstand gelöst. Kein bißchen Magie war vonnöten.«

»Und bist du ebenso verfahren, Meister?«

Er legte den Kopf schief, als hätte ich gerade einen Scherz gemacht, den er nicht verstand.

»Wie bitte?«

»Es stimmt etwas nicht, und das weißt du«, antwortete ich. »Du wußtest es gestern abend, als ich ein Puzzleteil erwähnte, das nicht paßte. Was ist mit . . .«

»Den Pillen«, warf er mit gutmütigem Lächeln ein. »Natürlich.« Mein Mund klappte auf, aber ich schloß ihn schnell wieder. »Ich wußte, du würdest auf jeden Fall bemerken, daß dieses Detail nicht stimmt. Ich habe jedoch auf dein Schweigen vertraut, damit wir alles zu Ende bringen können, und du hast mich nicht enttäuscht.«

»An dem Morgen, als Grodoveth ermordet wurde, hatte Tobald keine Pillen mehr«, versuchte ich den Sachverhalt in Worte zu fassen. »Aber gestern morgen. Ich habe sie ihm ja selbst gebracht. Warum hinkte er dann am Abend?«

»Wegen Kralle«, sagte er und kitzelte die angesprochene Katze unterm Kinn, bis sie vor Wohlbehagen schnurrte. »Kralle hat ihn nämlich beim Eintreten gebissen. Fest. Genau auf den Knöchel. Genug, um jeden zum Hinken zu bringen. Ich wußte, daß Tobald nichts über den Biß sagen würde, denn du hattest mir ja von seinem Versuch erzählt, Mayella Wiesenbach mit seiner angeblichen Tierliebe zu beeindrucken. Er hätte vor ihr sein Gesicht verloren, wenn sie von der Attacke ausgerechnet gegen ihn erfahren hätte.« Er schüttelte den Kopf. »Seltsam, nicht? Dabei mußte er doch der Überzeugung sein, sie bereits vergiftet zu haben, und dennoch mochte er nicht in ihren Augen als Mann erscheinen, den Tiere verabscheuen. Ach, die Eitelkeit.«

»Du hast ihn absichtlich von Kralle beißen lassen?«

»Jasper, meine Beziehung zu meinen Tieren ist, sagen wir einmal, sehr innig. Wir brauchen keine Worte, meine Süßen und ich.«

»Aber weshalb sollte Tobald hinken?«

»Damit alle dachten, er habe in der Gruft seine Gichtpillen fallenlassen.«

»Aber da hatte ich ihm die Pillen noch gar nicht gegeben. Er hätte sie gar nicht in der Höhle verlieren können.«

»Natürlich nicht, Jasper. *Ich* aber.«

»Was?«

»Ja. Ich bin Grodoveth nämlich zur Höhle gefolgt – ich sitze nicht nur hier herum, ganz gleich, was du vielleicht denken magst –, und dort habe ich ihn tot vorgefunden. Es war niemand sonst in der Höhle. Außer Fastred natürlich.«

Meine Gedanken überschlugen sich. »Was soll das ... heißen ... Tobald hat Grodoveth nicht umgebracht?«

Benelaius schüttelte den Kopf.

»Aber, wer um der Götter willen, war es dann?«

»Derselbe Mensch, der Dovo getötet hat.« Ich versuchte dem Gesprächsverlauf zu folgen, aber er schien sich mir wie eine Schlange zu entwinden. Ich fürchte, die Verwirrung malte sich deutlich auf meinem Gesicht ab.

»Auch ein Beweis ist in gewisser Weise manipulierbar, Jasper«, sagte Benelaius geduldig. »Es ist fast wie Magie, aber keine echte, vielmehr wie Vorbestimmung. Man leitet jemanden in die Irre, um ihm nur das zu offenbaren, was man zeigen will und nichts weiter. Du glaubst, ein Ball oder ein Schal sei in der dünnen Luft verschwunden, aber das ist er nicht. Es wirkt nur so. Dein Camber Fosrick – oder ein anderer guter Ermittler – kann jede gewünschte Situation überzeugend vorgaukeln.«

Diese sogenannte Erklärung half mir kein bißchen, und das sagte ich ihm auch. »Soll das heißen«, fragte ich, »daß du die Morde einem Unschuldigen angehängt hast?«

»Hüte deine Zunge«, antwortete er mit gespielter Empörung. »Ich habe niemandem etwas angehängt, keinem, der nicht bereits ein Verräter war und um ein Haar zum Mörder, nein, zum Massenmörder, geworden wäre, genaugenommen.« Benelaius' Gesicht verfinsterte sich. »Tobalds Gift hätte Hunderten von Menschen das Leben gekostet. Die Geier hätten in den Straßen von Ghars ein wochenlanges Festmahl gefeiert. Männer, Frauen, selbst Kinder und Säuglinge, alle wären qualvoll gestorben. Nein, Tobald hatte noch viel Schlimmeres verdient als das Schicksal, das ihm im Sumpf widerfahren ist.«

Jetzt hellte sich sein Gesicht etwas auf, und er sah mich lächelnd an.

»Wo wir schon beim Sumpf sind, ich glaube, du wirst am besten begreifen, was wirklich geschehen ist, wenn du mit mir dort hingehst. Du bist der Schüler, und ich bin der Lehrer, wie in unseren Unterrichtsstunden. Ich stelle dir Fragen, und du stellst mir Fragen, und so erlangst du durch das Fragen und Antworten dein Wissen, ja?«

»Wenn das der einzige Weg ist, der Sache auf den Grund zu gehen, bin ich einverstanden.«

»Ausgezeichnet. Dann mach uns rasch noch ein leichtes Mittagessen, damit wir für die Strapazen im Sumpf gewappnet sind, und dann werden deine Fragen und die Rätsel gelöst werden.«

34

In der ganzen Menschheitsgeschichte, schien es mir, konnte kein Mahl mehr Zeit in Anspruch genommen haben. Das Feuer brauchte endlos lange, um das Wasser zum Kochen zu bringen, das Fleisch eine Ewigkeit zum Braten, die Suppe Äonen, bis sie brodelte. Aber schließlich stand das Essen bereit und wurde von meinem Meister langsam und genüßlich verzehrt. Ich selbst bekam kaum einen Löffel hinunter, vor lauter Aufregung war meine Kehle wie zugeschnürt.

Nachdem er fertig gegessen hatte, stieß Benelaius sich vom Tisch ab, unterdrückte einen leichten Rülpser und stand auf.

»Du scheinst brennend auf die Beantwortung deiner Fragen zu warten, Jasper. Warum stellen wir den Abwasch nicht zurück, bis wir wieder da sind? Ich bin sicher, die Katzen werden ausgezeichnete Arbeit bei der Vertilgung der letzten Reste leisten. Du wirst nachher kaum noch etwas aufzuräumen haben.«

Mir wäre keine bessere Idee eingefallen. Er befahl mir, zwei Laternen zu holen, und ließ mich dann zu meinem Erstaunen Jenkus und Stubbins satteln, anstatt sie vor die Kutsche zu spannen.

»Bist du sicher?« fragte ich.

»Traust du mir nicht zu, ein Pferd zu reiten?« antwortete Benelaius etwas pikiert. »Ich war schließlich einmal ein Kriegszauberer, falls du es vergessen hast, und Stubbins ist ein freundliches Tier, wenn man ihn richtig behandelt.«

Stubbins war nicht freundlich, als ich ihn satteln wollte. Er wand sich und trat in seiner Box herum. Ich hatte Angst, er könne mir alle Knochen brechen, bevor ich noch den Sattelgurt festgezogen hätte. Aber dann tauchte Benelaius auf, angetan mit einem Kapuzenregenmantel aus Ölhaut, und sprach besänftigend auf Stubbins ein, so daß ich meine Arbeit beenden und das Pferd hinausführen konnte.

Benelaius zögerte nicht. Er schwang sich in den Sattel, und Stubbins verharrte so geduldig wie ein windstiller Teich.

»Nun?« fragte er. »Hat es dir beim Anblick eines echten Pferdenarren derart die Sprache verschlagen, daß du selbst nicht mehr hochkommst?«

Wir zogen im Nieselregen auf der Sumpfstraße nach Westen. Trotz seines Umfangs saß Benelaius gut zu Pferd. Ich begann sofort, Fragen zu stellen.

»Wie um alles in der Welt hast du Fastreds Grab überhaupt gefunden?« war die erste.

»Indem ich Grodoveth folgte. Schließlich stellte er von

Anfang an unseren Hauptverdächtigen dar. Zunächst einmal war er Linkshänder ...«

»Im Gegensatz zu Tobald«, stellte ich fest.

»Das ist richtig. Aber da Tobald in der Kriegskunst wenig bewandert war, hätte er eine Axt wahrscheinlich eher im direkten Schlag verwendet, als mit der Rückhand. Aber das steht gar nicht zur Debatte. Jetzt kümmern wir uns um Grodoveth. Er war dazu in der Lage und hatte die Gelegenheit, jedoch kein Motiv, soweit ich sehen konnte. Und, offen gesagt, ich war mir nicht sicher, ob ich es finden wollte, falls es existierte.«

»Warum denn nicht?«

»Beantworte dir die Frage selbst, Schüler.«

Ich überlegte einen Augenblick. »Vielleicht wegen seiner Position? Ich meine, er war schließlich mit dem König verwandt.«

»Haargenau. Wenn auch nur angeheiratet, aber trotz allem ein Mitglied der königlichen Familie. Ihn zu beschuldigen oder auch nur zu befragen hätte überwältigende Beweise vorausgesetzt. Und selbst dann hätte dies die königliche Familie in ein so schlechtes Licht gerückt, daß es vielleicht nicht der Mühe wert gewesen wäre.

Du erinnerst dich vielleicht an einen Fall vor über hundert Jahren in Tiefwasser, Jasper, als ein Verwandter der Königin im Verdacht stand, eine ganze Reihe Mädchen auf äußerst unschöne Weise umgebracht zu haben. Aber erst in den letzten Jahren kam an die Öffentlichkeit, daß er überhaupt verdächtig war. Bevor die Thronfolge auf ihn übergehen konnte, starb er zum Glück in der Schlacht. Auf der Flucht, glaube ich. Also löste sich alles von selbst.«

»Willst du damit sagen, daß es besser ist, einen Mörder laufen zu lassen als ein schlechtes Licht auf die Krone zu werfen?«

»Das ist eine zwiespältige moralische Frage, der wir uns zum Glück nicht stellen müssen. Nun, gestern abend wurde festgestellt, daß Grodoveth an der Geschichte von Ghars interessiert war und wahrscheinlich besonders an der von Fastred. Da er nun aber, wie du herausgefunden hast, mit der Erforschung dieser Legenden begonnen hatte, *bevor* der angebliche Geist auftauchte – welchen logischen Schluß können wir daraus ziehen?«

»Daß er etwas mit dem Geist zu tun hatte.«

»Natürlich. Nun *gibt* es durchaus so etwas wie den Zufall, aber auf der Suche nach Verbindungen nimmt man, was man bekommen kann. Also schien es zu einem früheren Zeitpunkt wahrscheinlich zu sein, daß Grodoveth in irgendeiner Weise für den Spuk verantwortlich war. Er besaß den Grips und das Hintergrundwissen, das Dovo nicht hatte. Als wahrscheinlichstes Ergebnis eines Spuks stand zu erwarten, daß er die Menschen vom Sumpf fernhalten würde. Also lautet die nächste Frage?«

»Warum sollte Grodoveth die Leute aus dem Sumpf haben wollen?«

Benelaius nickte. Regen tropfte von seiner Kapuze. Geduldig wischte er das Wasser ab. »Wie sich nun aus der zerbrochenen Laterne und der Tatsache ihres Verschwindens schließen läßt, hat Dovo jemandem auf der anderen Seite des Sumpfes Signale gegeben. Und was liegt dort?«

»Sembia.« Ich fragte mich, ob ich für all das ein Zeugnis bekommen würde.

»Und wenn man an illegale Machenschaften in Sembia denkt, denkt man automatisch an den Eisenthron. Das war also zumindest einmal ein Ausgangspunkt. Dovo schickte den Spionen des Eisenthrons Botschaften. Aber was für welche? ›Kommt doch mal rüber? Schickt Regen?‹ Unwahrscheinlich.«

»Und der Geist tauchte auf«, sagte ich, »wenn Grodoveth in Ghars war.«

»Das ist richtig. Und die Handelsinformationen, über die er verfügte, waren für den Eisenthron unbezahlbar.«

Ich versuchte es in Worte zu fassen, aber das war schwierig. »Also hat Grodoveth es Tobald erzählt, und Tobald Dovo, und Dovo übermittelte die Informationen den Agenten des Eisenthrons mit Lichtsignalen. Aber das ist weitgehend das, was auch gestern abend herauskam.«

»Ja, aber du hast gerade einen Mittelsmann eingefügt: Tobald.«

»Aber ... aber er steckte doch mit drin, oder? Ich meine, das hast du doch gestern abend bewiesen.«

»Ja, stimmt. Nur brauchte Tobald Dovo gar nichts zu erzählen. Verstehst du, weshalb?«

Jetzt hatte ich es. »Weil Grodoveth es Dovo direkt gesagt hat.« Ich riß Jenkus am Zügel und starrte Benelaius an, der ebenfalls angehalten hatte. »Du meinst ... sie steckten alle unter einer Decke?«

»Aber natürlich«, antwortete mein Meister. »Können wir nun bitte weiterreiten? Es ist ein Tag der Antworten, nicht des Stillstandes und der Unterhaltung im Regen.« So ritten wir weiter.

35

»Es gab ein Band zwischen den beiden Herren«, fuhr Benelaius fort, »viel stärker als das zwischen Lehrer und Schüler. Beide waren mit Schande befleckt. Du weißt bereits, daß Grodoveths Lüsternheit am Hof in Suzail Mißfallen erregt hatte, aber ist dir nie aufgefallen, daß die Umstände von

Tobalds Abschied von der Universität leicht verdächtig waren?

Die meisten Universitätslehrer bleiben ihr ganzes Leben dort. Wenn sie sich aus dem Lehramt zurückziehen, schreiben sie. Aber Tobald ging zu einer Zeit, die eigentlich der Höhepunkt seiner akademischen Karriere hätte sein können, in einem Alter, in dem andere nicht nur zu hochgerühmten Lehrern werden, sondern sich auch als Gelehrte hervortun und beginnen, ganze Stapel von Büchern zu produzieren. Aber Tobald verließ Suzail und kam in das kleine Ghars, ein großer Fisch in einem winzigen Teich.

Wir werden vielleicht niemals erfahren, weshalb ihn die Universität letztlich entlassen hat. Vielleicht war er einfach nur faul. Aber das spielt eigentlich keine Rolle. Nur seine Reaktion spielt eine Rolle, und die fiel genauso aus wie bei Grodoveth. Beide spürten nicht die Schande, sondern den Verlust des Ansehens. In ihren Augen hatten sie nichts Böses getan; das Böse war ihnen von anderen zugefügt worden, die mächtiger waren als sie. In Tobalds Fall war das die Universität, bei Grodoveth König Azoun persönlich. Und dann?« fragte Benelaius, um mich zum Fortsetzen seiner Gedanken zu ermuntern.

»Und dann grollten sie vor sich hin«, sagte ich. Ich versuchte mir vorzustellen, was in diesen beiden Männern vorgegangen war. »Sie wurden wütend und wollten sich schließlich rächen.«

»Mhm. Rache an der Universität, am König, am eigenen Land. Ein ausreichendes Motiv für einen Umsturz in Cormyr ... ob nun mit militärischen oder mit wirtschaftlichen Mitteln.«

»Als daher jemand vom Eisenthron an Grodoveth herantrat«, wagte ich mich weiter vor, »fiel er der Organisation wie eine reife Frucht in den Schoß. Tobald hatte ihm wahrscheinlich schon von Anfang an mitleidig Gehör geschenkt, und dann wurde er eingeweiht.« Ich warf Benelaius einen scharfen Blick zu. »Was glaubst du, was ihnen der Eisenthron für den Verrat am eigenen Land angeboten hat?«

Mein Meister zuckte mit den Schultern. »Zweifellos Reichtum. Der Eisenthron und Sembia hätten durch wirtschaftliche Probleme in Cormyr große Gewinne erzielen können. Vielleicht haben auch Grodoveth und Tobald auf eine mögliche Invasion durch Sembia gehofft, je nachdem, wieviel Schaden im Königreich durch die Intrige entstanden wäre. Dann – ein Marionettenthron für Grodoveth und für Tobald Rache an jenen im Hochschulsystem, die ihm seiner Meinung nach Unrecht getan hatten. Wir werden nie erfahren, was wirklich dahintersteckte, aber wir können dankbar sein, daß es nicht soweit gekommen ist.«

Inzwischen passierten wir die *Sumpfratte*, und Benelaius nickte in ihre Richtung. »Sehnst du dich nach etwas Trokkenheit?«

»Nicht da drin«, antwortete ich, denn ich dachte an das wäßrige Bier und die eingelegten Eier. Dann fiel mir etwas ein: »Aber Grodoveth hat sich immer hier ›aufgewärmt‹, nicht wahr?«

»Meinst du?« fragte der Zauberer listig.

»Natürlich. Als er damals über Nacht dort blieb, wußte er genau, in welches Zimmer er zu gehen hatte. Er mußte nicht erst fragen, weil er schon früher hier gewesen war. Die *Sumpfratte* war ihre Basis, stimmt's?«

Benelaius lächelte nur und beantwortete meine Frage mit einer Gegenfrage: »Falls es sich so verhielt, glaubst du, Hesketh Pratt, der liebe Besitzer, war in die Sache eingeweiht?«

»Nein. Sie hätte ihm ja fast das Geschäft ruiniert. Ein axtschwingender Geist ist kaum ein gutes Zugpferd.« Wir ritten hundert Längen weiter, während ich das Weitere zusammenreimte. »Grodoveth oder Tobald gaben Dovo die Informationen, entweder in der Stadt oder in der *Sumpfratte;* und dann ritt Dovo zu der Stelle, an der der Pfad in den Sumpf führt, versteckte sein Pferd, verscheuchte jeden Vorbeikommenden, der ihn gesehen haben mochte, und zog dann mit seiner Laterne in den Sumpf.« Ich schaute Benelaius an, denn ich war plötzlich verwirrt. »Aber warum habe ich seinen Mantel und den Hut dann im *Kecken Barden* gefunden?«

»Was glaubst du? Hätte er sie dort gelassen?«

»Nein«, erwiderte ich nach kurzem Nachdenken. »Aber Grodoveth oder Tobald vielleicht.«

»Und warum?«

»Vielleicht, um den Verdacht auf Kurzbein zu konzentrieren oder um ihn jedenfalls von der *Sumpfratte* abzulenken. Aber warum überhaupt so viele Umstände, Meister? Warum konnte Grodoveth die Nachrichten nicht einfach selbst weiterleiten?«

»Ein Gesandter des Königs ist eine wichtige Persönlichkeit, und bedeutende Leute werden gewöhnlich sehr viel genauer beobachtet als einfache Schmiedegehilfen. Grodoveth konnte aber lange genug verschwinden, um mit Dovo zu reden, oder vielleicht kam jener nach Anbruch der Dunkelheit zu Tobalds Haus und erhielt dort seine Informationen. Aber jedenfalls, ein dritter Mann war notwendig. Außerdem, wenn Dovo erwischt worden wäre, hätte er leicht sagen können, er habe nur aus Spaß den Geist gemimt. Was Grodoveth und Tobald ihm zahlten, hätte allemal die milde Strafe dafür aufgewogen. Jetzt komm.«

Benelaius lenkte Stubbins von der Straße weg und den Hügel hinunter zu der Stelle, wo ich Dovos Leichnam gefunden hatte.

»Wir sind da. Wir binden die Pferde an und laufen zum Grab.«

»Kannst du . . . ich meine, glaubst du, daß das gut für dich ist, Meister?«

Gereizt antwortete er: »Ich habe es schließlich schon einmal getan! Im Zwielicht des Morgengrauens und von einem Verräter gefolgt. Dann werde ich wohl jetzt bei Tageslicht, begleitet von«, sein Ton wurde plötzlich sanfter, »einem Freund und Helfer, auch dazu imstande sein.«

»Wie hast du diesen Ort gefunden?« fragte ich, als wir in den Sumpf liefen.

»Genauso wie Grodoveth. Bei seinen Nachforschungen über die Legende von Fastred, die er zuerst anstellte, um eine passende Tarnung für seinen Boten zu entwickeln, erfuhr er mehr und mehr über Fastreds Gruft und den Schatz, der sich dort befinden sollte. Durch ein paar logische Schlüsse und den Vergleich von Dutzenden von Querverweisen gelang es ihm, nicht nur die Lage der Gruft genau zu bestimmen, sondern auch den Öffnungsmechanismus zu enträtseln.

Als ich von dir hörte, welche Bücher er zu Rate gezogen hatte, las ich einfach dieselben Stellen in meiner eigenen Bibliothek nach und kam zu demselben Ergebnis. Ich löste das Rätsel am frühen Morgen des Tages, an dem Grodoveth später tot aufgefunden wurde, ritt mit Stubbins hierher und band ihn an einer nicht einsehbaren Stelle an.«

Ich erinnerte mich, daß ich die Haustür an jenem Morgen gehört hatte. »Also bist du an dem Tag wirklich um halb acht nach Hause gekommen. Und hier draußen hat Stubbins sich so schmutzig gemacht.«

Benelaius nickte. »Ich fürchte, ich bin nicht so geübt wie du im Pferdeabreiben. Jedenfalls, sobald ich halbwegs erkennen konnte, wohin ich meine Füße setzte, folgte ich dem

Weg, den nur der entdecken kann, der weiß, wohin er zu sehen hat.

Aber schon bald darauf hörte ich Schritte hinter mir. Zuerst dachte ich, es wäre ein Wesen aus dem Sumpf und daß ich womöglich auf einen Schutzspruch zurückgreifen müßte. Was für eine Niederlage, nachdem ich all die Monate nun ohne Magie ausgekommen bin. Zum Glück kam es nicht dazu. Aber den Grund dafür erzähle ich dir etwas später. Wie du sehen kannst, ist da vorne ein Dornenschlinger.«

Ich brauchte keine Erinnerung. Ich kannte die furchtbare Gewalt dieses Baumes noch allzugut. Schweigend gingen wir an ihm vorbei. Das einzige Geräusch war das leise Schmatzen unserer Stiefel auf der matschigen Oberfläche des Pfades. Als wir uns in angemessener Entfernung befanden, nahm Benelaius seine Geschichte wieder auf.

»Als ich hörte, daß mir jemand folgte, lief ich natürlich schneller, ja, ich rannte, was nicht oft vorkommt, das kann ich dir sagen. Nach kurzer Zeit kam ich an den See ... Ah, da liegt er ja schon vor uns. Mindestens eine halbe Meile bis nach drüben, was meinst du? Ich habe da eine Theorie, der wir nachgehen sollten, wenn wir mehr Zeit haben. Jenseits dieses Sees gibt es einen anderen Pfad, sonst hätte der Agent des Eisenthrons nie dorthin gelangen können. Ich nehme an, er führt durch den Sumpf nach Südosten, den ganzen Weg nach Sembia. Aber in dieses Land werden wir heute nicht ziehen.«

Er wandte sich nach links auf den Pfad, der den See umrundete, und ich folgte ihm zu Fastreds Gruft.

»Der Weg führte mich direkt zu dem Hügel«, sagte er, »und dahinter versteckte ich mich in der verrückten Hoffnung, daß mein Verfolger einfach zufällig dieselbe Richtung einschlagen würde wie ich. Wundersamerweise war genau das der Fall. Es handelte sich um Grodoveth, wie ich aus meinem Versteck hinter dem Busch erkannte. Ich hatte keine Wahl, ich mußte mich hinlegen, und ich fürchte, ich habe dabei meinen Mantel ziemlich schmutzig gemacht.«

»Also das war es«, rief ich, denn mir fiel die letzte Wäsche ein. »Sie war also gar nicht wegen Lindavars Kleidern schmutzig!«

»Nein, und ich bitte um Entschuldigung, daß du soviel zu waschen hattest. Grodoveth grinste, als er den Hügel sah, und zuerst dachte ich, er habe mich entdeckt und wolle nun Zaubererfangen im Treibsand spielen. Aber er hatte keine Ahnung, daß ich da war. Er fummelte kurz auf der Kuppe des Hügels herum. Ich hörte einen verborgenen Riegel schnappen und sah, wie sich eine Falltür öffnete, die unter dichten Lagen Moos und Sumpfschlamm verborgen gewesen war. Dann stieg er in das Grab hinunter. Ah, und wenn man vom Teufel spricht, hier ist er ja.«

Da lag der Hügel, regennaß. Die Falltür oben stand noch immer offen, genau wie wir sie verlassen hatten, und ich fragte mich, ob seither wohl irgendwelche Wesen hineingestiegen waren, um sich drinnen an Fastreds dürrer Leiche gütlich zu tun. Als ich mir das hagere Gerippe vorstellte, wußte ich, daß sie nur wenig gefunden hätten. Es sei denn, sie lagen auf der Lauer nach einem korpulenten Zauberer und seinem Diener.

»Da drüben hatte ich mich versteckt«, sagte Benelaius und zeigte auf einen großen, niedrigen Nadelstrauch. »Wenig später dann hörte ich Geräusche. Zunächst gab es ein scharfes Singen, dann eine Art Klappern, aber keine Stimmen waren zu vernehmen, nicht einmal ein Stöhnen. Nachdem ich etwas länger gewartet hatte, ohne noch etwas wahrzunehmen, beschloß ich, der Sache nachzugehen. Ich fand Grodoveth genauso zweigeteilt vor, wie du ihn dann auch später gesehen hast, und die Axt lag genau da, wo du sie gefunden hast.« Er zeigte nach unten. »Komm, wir sehen es uns noch mal an.«

»Ist es denn ganz bestimmt sicher da unten?« fragte ich.

»Niemand würde ohne Licht dort hinuntersteigen«, sagte Benelaius, »und es sieht alles dunkel aus.«

»Ich dachte nicht unbedingt an Menschen«, meinte ich.

Benelaius lachte nur und zündete die erste Laterne an. Ich tat dasselbe mit der zweiten. Dann begann er die schlüpfrigen, bemoosten Stufen hinunterzusteigen. Ich folgte ihm.

36

Am Boden befanden sich zwei getrocknete Blutflecken, der größere dort, wo Grodoveths Körper hingestürzt war, der kleinere, wo sein Kopf gelegen hatte. Ein Durchgang führte in den dunklen Raum zu Fastreds Knochen.

»Hier lag der Körper, dort die Axt, und da«, er zeigte auf den Durchgang, »war es dunkel. Ich betrat den hinteren Bereich der Höhle und fand nur den Körper von Fastred mit einer kleinen Kiste vor den Füßen. Sonst war niemand da. Kein Mörder.«

»Auch nicht Tobald.«

»Nein. Aber was ich sah, und was auch du hättest erkennen können, verriet mir, daß Dovo und Grodoveth von derselben Person getötet worden waren. Schau genau hin, Jasper.«

Unbeschreiblich frustriert tat ich, wie geheißen, und suchte den Boden noch sorgfältiger als beim erstenmal ab.

»Kalt . . .«, murmelte Benelaius. »Kälter . . . etwas wärmer . . . wärmer . . .«

»Meister, auf dem Boden ist nichts!« platzte ich heraus.

»Dann blick auf, Jasper. Gib acht, was sich vor deinen Augen befindet.«

Ich untersuchte die Wand, und wieder wurde meine Aufmerksamkeit von dem gefangengenommen, was ich für eine Verfärbung im Fels gehalten hatte. Da dies das einzige Auffällige an der Wand war, berührte ich die dünne Schicht. Doch es handelte sich nicht um eine Gesteinsader, wie ich gedacht hatte, sondern um eine Lage feuchten Lehms.

»Sehr heiß jetzt«, sagte Benelaius, als ich den Lehm vom Fels abkratzte.

Am Ende meiner Arbeit hatte ich eine Falle freigelegt. Sie war längs der Wand eingelassen, einen Fingerbreit hoch, zwei Fuß tief und fünf Fuß lang. Als ich meine Laterne an das eine Ende hielt, konnte ich eine schwere, auf mich weisende Metallfeder erkennen.

»Es ist mehr, als das, wonach es aussieht«, sagte Benelaius. »Eine ziemlich schlaue Konstruktion, obschon fünfhundert Jahre alt. Und sie hat den Zweck erfüllt, für den sie eingerichtet wurde: Sie hat den ersten Menschen getötet, der in Fastreds Grab eindrang.«

»Aber ... aber ich dachte, du hättest gesagt, der Mörder von Dovo sei derselbe wie von Grodoveth?«

»Das stimmt auch. Schließlich hat Grodoveth selbst mit eigenem Fuß die Schnur berührt, damit den Mechanismus ausgelöst, und verlor seinen Kopf. Bei Dovo allerdings hat er direkt ›Hand angelegt‹, nachdem er und Tobald den Schmiedegesellen im *Kecken Barden* prahlen gehört hatten. Das Motiv hierfür wurde bereits gestern abend erwähnt, nur der Vollstrecker war der militärisch geübte Mann. Tobald hätte aus der Enthauptung ein Gemetzel gemacht. Wie dann auch Grodoveths eigene Enthauptung alles andere als sauber war. Die Axt kam aus der Wand, bevor er reagieren konnte, und das Ergebnis hast du gesehen.«

»Ja«, erwiderte ich, »und auch andere Hinweise, Hinweise, die ich zu diesem Zeitpunkt nicht einordnen konnte. Die Axt besaß an der Klinge eine Kerbe, dort, wo sie nach der Enthauptung Grodoveths auf dem Steinboden aufgetroffen war. Und die zwei Einbuchtungen im Stiel rührten von dem jahrhundertelangen Druck her, den die angespannte Feder auf das Holz ausgeübt hatte. Als der Mechanismus ausgelöst wurde, schnitt die Feder sogar noch tiefer in das Stielholz ein.«

Ich schüttelte den Kopf, denn ich war wütend auf mich selbst. »Und ich habe mich gefragt, warum Fastreds Axt nicht mit ihm beigesetzt wurde. Mir hätte auffallen müssen, daß sie doch vorhanden war. Sie bewachte das Grab. Ich hätte es sehen müssen.«

»Sei nicht zu streng mit dir. Du bist unter anderen Voraussetzungen an die Sache herangegangen. Ich hatte das Glück, sofort zu erkennen, was geschehen war. Ich muß allerdings gestehen, daß mich zudem die Neugier überwältigte. Ich habe Grodoveths Kleider durchsucht und ein Giftfläschchen gefunden, das mit dem identisch war, auf das ich später in Tobalds Mantel stieß. Anscheinend wollte der Eisenthron kein Risiko eingehen. Oh, ich mußte den Inhalt nicht erst analysieren, denn Schwarzkraut hat bei einer solchen Konzentration einen sehr eigenen Geruch. Und als ich auch noch das Siegel des Eisenthrons entdeckte, fügte sich alles zusammen.«

»Grodoveth besaß auch ein Siegel?«

»Nicht *auch*. Tobald hatte keines, jedenfalls nicht bei sich. Falls du dich erinnerst: Ich sagte nur, daß das Siegel bei dem Giftfläschchen gefunden wurde, und das stimmte.«

Plötzlich fiel mir ein anderes geschicktes Wortspiel auf. »Genauso wie du sagtest, du seist auf das Gift *gestoßen*, aber in Wirklichkeit nicht in Tobalds Blut, sondern in seinem

Mantel. Und als wir feststellten, daß es Gift war, und du einfließen ließest, du hättest ihm etwas dafür gegeben, bedeutete das schlicht, daß du das Pulver ersetzt hattest.«

»Genau. Gut gemacht, Jasper. Camber Fosrick wäre stolz auf dich.«

»Aber warum hatte Tobald kein Siegel, wenn er für den Eisenthron arbeitete?« fragte ich.

»Oh, ich vermute, in seinem Besitz befand sich ebenfalls eines, aber Tobald war nicht so keck wie Grodoveth, der logischerweise darauf vertrauen konnte, nicht durchsucht zu werden. Wahrscheinlich werden die Purpurdrachen ein ähnliches Siegel bei Tobald zu Hause finden, irgendwo sorgfältig versteckt.«

Ich sah mir unsere Fußspuren auf dem Boden an, dann die Öffnung in der Wand, aus der die Axt geflogen war. »Dann stammte der Fußabdruck des schweren Mannes in der Pfütze von dir. Aber ich verstehe nicht, weshalb du die Falle mit Lehm unkenntlich gemacht hast.«

»In dem Moment, als ich den belastenden Beweis bei Grodoveth entdeckte«, erklärte Benelaius, »hatte ich sofort den Verdacht, daß Tobald mit ihm im Bund sein könnte. Schließlich waren sie immer unzertrennlich, wenn Grodoveth Ghars besuchte. Und diese Annahme erwies sich als richtig. Ich glaube, die Idee, wie ich Tobald zum Alleinverantwortlichen machen konnte, ist mir in diesem Augenblick gekommen.«

»Dann hast du deshalb die Pillen auf dem Boden hinterlassen.«

»Die Pillen?« Er wirkte geistesabwesend. »Oh ja, selbst ich verliere von Zeit zu Zeit etwas.«

»Sie zu zertreten war eine schlaue Idee«, sagte ich grinsend.

»Allerdings. Sonst wäre es zu offensichtlich gewesen. Allein Tobald mußte man für den Mörder halten, niemand anderen. Schließlich hatte Grodoveth sein Verbrechen bereits mit dem Leben bezahlt, und es hätte eine große Schande für den Thron bedeutet, wenn der angeheiratete Cousin des Königs als Verräter überführt worden wäre. Aber so bleibt er nun als loyaler Diener des Königs in Erinnerung. Tobald, der sich des gleichen Verrats schuldig gemacht hatte und wirklich beabsichtigte, wegen der Beseitigung der Kaufleute die eigene Stadt auszulöschen, mußte auch für Grodoveths Taten büßen.«

»Aber warum war Tobald so versessen darauf, daß der Mörder gefunden wurde, besonders wenn diesem die sofortige Todesstrafe drohte?«

»Genau aus ebendem Grund wünschte er dessen Entdeckung. Tobald wußte nicht, wie Grodoveth gestorben war. Wahrscheinlich glaubte er, jemand habe von ihrem Vorhaben erfahren, sei Grodoveth zu Fastreds Grab gefolgt und habe ihn dort getötet. Übrigens dürfte die Gruft für Tobald eine ziemliche Überraschung gewesen sein, denn ich bezweifle, daß Grodoveth ihm davon erzählt hat. Jener suchte das Grab wegen des berühmten Schatzes, und ich bin mir sicher, daß seine Partnerschaft mit Tobald sich nicht auf das Teilen der Juwelen erstreckt hätte.«

»Nach allem, was Tobald wußte«, sagte ich, »mußte er annehmen, daß derjenige, der Grodoveth getötet hatte, als nächstes ihn aufs Korn nehmen würde.«

Benelaius nickte. »Und je schneller die Person hingerichtet wurde, desto weniger konnte sie über Tobalds und Grodoveths Verbindung zum Eisenthron enthüllen, sofern sie darüber informiert war. Nein, Vangerdahasts Befehl spielte Tobald in die Hände, jedenfalls glaubte er das.«

»Denn«, fuhr ich fort, »das letzte, was er erwartete, war eine Anklage gegen ihn selbst, besonders mit der Masse an Beweisen, die du geliefert hast.« Ich lachte trocken. »Er muß eine doppelte Wut auf dich gehabt haben, sah er doch, daß viele der ›Indizien‹ konstruiert waren.«

»Aber seine Absicht und sein Verrat waren echt. Ich fühle mich nicht schuldig für das, was ich getan habe, Jasper. Die Gerechtigkeit hat gesiegt. ›Mit Blut erkauft, mit Blut bezahlt.‹ Das ist die Inschrift dieses Grabes und der passende Spruch für Grodoveth und Tobald.«

Ich blickte Benelaius nachdenklich an. »Du sprichst eine überzeugende Sprache, Meister, aber du bist nicht so blutrünstig, wie du erscheinen möchtest. Schließlich wolltest du Tobald entkommen lassen.«

Seine buschigen Augenbrauen gingen hoch. »Und wie kommst du darauf?«

»Daß acht Katzen rein zufällig gleichzeitig vier Kohlebecken umschmeißen, ist einfach unglaubwürdig. Sie haben es vorsätzlich für dich getan, du hast sie irgendwie dazu gebracht. Darum hast du also Tobald am Ausgang der Piazza Platz nehmen lassen!«

Benelaius verzog reuig das Gesicht. »Ich hasse Blutvergießen. Und besonders abscheulich hätte ich es gefunden, jemanden vor meinem Haus an einem Baum hängen zu sehen. Ja, ich hätte es vorgezogen, wenn Tobald entkommen wäre. Denn wohin sollte er schon gehen? Zum Eisenthron? Selbst wenn er es durch den Sumpf geschafft hätte, wäre er für die Organisation nicht weiter von Nutzen gewesen. Im Gegenteil, sie hätten in ihm den Versager gesehen und ihn womöglich getötet. In Wirklichkeit nahm ich an, er würde in den Sumpf fliehen und vom Treibsand verschlungen werden. Daß es kam, wie es kam, war für mich eine ziemliche Überraschung, das muß ich eingestehen.«

Die Erinnerung an Fastreds Geist brachte mir wieder unseren derzeitigen Aufenthaltsort zu Bewußtsein, und ich erkannte, daß es noch eine unbeantwortete Frage gab.

»Der Schatz«, fragte ich, »du hast ihn genommen, stimmt's?«

Benelaius machte eine wegwerfende Handbewegung und lächelte glückselig. »Streich den Schatz aus deinem Gedächtnis, wie ich es auch getan habe. Du brauchst nur zu wissen, daß Dovos leidgeprüfte Familie lange genug gelitten hat. Bald werden sie eine äußerst großzügige Erbschaft machen. Ein entfernter Verwandter ist gestorben, von dessen Existenz sie nicht einmal etwas ahnten. Also ein wahrhaft glückseliges Ende, zudem wurden zwei Verräter bestraft, wurde ein Anschlag auf Cormyr vereitelt und dem Spuk im Sumpf ein Ende gemacht ... jedenfalls dem von Fastred.«

Als wir gerade wieder hochsteigen wollten, hörten wir aus der hinteren Kammer ein Geräusch. Es handelte sich um ein trockenes Klappern, als werfe ein Wahrsager wieder und wieder Knochen auf eine Tischplatte.

Oder als laufe ein altes Skelett zum ersten Mal los, und zwar schnell.

37

»Ich glaube, da ist jemand wach geworden«, sagte Benelaius ruhig, aber ich hörte doch die Besorgnis in seiner Stimme.

Ich war mehr als besorgt. Meine Augen mußten die Größe von Untertassen erreicht haben, und ein plötzlicher Schweißausbruch an meinem Körper verdoppelte die normale Feuchtigkeit des Sumpfes. Aber ich konnte mich nicht rühren, bis Benelaius mich am Arm ergriff und zur Treppe zog. »Ich schlage vor, wir gehen«, sagte er, und das ließ ich mir nicht zweimal sagen.

Bis wir uns die rutschigen, moosbewachsenen Stufen

hochgetastet hatten – unsere Laternen waren zurückgeblieben –, hörte ich von unten schon die klappernden Knochen. Trotz meiner Angst drehte ich mich um und sah hinab.

Es war wirklich das Skelett von Fastred, gewandet in Rüstung, Helm und vermoderte Stiefel. Im Licht des grauen Tages war es kaum zu erkennen, aber in den leeren Augenhöhlen brannten zwei Feuer. Sein Blick hielt mich gefangen, und gebannt verfolgte ich, wie der Alptraum die ersten Stufen erklomm und die Lederfetzen seiner Stiefel zur Seite rutschten, als die knochigen Zehen sich in das Moos gruben. Ich wußte, ich würde dort stehenbleiben, bis das Skelett die Treppe hinter sich ließ, meinen dünnen Hals zwischen seine knochigen Finger nahm und zudrückte. Meine Augen würden dann wirklich so groß wie Untertassen werden ... und mir geradewegs aus dem Kopf platzen ...

Und dann fühlte ich einen Knuff gegen ebendiesen Kopf, mein Blick riß sich los, und der Bann war gebrochen.

»Lauf!« schrie Benelaius. »Los!«

Und ich rannte, denn ich wußte aus Benelaius' Unterricht, daß das Wesen, das uns folgte, nicht wirklich Fastreds Gespenst war. Das hatten wir letzte Nacht gesehen, während dies hier nur ein unsteter böser Geist sein konnte, der in seine Knochen gefahren war, um unter den Lebenden ein Blutbad anzurichten. Dennoch erschien mir dieses Wissen nur als ein schwacher Trost, während wir patschend den Pfad entlangeilten, auf jeden Schritt achten mußten und doch so schnell vorwärts strebten, wie wir konnten. Ein einziger Fehltritt wäre eine Katastrophe gewesen, denn das Geräusch klappernder Knochen kam näher.

»Meister«, keuchte ich, »hältst du es nicht ... für eine gute Idee ... einen Spruch ... zu sagen?«

Für einen behäbigen Mann lief er behende, und ich staunte, daß er sprechen konnte, ohne zu schnaufen.

»Wie du weißt, würde ich am liebsten keine Magie anwenden, Jasper.«

»Wir haben vielleicht ... keine Wahl ..., Meister«, antwortete ich. Beim Rennen spürte ich eine brennende Hitze an meinen Seiten hochkriechen.

»Nur noch ein kleines Stückchen!« rief er. Inzwischen klang auch er erschöpft. »Mach auf jeden Fall ... alles genauso wie ich.«

Ich grunzte zur Bestätigung und hetzte weiter, ohne einen Blick über die Schulter zu wagen. Ich hatte keine Ahnung, wo wir uns befanden oder wie weit es noch bis zum festen Land war oder ob uns das überhaupt helfen würde.

Was ich wußte, war, daß wir keine Chance hatten, dem bösen Wesen hinter uns zu entkommen. Das Klappern wurde lauter und kam noch näher, und plötzlich merkte ich, daß etwas Scharfes wie eine Speerspitze über meinen Rücken ratschte und meinen Mantel, das Hemd und die Haut darunter zerriß.

Der Schmerz spornte mich erneut an, aber lange konnte ich nicht mehr durchhalten. Wieder griffen die Skelettfinger nach meinem Rücken, und ich wäre fast gestürzt, als Benelaius plötzlich aus vollem Halse losschrie. Als ich aufschaute, sah ich ihn bäuchlings auf den Sumpfboden hechten.

Mach auf jeden Fall alles genauso wie ich.

Also warf ich mich ebenfalls hin, tauchte knapp unter dem Dornenhagel hindurch, der durch die Luft auf uns zupfiff.

Benelaius hatte geschrien, um den Dornenschlinger zu wecken, und der tödliche Baum hatte Dutzende seiner gefährlichen Geschosse in unsere Richtung gesandt. Wir kamen gerade noch rechtzeitig auf dem Boden zu liegen, doch das lebende Grauen, das Fastreds Knochen bewohnte, hatte weniger Glück.

Ich rollte mich nach dem Aufschlagen herum und sah, wie

die Dornen in das Monster fuhren. Sie durchstießen die alte Rüstung, ließen die brüchigen Knochen splittern und zerschmetterten den gelben schimmligen Schädel in vier Stücke, die in verschiedene Richtungen flogen, während der gespaltene Helm bis vor meine Füße rollte.

Innerhalb von Sekunden war aus dem heranstürmenden Alptraum ein Haufen harmloser Knochen geworden, versprengt über ein weites Gebiet. Die meisten versanken schnell im Schlamm, ein großes Stück des Brustkorbs jedoch landete auf einem abgestorbenen Baumstamm, wo es sich noch lange bewegte und seine Rippen wie Finger zuckten.

Schließlich blickte ich langsam zu Benelaius hin, der lächelnd einen Finger an die Lippen legte und so leise, daß ich es kaum verstehen konnte, zischte: »Schsch . . .«

Wir rappelten uns hoch, und ich hob den Helm auf. Dann stapften wir langsam und vorsichtig aus dem Gebiet des Dornenschlingers heraus zur sicheren Straße. Als wir uns vom letzten Ruheplatz von Fastreds Knochen hundert Schritt entfernt hatten, drehte sich Benelaius nach mir um.

»Nun denn«, sagte er mit einem tiefen Seufzer, »*jetzt* ist Fastreds Spuk im Sumpf wirklich vorbei.«

»Besser spät als nie«, antwortete ich lächelnd. »Was war das überhaupt? Ein heimatloser Geist?«

»Vermutlich. Eine gute Lektion für uns. Lass' Grabtüren stets verschlossen. Man weiß nie, was hereinkommt und von der Leiche Besitz ergreift.« Ich merkte es mir gut. Dann warf Benelaius einen Blick auf den gesprungenen Helm in meiner Hand. »Ein Andenken?«

»Ja, dachte ich mir so.«

»In Ordnung . . . solange das, was von Fastred womöglich noch übrig ist, ihn nicht zurückhaben will.«

Ich überlegte einen Moment, dann schleuderte ich den

Helm auf einen schlammigen Hügel und blickte nicht mehr zurück, während wir weiter trockenem Land entgegenzogen.

Jenkus und Stubbins waren noch nie ein so willkommener Anblick gewesen. Wir saßen auf und ritten zum Haus. Es regnete jetzt stärker.

»Mir scheint, die Dürre wird bald vorüber sein«, meinte Benelaius.

»Wenn es so weitergeht.«

Mein Meister blickte zum Himmel, schnüffelte und nickte. »Das wird es.«

Ich fragte ihn nicht, woher er das wußte, aber ich wollte es lernen. Die Geheimnisse des Wetters hatte er mir noch nicht gezeigt.

»Weißt du, es ist schade«, sagte ich, »daß niemand je die Wahrheit erfahren wird. Du solltest die Ereignisse wirklich für die Nachwelt aufschreiben.«

»Das überlasse ich dir, Jasper. Dein Wortschatz ist dieser Aufgabe sicherlich gewachsen, und deine Schreibkünste sind so gut wie die der meisten Schreiber. Bring es zu Papier, wenn du willst, aber die Geschichte darf viele Jahre nicht an die Öffentlichkeit gelangen.«

»Weiß Lindavar dic ganze Wahrheit?«

»Leider nicht. Ich mußte es vor euch beiden geheimhalten, damit eure ... Auftritte glaubhaft ausfielen. Außerdem wird Lindavars Erfolg nicht nur sein Ansehen bei den anderen Kriegszauberern heben, sondern auch sein Selbstbewußtsein stärken.«

»Zu dumm, daß er alle Lorbeeren erntet, wo doch eigentlich du das Rätsel gelöst hast«, sagte ich und kicherte. »Du wärst nicht der ›beratende Denker‹, sondern würdest berühmt als der ›denkende Zauberer‹!«

»Oh, bitte ...«, stöhnte Benelaius, um dann leichthin

hinzuzufügen: »Solche Anerkennung brauche ich nicht mehr. Außerdem bin ich angesichts der menschlichen Natur sicher, daß es in Zukunft noch viel mehr Verbrechen zu lösen geben wird, selbst in einer verschlafenen Kleinstadt wie Ghars.«

Als wir schließlich zu Hause ankamen, regnete es heftig. Ich versorgte die Pferde, dann ging ich hinein und fand Benelaius, wie er unter den neugierigen Blicken seiner Katzen aufs Geratewohl Holzscheite im Kamin aufstapelte.

»Ich dachte, ein anständiges Feuer würde die Feuchtigkeit vertreiben«, sagte er und legte ein großes Scheit obenauf, worauf die Pyramide einstürzte und die Katzen in alle Himmelsrichtungen auseinanderstoben.

Ich lachte und meinte: »Warte doch ganz einfach, bis ich unsere schmutzigen Kleider eingeweicht habe, dann mache ich ein Feuer, Meister.«

Er richtete sich auf und bedachte mich mit einem strengen Blick. »Zuallererst brauchst du die Kleider nicht zu waschen, zweitens kein Feuer zu machen – ich sollte lernen, so etwas selbst zu tun –, und drittens mußt du mich nicht mehr ›Meister‹ nennen.«

Da fiel mir ein, was ich während der Aufregung der letzten paar Tage vergessen hatte. »Meine Dienstzeit bei dir«, sagte ich, »sie ist heute um.«

»Genau«, erwiderte Benelaius knapp. »Und obwohl ich dich nur ungern ziehen lasse, weiß ich doch, daß du dich auf deine wirtschaftliche wie persönliche Freiheit gefreut hast. Du darfst natürlich gern noch über Nacht bleiben oder auch länger und gehen, wann es dir beliebt.«

Ich wußte nichts zu sagen. Die Vorfreude auf diesen Tag war durch eine andere Art von Freude ersetzt worden: Ich hatte geholfen, etwas Wichtiges zu vollbringen, war Auge und Ohr für einen wichtigen Mann gewesen, der mich vieles gelehrt, der mich zu einem anderen Menschen gemacht hatte und mir darüber hinaus noch viel beibringen konnte.

Lindavar hatte mich gebeten, mich um Benelaius zu kümmern, hatte gesagt, dieser bräuchte jemanden wie mich. Und ich fand, daß ich Benelaius vielleicht auch brauchte.

Jedenfalls noch eine Weile. Es war eine recht aufregende Woche gewesen, und es mochten womöglich noch mehr Aufregungen folgen. Doch selbst im anderen Fall konnte ich noch immer vom Unterricht eines der größten Männer unserer Zeit profitieren. Alles in allem kein schlechtes Geschäft.

»Meister ... äh, Benelaius ... hast du nicht gesagt, es täte dir leid, wenn ich ginge?«

»Das habe ich. Du bist intelligent, aufmerksam, und du kochst viel besser als ich. Mir schmecken besonders deine Würstchen ...«

»Wärst du dann bereit, mich freiwillig in deinen Diensten zu behalten? Als bezahlten Diener?«

Benelaius versuchte Überraschung zu heucheln, aber ich durchschaute ihn. »Ich zahle dir doch einen Lohn, Jasper. Einen Silberfalken im Monat.«

»Und wenn ich bleiben soll, Benelaius, dann solltest du ihn auf zwanzig Silberfalken erhöhen.«

Sein überraschter Gesichtsausdruck war echt. »Also, ich glaube kaum, daß ...«

»Dann ade.«

»Wie wäre es mit fünf?«

»Wie mit zwanzig?«

»Ach, komm, Jasper, wir können doch bestimmt handeln ...«

»Gut. Fangen wir bei zwanzig an.«

»Sieben?«

»Möchtest du selber waschen?«

»Neun?«

»Alle Katzen füttern?«

»Zwölf?«

»Die Pferde versorgen?«

»Fünfzehn?«

»Den Stall ausmisten?«

»Achtzehn?«

»Deinen Nachttopf selber leeren?«

»Also gut, dann eben zwanzig!«

Aber ich kam gerade erst richtig in Fahrt. »Kochen? Abwaschen? In Ghars einkaufen?«

»Also fünfundzwanzig! Und keine Kupfermünze mehr!«

»Abgemacht!« rief ich, nahm seine Hand und drückte sie.

Betrübt schüttelte er den Kopf. »Ich sehe nur allzu deutlich dieses Halblingblut in dir«, meinte er. «Also schön, dann wasch unsere Kleider aus, mach mir ein Feuer und koch einen Tee ... Und bring die Bücher über die wirbellosen Tiere. Wir haben viel zu lange deinen Unterricht vernachlässigt.«

Ich grinste und machte einen leichten Diener. Bald würde im Kamin ein Feuer brennen und ein Teekessel auf dem Kaminvorsprung stehen. Ich klemmte mir die schmutzigen Kleider unter den Arm und lief zum Waschzuber in der Küche. Dabei pfiff ich fröhlich vor mich hin und streichelte unterwegs Horden schnurrender Katzen.

Ich war zu Hause.